Die Akte „Glück"

von
Sabine Schubert

Die Akte "Glück"

Sabine Schubert

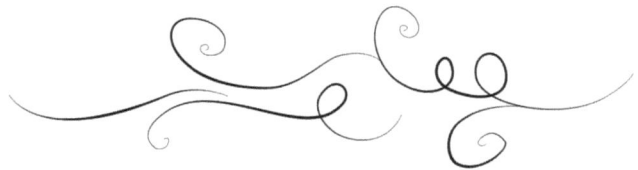

Bibliografische Information der Deutschen Nationalbibliothek:
Die Deutsche Nationalbibliothek verzeichnet diese Publikation
in der Deutschen Nationalbibliografie; detaillierte bibliografische
Daten sind im Internet über http://dnb.dnb.de abrufbar.

© 2017 Sabine Schubert
Herstellung und Verlag:
BoD – Books on Demand, Norderstedt

ISBN: 9783743193116

Liebe Leser(innen),

ich war nie zuvor in New York und nutze die Stadt trotzdem als Handlungsort für dieses Buch. New York symbolisiert für mich die Hektik unserer Zeit. Es hätte ebenso gut Berlin, London, Paris oder irgendeine andere Großstadt sein können. Vielleicht lebst du auch in einer dieser Metropolen und findest einige Parallelen.

Es geht hier also nicht tatsächlich um New York und Oklahoma City. Die Städte repräsentieren nur zwei Lager unserer Gesellschaft im Bezug auf Homosexualität. Ob es dort wirklich so ist, weiß ich nicht. Aber ich freue mich über Resonanz von euch.

Liebe Grüße

Die überfüllte Großstadt New York nannte Samantha Paine ihre Heimat. Auf den Straßen drängten sich hupende Autos und kamen doch nicht vorwärts. Es war Montagmorgen, acht Uhr, und die Straßen vollkommen dicht. Auf den Bürgersteigen sah es nicht anders aus. Vor allem an U-Bahn-Stationen strömten noch mehr Menschen auf die Gehwege, die so schon keinen Platz mehr boten. Und es war laut. Neben dem Hupen der Autos, Klingeln der Straßenbahnen und Werbemusik, waren es die Menschen selbst, die unerträglichen Lärm verursachten. Sie unterhielten sich oder telefonierten, mussten aber schreien, um die anderen zu übertönen, störten sich damit gegenseitig und es schaukelte sich in Sphären, die den Leuten auf lange Sicht die Stimmbänder ruinierten.

Samantha war nicht anders. Sie telefonierte auch schon wieder, während sie den Bürgersteig hinabhetzte. Sie hatte das Hochhaus mit ihrem Büro fast erreicht, doch sie bog noch mal in einen Laden ab. Kaffee musste her und zwar ordentlicher. Sie beendete das Telefonat, als sie sich in die Schlange stellte, und steckte das Handy weg.

Vor ihr waren noch drei Leute dran. Gerade wurde eine klapprige, alte Frau bedient. Samantha fragte sich, wieso die ausgerechnet jetzt hier stehen musste. Die alten Leute waren auch immer dann im Supermarkt zu finden, wenn die berufstätige Bevölkerung Feierabend hatte. Die schienen das mit Absicht zu machen. *Eine Verschwörung der alten Hasen gegen die steigende Gehetztheit*, hatte Alex es genannt. Vielleicht war das auch nur ein Weg der Rentner, der Einsamkeit zu entfliehen.

Der Zweite in der Schlange war ein Mann, der dem Aussehen nach zu urteilen bereits ganz oben war. Den störte eine Zeitverzögerung ganz sicher nicht, denn er hatte eh das Sagen.

Samanthas Aufmerksamkeit erregte aber eher die Dame direkt vor ihr. Sie hatte die Haare sehr seriös hochgesteckt, trug einen maßgeschneiderten Designeranzug und eine Designertasche aus Leder. Vermutlich die Frau eines Arztes, Anwaltes oder Richters, die es sich leisten konnte und doch so tat, als wäre sie furchtbar wichtig, um sich nicht so unnütz vorzukommen. Sie ging wahrscheinlich wirklich arbeiten, aber nicht des Geldes oder der Freude wegen, sondern nur um sagen zu können, sie war nicht von ihrem Mann abhängig, obwohl sie es doch war.

Die Oma hatte es geschafft, packte alles in den Korb ihres Rollators und trottete an der länger werdenden Schlange vorbei. Somit konnte auch Samantha einen Schritt vortreten.

Ihr rascher Blick ging wieder zu der Frau vor ihr. Sie mochte solche wichtigtuenden, aber von ihren Männern abhängigen Frauen nicht. Diese Falschheit störte sie. Sie selbst war sicher nicht reich, aber sie hatte es sich alles selbst verdient. Sie war kein Sklave irgendeines Fleischanhängsels.

Trotz der Abneigung aufgrund der Einschätzung hatte sie einen ziemlich süßen Arsch in der Hose. Sehr anziehend und knackig. Ihre kleinen Backen wölbten sich nahezu perfekt in dem anliegenden Stoff, der darunter recht weit fiel. Eine Einladung für Samantha, doch sie sah schnell besonders desinteressiert weg. Nur kurz hatte sie hinsehen müssen.

Der vermutliche Firmenboss hatte seinen Einkauf auch beendet und es ging noch einen Schritt vorwärts.

„Einen Kaffee und die Schokotasche bitte." sagte die Frau vor Samantha und sie hörte ein Lächeln. Eigentlich klang es ganz sympathisch. Aber wenn sie mit der Figur einfach so eine Kalorienbombe essen konnte, tippte Samantha auf die unechte Ehefrau eines Schönheitschirurgen.

Doch dann ... Die Frau bekam noch den Kaffee, bezahlte und drehte sich um. Wie in Zeitlupe lief sie an Samantha vorbei. Irgendwer hatte den Ablauf der Zeit verlangsamt. Samantha hörte ihren eigenen Herzschlag. Kein Geräusch der fremden Menschenmassen konnte ihn übertönen. Sie hörte keinen Straßenlärm mehr, keine Gespräche, keine klingelnden Telefone - gar nichts. Nur ihren dröhnenden Herzschlag und ihren heißen Atem, der wie Feuer auf ihren Lippen brannte.

Die Fremde hatte strahlend blaue Augen. Eine

akkurate Strähne der haselnussbraunen Haare säumte ihr liebliches Gesicht, an dem offenbar alles echt war. Sie hatte eine kleine Stupsnase, hohe Wangenknochen und zum anbeißen niedliche Grübchen, als sie Samantha mit ihren vollen Lippen anlächelte. Dieses Lächeln galt niemandem sonst, außer Samantha. Sie sah sie direkt an. Die blauen Augen waren auf sie gerichtet. In Zeitlupe lief sie an Samantha vorbei. Es war so still in der Blase ihrer Galaxie. Ein neuer Kunde betrat den Laden und ein Luftzug durch die geöffnete Tür streifte die Strähne am Gesicht der Fremden.

Samantha fühlte sich wie benommen. Dieser Glanz in ihren Augen. Was war denn das? Wo kam der her? Wo kam SIE her? Und wo ging sie hin?

„Hallo?" rief die Bedienung und riss Samantha aus der Trance. Sie hatte nicht mal mitbekommen, wie sie sich mit der Fremden gedreht hatte, als sie an ihr vorbeigegangen war.

„Äh … Einen Kaffee."

Mühsam machte Samantha einen Schritt und legte die Münzen auf den Teller. Dann bekam sie ihren Kaffee auch schon und konnte wieder gehen. So schnell war das möglich, wie auch die fremde Schönheit bewiesen hatte.

Und trotzdem war Samantha kaum bei Verstand, als sie den Laden verließ. Dieser Blick … Ihr gingen diese Augen nicht aus dem Kopf, die sich einzig und allein auf sie gerichtet hatten. Es hatte den Anschein gehabt, als hätten sie nur für Samantha geglänzt und die Mundwinkel waren nur für sie nach oben gegangen.

„Vorsicht!" sagte auf einmal genau diese weiche Stimme und Samantha spürte eine zarte, aber kräftige Hand am Oberarm, die sie zur Seite zog. Erst da bekam sie mit, dass sie sich beinahe die Schuhe ruiniert hätte.

„Oh."

Neben ihr kicherte jemand. „Noch verschlafen zum Montagmorgen?"

Samantha hob den Blick und begegnete diesen blauen Augen, die sie gerade frech auslachten. „Eigentlich nicht." schmunzelte sie verlegen. „Ist nicht mein Tag, danke."

„Kein Problem. Ich würde ja zu gern Security spielen, aber ich muss los."

„Schade eigentlich." rutschte Samantha heraus, bevor sie es aufhalten konnte. Dazu hatte sie auch noch - ohne es zu wollen natürlich - ein Lächeln aufgesetzt. Nicht irgendeines. Ein eindeutiges und sie hätte sich dafür gern geohrfeigt.

„Finde ich auch." zwinkerte die Frau mit ebenso eindeutigem Blick. Etwas Neckische steckte darin. Verspielt und aufreizend zugleich.

Dann ging sie einfach und Samantha blieb wie erstarrt zurück. Ja, sie stand auf Frauen, aber so doch nicht! Sie war nicht geoutet und wollte das auch nicht. Und dann passierte ihr so was! Wie war denn das nur geschehen? Normalerweise hatte sie sich besser unter Kontrolle, als mit offenem Mund einer Fremden hinterherzusabbern.

Die drehte sich noch um, zwinkerte noch einmal mit diesem unverschämt frechen, unwiderstehlichen Lächeln und verschwand um die nächste Ecke. Samantha kam halbwegs zu sich und schloss schnell ihren Mund. Dann verdrehte sie die Augen und lief weiter. An dem Hundehaufen vorbei!

Toll, dachte sie, jetzt konnte sie nur noch hoffen, dass sie diesen blauen Augen nie wieder irgendwo begegnete. Und schon gar nicht in ihrem öffentlichen Leben. Und sie musste hoffen, dass niemand das eben gesehen hatte, der sie kannte oder noch kennenlernen würde. Ganz schön viel Hoffnung, die sie für einen Montagmorgen brauchte. Das war ein Albtraum!

Ganze fünf Minuten kam Samantha zu spät ins Büro. Das war ihr noch nie passiert. Sie hetzte zu ihrem Büro und war schon gestresst, bevor die Woche überhaupt angefangen hatte. Die konnte nur so weitergehen, wie sie aus Erfahrung wusste, und sollte auch noch Recht behalten.

Erst mal brachte ihr ihre Sekretärin aber einen Stapel Akten. „Du sollst dir das Kaufhaus vornehmen. Da gibt es wohl irgendwelche Probleme."

„Geht klar." Samantha wühlte sich durch den Berg Papier, doch Cindy zottelte die richtige Mappe hervor und legte sie mit einem mütterlichen Lächeln obenauf.

„Danke."

„Kein Problem. Und der Chef will dich sehen."

Samantha verdrehte die Augen. „Wann?"

„Sobald er mit dem Meeting fertig ist. Er kommt dann her. Ich hab den Termin in einer Stunde auf morgen Nachmittag verschoben, falls es länger dauert."

„Danke." schnaufte Samantha. Das klang wunderschön. Wer mochte nicht zum Montag gleich mit seinem Chef sprechen? Vor allem dann, wenn es ein Mittfünfziger in der Midlife Crises ist, der seit neuestem ein Toupet trug, das aussah wie ein Pudel, dazu Anzüge, die ihm vielleicht vor dreißig Jahren mal gepasst hätten, und immer einen blöden Spruch auf den Lippen hatte, mit denen er cool sein wollte. Er war eigentlich ein netter Kerl, aber vor einem halben Jahr etwa war er in eine Phase gerutscht, die ihn unausstehlich machte. Der konnte einfach nicht akzeptieren, dass er alt wurde und nicht mehr zu den Teenagern gehörte. Seit neuestem las er immerfort in Foren, um den Jugend-Jargon zu lernen und sich zu informieren, was für die Jugend von heute modern war. Vielleicht erhoffte er sich, dadurch einen besseren Zugang zu seinen eigenen Kindern zu finden. Mit Fünfzehn und Siebzehn sind die eigenen Eltern alt und vollkommen hinterwäldlerisch. Nicht jeder Vater kann diesen normalen Zyklus des Lebens hinnehmen. Manch einer versucht eben, den lange verlorenen Anschluss wiederzufinden.

Samantha bekam noch eine Schonfrist von genau siebenundvierzig Minuten. Die hatte sie aber auch genutzt, um noch ordentlich was zu schaffen und sich von dem abzulenken, was kommen sollte. Es klopfte kurz und die Tür ging auf.

„Miss Paine." lächelte er. „Sie sehen umwerfend

heute aus."

„Vielen Dank." lächelte sie, obwohl ihr schlecht wurde. Sie hätte seine Tochter sein können! Außerdem war er verheiratet! Und ihr Chef! Das gehört sich doch nicht!

„Es geht um Knox."

„Oh."

Samantha lehnte sich zurück und war gespannt auf die neuesten Neuigkeiten. Die Firma Knox war ein Kunde von ihr. Der größte dieses ganzen Steuerbüros. Es war ein Internethandel und Samantha machte neben den Steuern auch deren gesamte Buchhaltung. Monatlich schob sie Millionen hin und her. Natürlich nicht allein, sie hatte ein Team von fünf Leuten unter sich.

Nun hatte der Eigentümer der Firma die Scheidung von seiner Frau eingereicht. Und - wie sollte es anders sein - es ging um jede Menge Geld. Der Rosenkrieg zog sich nun schon Monate hin und die Ehefrau hatte die Konten einfrieren lassen. Demzufolge konnte Samantha Angestellte und Lieferanten nicht mehr bezahlen, was unweigerlich zu Problemen führte. Und zwar nicht zu knapp. Sie würde sich wünschen, dass das jetzt endlich ein Ende hätte.

„Mister Knox hat aufgegeben." erzählte Barry Bright. „Er hat das alles seinen neuen Anwälten übergeben und gesagt, die sollen das mit uns klären und seiner Frau zahlen, was sie will. Wenn von der Firma noch was übrig ist, würde er sich freuen, sie weiterführen zu können, aber er hat keine Kraft mehr, gegen seine Frau zu kämpfen, und hängt sich nicht mehr rein."

„Oh Shit." murmelte Samantha mitleidig. Sie kannte Mister Knox richtig gut, sie hatte schon oft mit ihm gesprochen, war sogar zur Hochzeit seiner Tochter eingeladen worden und bekam jedes Jahr zu Weihnachten einen ordentlichen Scheck. Er war ein Mann mit Anstand, denn den Scheck stellte er selbst aus und bezahlte es von seinem privatem Konto. Er war Samantha wirklich sympathisch und sie verstanden sich gut. Sein Schicksal ging ihr ehrlich nahe, weil sie leider auch seine Frau schon kennengelernt hatte. Ein Kaliber, wie sie es der Fremden im Café unterstellte. Geldsüchtig!

Sie musste schnell diese blauen Augen aus ihrem Kopf scheuchen, ehe sie wieder anfangen würde zu sabbern.

„Haben sie eine Nummer?" fragte sie, um sich mit den Anwälten treffen zu können.

Mister Bright reichte ihr eine Visitenkarte. „Sie sind heute zum Mittag verabredet. Ich war mal so frei, weil sie noch nicht da waren, aber es ist alles mit Cindy abgesprochen."

„Okay. Wo geht es denn hin?"

„Ins Ritz."

„Nobel." schmunzelte Samantha. Das konnte sie selbst sich selten leisten. Hin und wieder gönnte sie es sich auch, richtig chic auszugehen, aber sie fand eh zu selten die Zeit dafür. Bringdienst im Büro war da schon eher ihr Stil.

„Auf seine Kosten natürlich, also nehmen sie die

Rechnung mit. Strecken sie es vor."

„Geht klar." sagte Samantha sofort. Für solche Dinge hatte sie eine Kreditkarte der Firma Knox bekommen. Natürlich mit begrenztem Limit, aber ein paar Hunderter konnte sie ausgeben. Würde sie nicht und tat sie nicht einfach so, aber für solche Anlässe schon. Im Moment stand jedoch ein gesondertes Spesenkonto ihrer eigenen Firma dahinter. Das würde später ausgeglichen werden, wenn die Scheidung durch wäre. Barry Bright wusste auch, dass Mister Knox ein anständiger Mensch war. Wenn von der Firma nichts übrig bliebe, würde er das von seinem Privatkonto ausgleichen. Und wenn er dafür sein Haus, sein Auto oder sonst was verkaufen müsste.

Mister Bright redete Samantha noch mal ins Gewissen, sie solle sich ja mit den Anwälten gutstellen, um ihrem Kunden zu helfen. Sie waren auf ihn angewiesen, denn Samantha buchte monatlich nicht wenig Geld von Knox auf das Konto ihrer eigenen Firma. Der Internethandel sollte sich also besser halten, damit die Umsätze des Steuerberaters und Buchhalters nicht einbrechen würden.

Das setzte Samantha natürlich überhaupt nicht unter Druck. Sie mochte Anwälte nicht. Sie kam oft genug mit ihnen in Berührung und hatte nichts als Ärger mit diesen Paragraphenreitern. Die zogen ihren Kunden die letzten Pennys aus der Tasche, froren Konten ein oder pfändeten. Und jedes Mal waren es unvorhergesehene Probleme, die Samantha zu meistern hatte. Und ihr undankbarer Job war es dann, zwischen Anwalt und Kunden zu vermitteln. Der Arsch für beide war immer Samantha. Genau aus dem Grund legte Cindy die Briefe von Anwälten schon immer ganz oben auf den Stapel der täglichen Post, damit Samantha es hinter sich hatte.

Zum Mittag lief sie dann zum Ritz. Es war nicht weit, sie war nur ein paar Minuten unterwegs und genoss einen kleinen Spaziergang in Eile. Frische Luft wäre ihr noch lieber gewesen, um sich zu beruhigen, bevor sie diesen Fatzken gegenübertreten musste, aber die suchte sie in dem hupenden Stau in der Schlucht aus Wolkenkratzern vergeblich.

Sie atmete noch mal tief durch und schielte zum Himmel. Sie bat um göttlichen Beistand, auch wenn sie eigentlich nicht gläubig war, aber sie war froh über jede Unterstützung für dieses Gespräch, die sie kriegen konnte. Sie musste sich nur ins Gedächtnis rufen, dass sie denen nicht sagen durfte, was sie im allgemeinen von Anwälten hielt.

Sie ging in das große Hotel und zum Restaurant weiter. Ein junger Mann kam gleich zu ihr und empfing sie höflich.

„Guten Tag."

„Guten Tag. Ein Tisch auf Knox."

Mister Bright hatte auf den Namen buchen lassen, damit man sich nicht verfehlen konnte.

„Sehr gern. Wenn sie mir bitte folgen." bat der Mann höflich mit einer leichten Verbeugung und ging voran.

Samantha folgte ihm auch prompt. Sie kannte sich in diesen Kreisen inzwischen aus, obwohl sie im nächsten Moment schon schreiend davonlaufen wollte. An einem Tisch am Fenster saßen diese betörend blauen Augen vom Morgen. Zum Glück hatten sie Samantha noch nicht entdeckt und sie hoffte, sich verstecken zu können.

Dem bereitete der Mann ein gefühlloses Ende, indem er Samantha genau zu diesem Tisch führte. Anwältin! Auch das noch! Samantha wollte im Erdboden verschwinden!

Die Frau sah auf, als sie bemerkte, dass man sich ihr näherte. Ihr glühender Blick traf auf Samantha und zog ein Lächeln nach sich, bei dem sie anfing, flacher zu atmen, und keinen klaren Gedanken mehr fassen konnte.

„So ein Zufall aber auch." lächelte sie süffisant und reichte Samantha die Hand. „Jessica Bennet."

„Samantha Paine." antwortete sie relativ gefasst. Sie hatte gelernt zu schauspielern, wenn sie sich nicht offenbaren wollte. Die Anwältin war nicht die erste, der Samantha eine Rolle vorspielte.

„Darf ich ihnen schon etwas bringen?" fragte der Mann, als Samantha sich gesetzt hatte.

„Roten Traubensaft." bestellte Samantha. Die Anwältin war bereits versorgt.

Der Mann ging einfach und überließ Samantha sich selbst. Sie sah sich dieser Schönheit gegenüber, konnte kaum den Blick abwenden … Und zu sagen wusste sie auch nichts.

„Darf ich einen Vorschlag machen?" fragte die Anwältin, als sie sich ganz gelassen die Speisekarte nahm.

„Machen auf jeden Fall, ob ich ihn annehme, ist eine andere Frage." konterte Samantha erhaben, beinahe streitlustig, und nahm sich ebenfalls die Karte.

Die Anwältin lächelte über ihre Karte hinweg. „Belassen wir es bei Jessica, okay?"

„Samantha." lächelte nun auch sie, obwohl sie das doch gar nicht wollte. Es ging einfach nicht anders. Ihr Hirn schien einen Krieg gegen ihre Impulse zu führen. Der Verstand sagte eindeutig, sie solle achtsam sein und sich auf Abstand zu der Anwältin halten. So gut sie auch aussah und so sehr sich Samantha von ihr angezogen, beziehungsweise ausgezogen, fühlte, würde das nur Probleme mit sich bringen. Probleme, die sie sich vom Leib halten wollte. Auf der anderen Seite übernahmen die Libido-gesteuerten Impulse die Herrschaft und sandten eindeutige Signale. Ein Lächeln hier, ein Augenaufschlag da und lüsterne Gedanken, die ihr ins Gesicht geschrieben standen. Würde sich ihr Verstand nicht bald über die Impulse hinwegsetzen, würde sie die Stadt wechseln müssen.

„Bestens. Wie geht es den Schuhen?"

Samantha zuckte innerlich zusammen. Dieses Weib las zwar unbeeindruckt die Speisekarte, aber Samantha hörte nahezu schon die Erpressung. Sie hatte sich ausgerechnet einer Anwältin ausgeliefert! Wie hatte sie nur so dumm sein können?

„Bestens, danke."

Eine perfekte Augenbraue hob sich langsam. Zum ersten Mal lag auch kein neckischer Glanz in den blauen Augen. „Womit hab ich dich gegen mich aufgebracht?"

„Gar nicht." wehrte Samantha schnell ab, doch Jessica hatte verstanden und fing an zu lächeln. Freundlich und verständnisvoll, nicht lüstern oder frech.

„Alles klar. Keine Sorge, ich bin keine Tratschtante."

Samanthas Augen wurden weiter und weiter. Vermutlich konnte man es schon als Glubschaugen bezeichnen.

Was sollte denn das jetzt heißen? Wollte die das jetzt hier auch noch aussprechen? Wollte sie noch etwas andeuten, das Samantha für ihr Schweigen tun müsste?

„Hey, ganz locker." lachte Jessica leise. „Ich beiße nicht. Zumindest nicht hier. Nur als Anwältin, aber da stehe ich gerade auf deiner Seite, also beruhige dich."

Samantha wusste, sie kam nur mit Selbstbewusstsein weiter, auch wenn sie es nur mühsam spielen konnte. Sie schlug die Karte zusammen, legte sie auf den Tisch und beugte sich etwas nach vorn. Es musste ja nicht jeder hören. „Hör zu. Du weißt offensichtlich etwas, das du nicht wissen solltest. Aber ich werde ungemütlich, wenn es dir über die Lippen kommt."

Jessica beugte sich ebenfalls zu ihr und ihre Augen glänzten. Allerdings nicht vor Abneigung. „Ich sagte, bleib locker. Das ist dein Ding und deswegen sind wir nicht hier. Mit meinen Lippen stelle ich noch so einige Dinge an, aber wir sind wegen meinem Mandanten hier."

Ah! Samantha wurde kribbelig und lehnte sich wieder zurück. Eigentlich ließ sie sich nur an die Lehne fallen und sackte in sich zusammen. „Danke." brummte sie, sah aber nicht mehr auf. Die hatte sie in der Hand! Das passte ihr nicht! Ausgerechnet die! Und dann auch noch ausgerechnet eine Anwältin! Sie würde das Wissen nutzen, wenn sie es bräuchte, und Samantha konnte nichts dagegen tun, sagte ihr Verstand. Ihre Gelüste hatten für derartige Überlegungen nichts übrig. Sie spürte einen Schauer durch ihren Körper fließen, als sie nur an die Lippen dachte, die *noch so einiges* anstellen wollten.

Ein Pulsieren zwischen ihren Schenkeln schreckte sie auf. Sie sollte sich nicht in dieser Art Gedanken verlieren...

Jessica musste einsehen, das Gespräch würde nicht so locker werden, wie sie geglaubt hatte. Eigentlich hatte sie gemeint, es wäre noch lockerer, nachdem sie diese Frau gesehen hatte, aber da hatte sie sich anscheinend getäuscht. Ihr Eindruck in dem Café war richtig gewesen. Sie hatte eine Lesbe vor sich, aber eine nicht geoutete. Niemals würde Jessica das ausplaudern, selbst wenn sie sie nicht leiden könnte. Niemand sollte auf diese Weise gezwungen werden, etwas preiszugeben, das er nicht preisgeben möchte. Aus welchen Gründen auch immer, Jessica fand es moralisch nicht vertretbar. Auch nicht vor Gericht.

Aber das glaubte Samantha ihr offenbar nicht,

also würde dieses Essen sehr steif werden.

Schade eigentlich. Sie sah umwerfend aus. Ihre rabenschwarzen Haare hatte sie locker genug hochgesteckt, damit sich hie und da eine Strähne herauswinden konnte, ohne unschön oder unseriös auszusehen. Ihre hohe Stirn ging in eine gerade, schmale Nase über. Leider hatte sie die Stirn in Falten gezogen. Und an den deutlich sichtbaren Kieferknochen konnte Jessica sehen, dass sie mit den Zähnen mahlte.

Der Kellner kam wieder und brachte Samantha den Saft. „Haben die Damen gewählt?"

„Für mich die Pute, aber sagen sie dem Koch bitte, es ist für Jessi." forderte Jessica. „Dazu den kleinen Salat."

„Sehr gern." lächelte der Kellner und wandte sich Samantha zu.

„Das Hähnchen auf Reis bitte."

Der Mann ging wieder und Jessica entschied sich, das Gespräch voranzutreiben, um nach dem Essen verschwinden zu können. „Okay, da du nicht reden willst, übergehen wir den Smalltalk. Wie sehen die Rücklagen aus?"

Samantha sah auf und erkannte deutlich, dass sie die Anwältin jetzt verärgert hatte. Nicht wirklich verärgert, aber in ihrem Blick stand eine gewisse Enttäuschung. Das war auch nicht gut. Sie sollte sie bei Laune halten, damit sie keinen Grund hatte, irgendwem etwas zu sagen.

„Die Konten wurden eingefroren."

„Ich weiß, ich konnte es nicht aufhalten, weil mein Konkurrent den zuständigen Richter persönlich kennt. Deswegen will ich so viel wie möglich wissen, um dieses Biest in ihre Schranken zu verweisen."

Samanthas Mundwinkel zuckten. „Das klang nicht nach einer Anwältin."

Die schönen Lippen ihr gegenüber blieben ernst. „Ach. Noch ein zweiter Punkt, den du mir vorwirfst, ohne mich zu kennen?"

„Tut mir leid." schmunzelte Samantha. Die schien ja eigentlich ganz nett.

„Schon okay. Sag mir einfach, was ich wissen muss."

Samantha holte die Mappe aus ihrer Tasche und reichte einen Zettel weiter. „Das sind sämtliche Guthaben, die noch auf den Konten und Depots liegen." Noch ein Zettel, der über den Tisch geschoben wurde. „Das sind die Ausstände. Vor allem Angestellte und Lieferanten stehen Schlange."

„Scheiße." murmelte Jessica völlig versunken in die beiden Tabellen. Die Gelder waren da. Ohne Probleme hätte er die Leute bezahlen können und trotzdem stand die Firma kurz vorm Ruin, weil die Lieferanten nicht mehr lieferten und die Mitarbeiter Probleme im Privatleben bekamen. Sie standen zu ihrem Chef und wollten die Krise mit ihm gemeinsam bewältigen, aber es kam kein Geld mehr. Gar nichts mehr. Sie konnten ihre Miete nicht zahlen, keine Lebensmittel kaufen, den Kindergarten nicht bezahlen und so weiter. Sie mussten sich

Nebenjobs suchen, um das Nötigste zu schaffen, fehlten dafür aber wieder in der Firma, die Arbeit blieb liegen und die Kunden zogen sich zurück. Ein endloser Teufelskreis, den Jessica unbedingt durchbrechen wollte.

Sie wandte den Blick zum Fenster hinaus. Seit sie die Akte bekommen hatte, zermarterte sie sich das Hirn, wie sie dem Ganzen ein schnelles Ende bereiten könnte. Ihr Kunde war auch nervlich am Ende, weil er all seine Mitarbeiter persönlich kannte. Er wusste um ihre Probleme und fühlte sich verantwortlich dafür. Jessica strebte ein Ende in Würde an. Sie würde dem Biest von Ehefrau am liebsten gar nichts überlassen. Ein bisschen was stand ihr zu, aber es musste doch einen Weg geben, die Firma zu retten. Das war Mister Knox sehr wichtig gewesen, bevor er aufgegeben hatte. Jessica war der letzte Strohhalm, an den er sich klammerte.

Samantha beobachtete schweigend die Anwältin eine kleine Weile. Sie sah zum Fenster hinaus und der Glanz war restlos aus ihren Augen gewichen. Sie schien wirklich ein Mensch mit Anstand zu sein. Vielleicht. Na ja, zumindest für eine Anwältin.

„Wie stehen die Chancen?" fragte Samantha leise.

Jessica drehte sich wieder zu ihrer eigentlichen Gesprächspartnerin. „Schlecht. Seine Frau will ihn ruinieren. Sie will genau so viel haben, wie es braucht, um die Firma in den Boden stampfen zu müssen. Oder sie bekommt die Firma."

„Miststück." grummelte Samantha.

„Ganz meine Meinung. Ihr macht die gesamte Buchhaltung, richtig?"

„Ja."

„Ich brauch so viel du mir geben kannst."

„Soll ich dir alle Belege der letzten zehn Jahre geben oder wie?" fragte Samantha verwirrt. Allein dieser eine Kunde hatte einen eigenen Raum im Archivkeller bekommen. Papier über Papier.

„Nein." schmunzelte Jessica. „Bitte verschone mich. Ich hab nur eine Idee, mit der ich vor Gericht weiterkommen könnte. Ich weiß nur nicht, ob sie umsetzbar ist."

„Und die wäre? Sag mir, was du brauchst. Ich hab keine Ahnung."

„Und ich hab keine Ahnung, was du aus den Zahlen zaubern kannst."

„Zaubern? Aus Zahlen? Alles. Ich dreh dir jede Buchhaltung so, dass es passt, und stell dir jede Statistik auf, die du brauchst."

„Bestens." lächelte Jessica zufrieden. Sie schien Samantha bei ihrem Job genau an der richtigen Stelle getroffen zu haben. „Ich brauch den Verlauf der Gewinne. Am besten von Anfang an. Monatlich."

„Oha. Das wird viel Papier, das sag ich dir gleich."

„Mit Papier kann ich umgehen, nur mit diesem Biest nicht. Ich weiß, dass es am Anfang echt schlecht um die Firma stand und die Gewinne eher Verluste waren. Wenn ich Glück habe, kriege ich das abgezogen, um ihm ein paar Reserven zu lassen, aber ich brauch die Zahlen dazu. Und zwar wasserdicht. Wenn ich vor Gericht stehe und von irgendwas überrascht werde, lernst du persönlich die Anwältin kennen."

„Autsch." lachte Samantha lautlos vor sich hin. „Keine Drohungen auf leeren Magen bitte."

„Tut mir leid, ich fahr die Krallen wieder ein." lachte Jessica. „Aber mal ehrlich, kriegst du das hin?"

„Werde ich." Samantha starrte auf die Tischdecke und grübelte schon, wie sie das am besten anstellen sollte. Es war ja nicht so, dass man mal schnell auf einen Knopf drücken könnte und alles wäre da.

„Samantha?" Sie sah auf und Jessica lächelte weich. „Kannst du mir einen Überblick über die ganze Geschäftszeit geben? So schnell wie möglich. Erst mal nur mir, damit ich was hab, woran ich ansetzen kann."

„Ich sollte es also so aufstellen, dass du es verstehst?" feixte Samantha frech.

Sie taute auf, dachte Jessica zufrieden. Sie reizte sie. Das gefiel ihr. „So in etwa. Jedes Wort, das ich nicht aussprechen kann, fliegt raus. Und jeder Begriff, den ich nicht erklären kann, fliegt raus. Ich will ihm wirklich helfen, aber das kann ich nur, wenn ich alles weiß, was du weißt, ohne wissen zu müssen, was du weißt."

„Toller Satz." gluckste Samantha.

„Ich wusste, du würdest ihn dennoch verstehen. Wann kriegst du das hin?"

„Komm nachher mit und ich gebe dir einen Überblick. Aber ohne bunte Bildchen." konnte sie sich nicht verkneifen. Mit etwas mehr Zeit würde sie Statistiken und Übersichten inklusive Grafiken zusammenstellen, aber nicht auf Knopfdruck. Leider war das nicht mal einem Zahlenfreak möglich.

„Schade. Ich hatte auf viele bunte Blümchen gehofft."

„So siehst du nicht aus."

„Jetzt nicht." lächelte Jessica verständnisvoll. Auch sie hatte mal so versteckt gelebt. „Aber ich kann auch anders. Du bist nicht die einzige, die sich jeden Morgen eine falsche Identität überzieht."

Diese persönliche Ebene gefiel Samantha nicht. Nicht in ihrem Jobleben. Nicht mit einer Anwältin. Sie fühlte sich angegriffen und musste sich beherrschen, nicht zu barsch zu werden. „Was ist so falsch daran?"

„Nichts." antwortete Jessica betont locker. Auf keinen Fall wollte sie noch einen richtigen Streit vom Zaun brechen. Sie brauchte Samantha als Buchhalterin ihres Klienten. Sie wollte aber auch die aufkeimende Freundschaft nicht mit Dingen zerstören, die nur auf Missverständnissen basierten. „Hab ich auch nie behauptet. Aber du hast mich erst mal zu deiner Feindin gemacht."

„Nein, grundsätzlich wollte ich nur meinem Kunden helfen."

„Und hast dich dafür sogar mit einer Anwältin getroffen. Ich fühle mich geehrt." neckte Jessica. Sie konnte nicht anders. Ja, sie spielte eine perfekte, geradlinige Anwältin, aber eigentlich war sie eine aufgedrehte Lesbe und fertig. Ihr gegenüber saß eine Frau von ihrem Ufer und es fiel ihr schwer, die Anwältin an der Oberfläche zu lassen. Und so, wie sich Samanthas Mimik entspannte, hatte sie das nun auch endlich verstanden.

„Schuldig." lachte sie. „Tut mir leid, ich hab was gegen diese Aasgeier." Wenn das ihr Chef gehört hätte...

„Dabei setzen wir uns immer nur für unsere Mandanten ein."

„Aber nicht immer auf der richtigen Seite." präsisierte Samantha. Sie merkte nicht mal, wie sie in die Falle tappte.

„Aber auf jeder Seite steht ein Anwalt. Wäre es nicht unfair, eine Seite zu benachteiligen?"

„Wenn es die richtige Seite im Nachteil ist."

„Und welche soll das sein? Jeder fühlt sich im Recht und wir Anwälte sind nur dafür da, um das nicht wie im Mittelalter durch Duelle auf Leben und Tod entscheiden zu lassen."

„Wäre eine schnellere Lösung."

„Und ich wäre arbeitslos." schoss Jessica sofort zurück und Samantha wurde spielend ernst.

„Na das geht natürlich nicht."

„Danke." griente Jessica zufrieden. Immerhin ein Teilziel hatte sie erreicht. Die grundlegende Abneigung gegen Anwälte bröckelte.

Samantha musste zugeben, sie hatte verloren. Die schien echt gut zu sein. Ihre Argumentation war auf jeden Fall hieb- und stichfest. Samantha sah es irgendwie ein und respektierte zum ersten Mal das Dasein eines Anwalts. Einer unglaublich attraktiven Anwältin. Das war natürlich nur eine Nebensache, die sie kaum wahrnahm...

Das Essen wurde gebracht. Es sah lecker aus und roch noch besser.

„Du kennst den Koch?" fragte Samantha, als sie das Besteck aufnahm.

„Ja, ein Freund von mir. Ich esse gern scharf und er weiß das auch. Das hier würde er nie einem Gast servieren."

Samantha hob die Brauen und sah unsicher auf Jessicas Teller. Eigentlich sah es ganz normal aus, dachte sie. Sie hatte das auch schon gegessen und hatte es richtig gut gefunden. Das auf dem Teller gegenüber sah nicht anders aus. Weder viel schwarzer Pfeffer, noch roter Chili oder sonst was.

Jessica griente unauffällig vor sich hin und schnitt ein kleines Stück ihres Fleisches ab. Sie spießte es auf die Gabel und hielt es Samantha entgegen. „Keine Sorge, von mir erfährt keiner was. Versprochen."

Diese Augen! Samantha sah diese liebevollen Augen, dazu ein wirklich warmes Lächeln, und konnte nicht widerstehen. Sie fühlte sich von dieser Frau angezogen, spürte ein unerklärliches Vertrauen in ihrem Herzen, überbrückte das kurze Stück und aß von ihrer Gabel. Sie hielt den Blick verlegen gesenkt, im Gegensatz zu Jessica, die es sichtlich genoss, den vollen Lippen zuzusehen, wie sie sich um die Gabel schlossen. Ein wenig schüchtern und eindeutig auf der Hut, aber hinreißend und sinnlich.

Und dann riss sie die Augen auf. „Oh Gott." keuchte Samantha. Ihr ganzer Mundraum und Rachen standen in Flammen! Die kleinste Berührung mit dem Fleisch genügte, um einen verheerenden Waldbrand zu entfachen!

„Zu scharf für dich?" grinste Jessica mit eindeutigem Flirt im Blick.

„Passt nicht ganz zu Traubensaft und süßem Wein." erwiderte Samantha schnell. Sie wollte nicht so direkt bestätigen, dass ihr diese Mahlzeit viel zu scharf war. Das Bekenntnis fühlte sich schon schlecht an, als sie es nur in ihrem Kopf hörte. Sie brauchte eine Erklärung für ihr unbeherrschtes Verhalten eben.

„Nicht ganz." lachte Jessica.

„Gott..." Samantha hatte es endlich geschafft, es ohne Skandal hinterzukauen, und trank einen Schluck. Das machte es nicht besser, deshalb aß sie schnell von ihrem eigenen Teller. „Hast du überhaupt Geschmacksnerven?" konnte sie sich nicht verkneifen. Wenn die immer so scharf aß, hatte sie wahrscheinlich sämtliche Geschmacksknospen schon weggeätzt.

„Ziemlich gute sogar. Die sind nur sehr verwöhnt."

Nicht nur bei Jessica brach die Lesbe immer weiter durch, auch bei Samantha. Sie lächelte mit Augenaufschlag. „Genau wie du, nehme ich an."

„Ziemlich." nickte Jessica sofort. „Ich weiß eben, was ich will."

„Muss man in deinem Job vermutlich auch."

„Oh ja." seufzte sie. „Vor allem zwischen den ganzen arroganten Kerlen."

„Ist es wirklich so schlimm?"

„Man muss sich durchbeißen. Vor allem als geoutete Lesbe."

„Glaub ich. Deswegen kommt das für mich nicht in Frage." gestand Samantha mit einem vertrauten Lächeln. Sie wusste nicht, wieso sie einer Fremden dieses Vertrauen entgegenbrachte, aber sie fühlte sich auch nicht schlecht damit. Nicht so wie vor dem Café, als sie sich noch gern selbst erhängt hätte. Sie glaubte wirklich, Jessica würde das für sich behalten.

„Ich bereue es nicht." sagte Jessica ebenso ernsthaft. „Ich weiß, dass ich mir den Respekt härter verdient habe als andere, aber er gehört mir, wie ich bin." Sie setzte doch noch ein neckendes Grinsen auf. „Und wenn ich dann auch noch das Glück habe, mit einer so schönen Frau so lecker essen gehen zu können, hab ich alles richtig gemacht."

„Du gehst ganz schön ran." lachte Samantha verlegen.

„Warum auch nicht? Ich sage nur die Wahrheit. Ich fand dich heute Morgen schon sehr attraktiv."

Kaum zu glauben, dachte Jessica, doch Samantha wurde tatsächlich rot. Ganz leicht, aber sichtbar. Hatte sie noch zuvor mit viel Selbstbewusstsein über

Zahlen gesprochen oder am Anfang ihr Stillschweigen gefordert, war sie jetzt einfach nur verlegen.

„Wie süß." kicherte Jessica und nahm einen Schluck ihres Weines.

„Schluss jetzt." forderte Samantha. Wie peinlich! Sie fühlte sich wie ein umschwärmter Teenager. „Kommst du dann gleich mit?"

„Mit dem größten Vergnügen." schnurrte Jessica seidenweich wie ein verschmustes Kätzchen. Ihr Blick ließ aber eher auf einen wilden Tiger schließen.

„Für die Zahlen." betonte Samantha amüsiert. Jessica flirtete ganz offen mit ihr. Im Ritz. Zum Mittag! Geschäftsessen! Das hatte sie noch nie erlebt.

„Okay, ich bin ganz artig. Aber wenn wir nachher eh noch Zahlen kriegen, gibt es jetzt keine. Abgemacht?"

„Und was dann?" Samantha wurde schon wieder verlegen. Sie mochte in den Szeneclubs andere Frauen treffen und auch mit ihnen flirten, aber das hier war neu. Absolutes Neuland. Zumal Jessica nicht mal aussah wie eine der Partyfrauen, die sie sonst so traf und abschleppte.

„Keine Ahnung, was hättest du denn gern?" fragte Jessica unschuldig. Sie versuchte wenigstens, einen unschuldigen Eindruck zu machen.

„Wir könnten uns übers Wetter unterhalten." wollte Samantha wahrhaftig unschuldig ein unverfängliches Thema anfangen. Vergeblich. Es war unmöglich, wenn der Gegenüber es darauf anlegte.

„Heiß heute." griente Jessica. Irgendwie machte es sie unglaublich an, die Kleine aus der Fassung zu bringen.

Samantha steckte die Gabel wieder in ihren Mund, hielt Jessica aber mit ihrem Blick fest und schloss sinnlich die Lippen um das Metall. Es knisterte. Jessicas Blick als Reaktion war eindeutig. Und ja, auch Samantha wurde immer heißer. Deshalb ging sie auch drauf ein. „Ich würde es als glückliche Fügung bezeichnen, dass wir in einem Hotel sind, aber mein Chef wartet."

Jessica hätte fast lauthals gelacht. Die konnte ja auch anders! „Wir hatten eben noch viel zu besprechen."

„Und kommen hinterher trotzdem noch ins Büro? Nein, das glaubt der mir nie. Außerdem bin ich nicht der Typ für ein Hotelzimmer."

„Sondern?"

„Etwas ausgefallener oder wenigstens persönlicher sollte es schon sein."

„Gefällt mir." sagte Jessica und nahm lässig noch einen Bissen dieses Feuerfleischs. In Samanthas Rachen brannte es schon bei dem Anblick und der Erinnerung.

„Bist du eine gute Anwältin?" fragte Samantha, um endlich ein jugendfreies Gespräch zustandezubekommen.

„Ich hoffe doch. Warum? Willst du deinen Chef

verklagen?"

„Nein, eigentlich nicht. Eher meinen Bruder." Warum nicht die Gelegenheit beim Schopfe packen, wenn man schon mal einem netten Anwalt begegnete?

Jessica klappte die Kinnlade runter. „Deinen eigenen Bruder?"

„Geht das überhaupt?"

„Was hat er denn angestellt?" Wollte sie das überhaupt so genau wissen, wenn Samantha ihn sogar verklagen wollte? Vermutlich nicht. Andererseits musste sie es wissen, um ihr helfen zu können, also wollte sie es vielleicht doch in gewisser Weise freiwillig wissen.

Samantha machte es kurz und schmerzlos. „Er hat mir meine ganze Wohnung ausgeräumt."

Erneut wurden Jessica die Augen weit. „Dein eigener Bruder hat dir die Wohnung leergeräumt?"

„Hat er." nickte Samantha schulterzuckend. Inzwischen empfand sie nichts mehr dabei. Nicht mal mehr Wut über den Diebstahl. Ihr Bruder war für sie gestorben. Das einzige, das sie wirklich empfinden konnte, war der Wunsch, ihn dafür gerecht bestraft zu sehen. „Das Problem ist nur, dass er abgetaucht ist."

„Na den finde ich schon, aber du solltest dir bewusst sein, dass ich das Wort Gnade nicht kenne."

„Ist auch gut so. Er kam aus dem Knast und stand vor meiner Tür, weil er ein Bett brauchte. Sein Bewährungshelfer hat mich gebeten, ihn aufzunehmen und ihm die Chance zu geben, also hab ich es getan. Ein paar Tage später, nachdem er sich mit seinen Kumpels wieder getroffen hatte, kam ich von der Arbeit und meine Wohnung war leer. Komplett. Inklusive Gardinen, Klamotten, Möbeln, Geschirr, alles. Er hat nichts dagelassen. Nicht mal meine Fotoalben. Also ja, ich wäre froh, wenn er das Wort Gnade nicht kennenlernen müsste."

„Oh man." schnaufte Jessica. „Anwaltlich kann ich dir auf jeden Fall helfen. Hast du Anzeige erstattet?"

„Sicher, aber da er verschwunden ist, hab ich ein Problem."

„Sag mir seinen Namen und ich finde ihn." versprach Jessica. Sie dachte nicht mal weiter darüber nach. Allein der Gedanke, ein Bruder stiehlt seiner Schwester einfach alles … Auf keinen Fall würde sie das so stehenlassen. Sie würde Samantha helfen, an ihr Recht zu kommen. Und ihren Bruder zur gerechten Strafe führen!

„Also geht das? Auch wenn er mein Bruder ist und ich ihn ja reingelassen hab?"

„Sicher. Deswegen hast du ihm ja nicht das Recht über dein Eigentum gegeben."

„Das klingt gut. Ich lasse mir das durch den Kopf gehen."

„Meine Nummer hast du ja." schmunzelte Jessica.

„Hab ich."

„Und ich deine."

„Ach wirklich?" staunte Samantha. Wieso hatte die auch ihre Nummer?

„Sicher. Dein Chef war so nett, mir deine Durchwahl aufzuschreiben."

„Bestimmt die von Cindy."

„Die mich durchstellt, wenn ich das will?"

„Wenn *ich* das will." betonte Samantha. „Nicht wenn du das willst."

Jessicas Handy klingelte. Wie immer im unpassendsten Augenblick. „Entschuldige." bat sie hektisch und kramte es aus ihrer Tasche. Und in dem Moment, in dem sie den Knopf drückte, sah Samantha, wie sich die Maske vorschob. „Bennet."

„Ich bin's."

„Pierre. Ich bin grad in einem Meeting."

„Tut mir leid. Black will den Vergleich annehmen."

„Nein!" rief Jessica zornig. Beinahe hätte es das ganze Lokal gehört, daher dämpfte sie ihre Stimme, nicht aber ihre Wut. „Nein, nein und nein! Der soll die Finger davon lassen, das bringt dem doch nur Ärger."

„Es gibt ein neues Angebot, das sie direkt zu ihm geschickt haben. Und so wie er das sagt, ist es gut."

„Na ganz toll." stöhnte Jessica mehr als genervt. „Als erstes kriegt die Kanzlei schon mal Probleme mit mir, weil sie mich übergehen. Das mag ich gar nicht."

„Ich weiß." kicherte Pierre. „Ich hab es schon geschrieben." Er durfte es nur nicht ohne Jessicas

Anweisung verschicken...

„Na bestens. Und dann fahr am besten hin und nimm dem das Ding ab, bevor er unterschreiben kann. Der soll das durchziehen, es ist sein Recht."

„Ich weiß. Ich mache los und sag dir Bescheid."

„Geht klar, bis dann. Und keine Anrufe auf mein Handy heute."

„Verstanden."

Bestens, dachte Jessica und legte kopfschüttelnd auf. Manche Menschen waren ihr ein Rätsel. Die verzichten blind auf ihre Rechte, nur weil da eine große Summe winkt. Im Vergleich zu dem, was ihnen tatsächlich zusteht, ist die Summe vielleicht nicht mal so hoch, aber eben im Vergleich zu ihren bisherigen Mitteln. Verdient jemand im Job pauschal 1.000 Dollar monatlich, sind 50.000 Dollar eine Menge Geld. Aber eben nicht im Vergleich zu 1,5 Millionen Dollar, die ihm zustehen würden. Dafür müsste man nur die Kraft haben, sich dem Kampf zu stellen. Nicht jeder hat die Kraft, aber manchen sind die Zahlen auch zu utopisch, um an ein gutes Ende zu glauben.

„Tut mir leid." lächelte Jessica verlegen zu Samantha.

„Kein Problem, ich kenne das, deshalb hab ich mein Handy gar nicht erst mitgenommen."

„Da würde ich mich nackt fühlen und Pierre mich erschießen oder einen Suchtrupp losschicken."

Samantha lachte auf. „Ich hab es eben aus Versehen vergessen. Passiert. Cindy kümmert sich darum."

Die beiden plauderten noch gemütlich, bis Samantha dann die Rechnung übernahm und sie gemeinsam das Ritz verließen. Die Hektik schlug bei beiden wie automatisch zu, als sie auf die Straße traten. Sie beschleunigten die Schritte und schlängelten sich durch die Heerscharen von Menschen, als wären sie auf der Flucht. Das bekamen sie selbst nicht mal mit, es war eben ihre Art. Und da keine von beiden zurückfiel, war es kein Wunder, dass auch keiner auffiel, wie sie selbst schneller wurde.

„Kaffee?" fragte Samantha, als sie aus dem Fahrstuhl stiegen.

„Den ganzen Tag am liebsten."

„Ich auch." gestand Samantha und öffnete die Tür zu ihrem Vorzimmer. „Cindy, ich brauch einen Zugang in der Eins und jede Menge Kaffee."

„Sollst du haben."

Jessica war schon in vielen fremden Büros gewesen, doch hier war es irgendwie anders. Sie wusste nicht mal so genau, was es war, aber sie hatte Samantha anders kennengelernt, als sie hier war. Erst in dem Café und anfangs beim Mittag hatte sie eine schüchterne Lesbe kennengelernt, hatte sie durchaus zu knacken gewusst und Samantha war aus sich heraus gekommen. Aber hier … In ihrer gewohnten Umgebung, war sie das gestandene Selbstbewusstsein. Sie forderte und bekam. Und sie wurde nicht nur respektiert, sondern auch gebraucht.

„Sam!" rief ein junger Mann schon von weitem.

Er kam gleich zu ihr gestürzt und stolperte noch beinahe über einen Papierkorb, der ihm im Weg stand.

„Tief durchatmen, Steve."

„Keine Zeit. Ich warte schon die ganze Zeit auf dich, weil du dein Handy ja mal wieder nicht bei dir hattest. Du musst dir was ansehen."

„Muss das gleich sein?"

„Ja." entschied er sofort. Er ließ nicht den kleinsten Zweifel offen, dass es wirklich wichtig war. Samantha kannte ihre Leute und wusste, er hätte nicht so darauf gedrängt, obwohl Jessica neben ihr stand, wenn es nicht absolut unaufschiebbar gewesen wäre. Vielleicht hätte sie ihr Handy doch mitnehmen sollen.

Samantha wandte sich wieder an Jessica. „Tut mir leid, bin gleich wieder da."

„Keine Panik." lächelte Jessica und ließ Samantha gehen. Sie folgte ihr allerdings und sah von der Tür aus ins Büro von Steve.

„Hier." sagte er hektisch und deutete auf seinen Bildschirm. „Kannst du mir das mal erklären?"

„Verfluchte Scheiße, wie ist das denn möglich?!" Samantha starrte mit offenem Mund auf den Bildschirm.

„Keine Ahnung, aber ich weiß nicht, wie ich das buchen soll und was mit dem Rest ist. Oder soll ich nutzen, was noch da ist?"

„Nein, warte noch kurz." Samantha hob den Kopf. Sie hatte Jessica mitbekommen. „Wusstest du, dass die Konten wieder freigegeben wurden? Es wurden gerade drei Millionen abgebucht."

„Was?!" keifte Jessica entsetzt und stürzte in das Zimmer. Auch sie sah auf den Bildschirm, erkannte nur nicht viel. „Wo?"

„Nicht fragen, ist so. Wieso? Und wie sollen wir die verbuchen, wenn die einfach so ohne Beleg verschwinden?"

„Wo sind sie denn hingegangen?"

„Cooper KG." antwortete Steve schnell. Er hatte das ja schon nachgesehen. Auf dem Bildschirm sah Jessica nur jede Menge Zahlen.

„Die gibt es aber nicht mehr." fuhr Samantha fort. „Die haben schon vor einem Jahr geschlossen. Knox hat sich damals einen neuen Lieferanten gesucht."

„Das darf doch alles nicht wahr sein." fluchte Jessica und hielt sich ihr Telefon schon wieder ans Ohr.

„Hey." ging Pierre an. In seinen Händen hielt er endlich den Vergleich von Black. Ohne Unterschrift!

„Wieso weiß ich nicht, dass bei Knox die Konten wieder frei sind?!" fuhr Jessica ihn an.

„Äh … Keine Ahnung. Ich hab sie nicht freigegeben." Woher sollte er denn auch immerfort sämtliche Antworten nehmen?

„Haben wir was da?"

„Keine Ahnung, warte." Er wühlte sich durch jede Menge Papier, obwohl er von so einem Schreiben gewusst hätte. „Nichts." Er hatte es ja geahnt...

„Stell mich zu der Kanzlei durch."

Samantha passte den kurzen Moment ab. „Soll ich Knox anrufen?" fragte sie leise.

Jessica schüttelte nur kurz den Kopf, denn an ihrem Ohr meldete sich schon die Sekretärin der gegnerischen Kanzlei. Samantha setzte sich nicht mal. Sie beugte über Steves Tastatur, haute in die Tasten und unterhielt sich leise mit ihm. Eigentlich warfen sie sich nur Zahlen an den Kopf und Jessica erwischte sich dabei, wie sie einigen dieser Zahlen Paragraphen zuordnete...

„Habt ihr hier Zugriff auf die Konten?" fragte Jessica hektisch, als sie aufgelegt hatte.

„Voll und ganz." nickte Samantha.

„Dann bucht, was ihr könnt, solange es noch da ist. Die Sperre von drei Millionen wurde von der Bank hinterlegt. Seine Frau wird sich den Rest auch noch holen."

„Womit sollen wir anfangen?" fragte Steve.

„Löhne!" riefen die beiden Frauen wie aus einem Munde. Und so ernst die Situation war, so witzig war das auch und sie kicherten alle Drei einen Augenblick.

„A bis D." legte Samantha fest und rannte aus dem Zimmer, ins nächste.

Steve war schon dabei. Auf seinem breiten Bildschirm baute sich links ein Fenster mit einer Liste auf und rechts irgendein Buchungsprogramm. Jessica verstand eh nichts, also folgte sie Samantha.

Auf dem Flur sah sie sie gerade noch die nächste

Tür aufreißen. „Alle Löhne bei Knox überweisen. E bis H."

Gleiches machte sie noch an drei weiteren Türen. Dann hetzte sie an Jessica vorbei wieder zu Cindy, aber auch an ihr vorbei, in ihr eigenes Büro und nahm sich die letzten Buchstaben vor.

Jessica kam zu Cindy. „Darf ich kurz?" bat sie und deutete auf den Computer. „Ich muss nur kurz was schreiben und faxen."

„Kein Problem." lächelte Cindy, schloss aber erst mal alle Programme, die diese Frau nichts angingen.

Jessica hatte immer einen USB-Stick bei sich, auf dem sie das Layout ihrer Briefe gespeichert hatte. Also inklusive Briefkopf und allem. So konnte sie Anwältin sein, ausdrucken, unterschreiben und faxen, obwohl ihr Laptop zur Reparatur war. Kopien speicherte sie natürlich auf ihrem USB-Stick, denn die mussten in ihre eigenen Akten. Die Faxe gingen auch noch in ihre eigene Kanzlei, damit Pierre Bescheid wusste.

Cindy hatte ihr inzwischen Kaffee gebracht und gab auch Samantha noch einen, doch die registrierte den gar nicht. Wieder hatte sie ihre Stirn in Falten gezogen und war vollkommen weggetreten. Jessica beobachtete sie von der Tür aus mit einer gewissen Faszination. Ihre Augen verzichteten aufs Blinzeln, soweit es eben möglich war. Ihre schönen Lippen bewegten sich unbeschreiblich schnell - zu schnell für ein menschliches Auge. Man sah sie nur hin und wieder mal deutlicher zucken. Und dass in ihren Fingern noch keine Knoten aufgetaucht waren, grenzte für Jessica an ein Wunder.

Eine junge Frau schob sich an ihr vorbei. „Bin durch. Was fehlt noch?"

„Ich bin auch gleich durch. Frag bei den anderen."

„Sind auch gleich durch."

„Dann..." Samantha schloss kurz die Augen und rief sich die gesamte Buchhaltung ins Gedächtnis. „Du übernimmst die Retouren, das war nicht so viel."

„Wo sind die?"

Samantha rollte auf ihrem Stuhl an das Regal hinter sich und gab einen Ordner weiter, mit dem die Frau wieder verschwand.

„Sollen wir alles machen, was geht?" fragte Samantha und sah Jessica unsicher an.

„Alles. Ich hab kurz mit ihm gesprochen. Er ist froh, wenn er alle Leute bezahlen kann, die noch was kriegen."

„Die tun mir nur leid." murmelte Samantha, während sie schon wieder buchte.

„Wieso?"

„Weil die alle Steuern ohne Ende zahlen müssen. Normalerweise wollten wir die Zahlungen staffeln, wer es will."

„Egal wie du das anstellst, aber ich will die Zahlen dazu haben, was die Leute für Verluste haben." forderte Jessica als todernster Feldwebel. Da würde sie auch keine Diskussion zulassen. Diese Verluste würde sie der angehenden Exfrau von Knox anhängen!

Samantha musste einfach kichern, obwohl Jessicas Stimme Ernsthaftigkeit forderte. „Autsch."

„Tut mir leid." schmunzelte Jessica verlegen. So war sie eben und bisher hatte ihr noch niemand zu verstehen gegeben, dass sie in manchen Situationen gar nicht so fordernd sein musste. Zumal Samantha nicht ihre Assistentin oder eine gegnerische Anwältin war. Sie standen auf einer Seite und sollten einen freundlicheren Umgang pflegen.

„Du bist wirklich gnadenlos."

„Oh ja. Das wird sie büßen. Wie sieht´s auf dem Konto aus?"

„Noch mal drei Millionen im Nirvana."

Jessica antwortete lieber nicht. Samantha schob schließlich nebenbei noch Geld hin und her. Allerdings merkte Jessica sehr schnell, dass das noch lange kein Hinderungsgrund war. Samanthas Telefon klingelte. Sie drückte einen Knopf und tippte weiter.

„Ja?"

„Mister Knox ist in der Leitung." sagte Cindy.

„Stell durch."

Nach einem Klacken in der Leitung hörte man einen aufgeregten und nervlich beinahe vollkommen zerstörten Unternehmer mit Herz. „Sami!"

„Hey Karl. Miss Bennet hört mit, damit ich meine Hände frei hab." Irgendwo hatte sie auch ein Headset herumliegen, aber Jessica war schließlich Karls Anwältin. Samantha dachte nicht, dass es ein

Problem gäbe.

Für ihn gab es auch kein Problem im klassischen Sinne. Einen Moment stutzte er. Die beiden Frauen hörten das Zögern und grienten tonlos vor sich hin. „Oh. Hallo."

„Hallo." schmunzelte Jessica.

„Muss ich jetzt Miss Paine sagen?"

„Nein." lachte Jessica. Die Frage hatte sie mit aller Phantasie nicht kommen sehen. Was sollte ihr daran liegen, zwischen den beiden auf einen höflich distanzierten Umgang zu drängen?

„Gott sei Danke. Sami, kriegst du das hin?" fragte er sehnsüchtig, voller Hoffnung. All seine Erwartungen beinhalteten nicht ein einziges Mal sein eigenes Konto. Alles, was er wollte, war der Ausgleich seiner Schulden, weil die Leute, vor allem seine Mitarbeiter, das Geld nicht nur brauchten, sie hatten es verdient. Diese Selbstlosigkeit kannte Samantha schon an ihm. Es war einer von vielen Gründen, warum sie ihn auch auf persönlicher Ebene wirklich mochte. Er hatte erbittert um seine Firma und den Fortbestand der Arbeitsplätze gekämpft, aber als ihn die nervlichen Kräfte verließen, wollte er nur so viel haben, dass er seine Leute wenigstens restlos bezahlen konnte. Ein Mann von Ehre, dachte Samantha mal wieder. Sie machte die Buchführung auch für Menschen, die weit entfernt von diesem Ideal waren.

„Die Löhne sind durch, Karl." lächelte sie liebevoll. Es freute und berührte sie, dass sie ihm so gute Nachrichten überbringen durfte. „Wir sind grad bei den Retouren der Kunden."

„Echt?" schniefte er. „Himmel noch eins, du bist die Größte."

„Ich gebe, was ich kann. Ich mache mich grad über die Lieferanten her. Wir stehen unter Strom, um alles zu schaffen."

„Das wäre super. Ich will dich auch gar nicht stören."

„Tust du doch gar nicht. Ich krieg das schon hin. Wie geht's dem Nachwuchs?"

Es stöhnte genervt aus dem Telefon. „Die treibt mich zum Wahnsinn, sag ich dir. Seit sie ausgezogen ist, sehe ich sie öfter, als vorher."

„Freu dich doch."

„Natürlich. Aber nicht, wenn sie ihren kleinen Bruder immerfort in irgendwelchen Blödsinn reinzieht."

„Das schafft der auch alleine." lachte Samantha. „Ist er noch glücklich?"

„Ja, aber schon mit der nächsten. Ich kann mich nicht erinnern, dass ich früher auch so war."

„Da erzählt deine Mutter aber was anderes."

Einen Moment war es still und Jessica musste sich eine Hand vor den Mund halten, um nicht laut zu lachen. Das hatte gesessen. Samantha zwinkerte ihr grinsend zu. Sie waren eben wirklich eine Freundschaft eingegangen und sie konnte sich den lockeren Umgang mit einem Kunden leisten.

„Na ja, ein bisschen vielleicht." gestand er schließlich verlegen. Lieber schnell das Thema wechseln, dachte er. Seine Anwältin stand ja auch noch dabei. „Sami, kann ich dir eine Kontonummer geben und du überweist was, wenn was über bleibt? Es läuft auf meine Tochter, so hab ich noch gewisse Rücklagen für alles, was jetzt noch anfällt."

„Klar, schieß los." sagte sie sofort und zückte ihren Bleistift. Ein Block lag schon vor ihr.

Danach beendeten sie das Gespräch auch und Samantha tippte weiter. Aber diesmal schwieg Jessica nicht. Die Neugier siegte. „Ihr kennt euch gut?"

„Schon eine Weile. Eigentlich seit ich das alles für ihn übernommen hab. Vorher hat das eine kleine Firma gemacht, die irgendwann überfordert war. Und die haben so viel Mist gebaut, dass ich immerfort bei ihm war, um erst mal Ordnung zu schaffen."

„Klingt spannend. Weißt du nebenbei noch, was du tust?"

Samantha drückte Enter und grinste bis zu den Ohren. „Ich habe soeben anderthalb Millionen überwiesen."

„Auf mein Konto?"

„Tut mir leid, die Nummer hab ich nicht."

„Schade eigentlich." Träumen konnte man ja. „Wie sieht´s denn aus?"

„Warte." Samantha drückte wieder nur einen Knopf ihres Telefons. „Und?" fragte sie nur.

„Gerade fertig. Wie weiter?" fragte Steve.

„Lieferanten. Ich hab markiert, wen ich durch

hab. Nimm dir die zweite Tabelle, ich hab sie geteilt."

„Geht klar."

Wieder nur ein Tastendruck und Samantha telefonierte all ihre Leute durch. Immer der Reihe nach. Steve saß im Büro neben ihr und dann der Anordnung der Büros entsprechend. So waren sie auch im Telefon gespeichert. Cindy stand ganz oben, danach Steve und so weiter.

„Geschafft." schnaufte Samantha schließlich. „Alle Ausstände bezahlt und den Rest auf sein Konto geschoben."

„Wahnsinn." staunte Jessica. „Und das in der Zeit."

„Wir sind gut in dem, was wir tun." schmunzelte Samantha.

„Und ich in dem, was ich tue."

„Ich würde ja sagen, daran zweifle ich nicht, aber man soll nicht lügen."

Autsch, dachte Jessica. So offen hatte man ihr ihren Job noch nie vorgeworfen. Immerhin war Samantha ehrlich und führte sie mit einem Lächeln in einen Konferenzraum. Cindy hatte schon für Kaffee, ein paar Kekse und einen Computerzugang gesorgt.

„Setz dich." sagte Samantha. Sie selbst setzte sich an die Stirnseite an einen Laptop und warf den Beamer an, um an der Wand zu zeigen, was sie erzählte. „Und bedien dich."

Jessica griff auch gleich nach einem der Kekse,

während sie ihren Block und Kuli hervorholte.

Samantha konnte sich den Spott dafür einfach nicht verkneifen. „Und das nach der Schokotasche heute morgen." empörte sie sich, sah Jessica aber nicht an. Sie traute sich nicht. Ehrlich wollte sie sein, aber ihr dabei nicht in die Augen sehen. Sie gab sich auch die größte Mühe, es beiläufig klingen zu lassen und beschäftigt auszusehen.

Jessica hob unsicher die Brauen und sah auf den Keks in ihrer Hand. „Sollte ich mich dafür schämen?" Das hatte ihr bisher noch niemand vorgehalten.

„Nein, ich beneide dich nur um deine Figur."

Schon lächelte Jessica wieder. „Genetisch bedingt. Meine ganze Familie kann essen, was sie will, ohne dass es zu sehr ansetzt."

Samantha beugte sich um den Laptop herum. „Zu sehr?"

„Ich bin nicht perfekt, aber ich schäme mich nicht dafür, weil ich dafür lebe und genieße."

Samantha wollte es verbergen, doch ihr Blick huschte an Jessica hinab. Nicht perfekt? Wo war denn da irgendwas nicht perfekt? Es stachen keine Knochen hervor, aber das war auch gut so. Sie war schlank, wirkte eher wie der sportliche Typ, aber Sorgen musste sie sich nicht machen. Ganz und gar nicht. Ihr knackiger Hintern war Samantha ja am Morgen im Café schon aufgefallen. Wenn sie sie genauer betrachtete, war ihr Hintern nicht das einzig Perfekte. In dem Hosenanzug zeichnete sich eine sinnlich weibliche Form ab. Nicht wie diese

Hungerhaken, die man in Katalogen und auf Laufstegen sieht. Man sah Kurven, wohlproportioniert. Die reinste Einladung und Samantha musste sich schnell wieder auf den Laptop konzentrieren, bevor sie noch etwas tun würde, das sie nicht tun wollte. Zumindest nicht hier in ihrem Büro, nicht mit einer Anwältin, die sie beruflich kannte, und ganz bestimmt nicht, wenn sie selbst in ihrem Job steckte. Das passte für Samantha eben einfach nicht zusammen. Sie war entweder Buchhalterin oder Lesbe. Beides gab es nicht.

„So schlimm?" schmunzelte Jessica. Sie wollte es nicht, aber in ihr stieg ein unangenehmes Gefühl auf. Kritik an ihrem Äußeren hatte sie bisher noch nie gehört. Damit allein wäre sie vielleicht zurechtgekommen. Aber Kritik von genau dieser einen Frau würde sie hart treffen. Härter als sie sich selbst eingestehen wollte.

„Ich bin neidisch." stellte Samantha fest und widmete sich endgültig wieder der Arbeit. Sie tippte und hatte sogar ein paar bunte Bildchen. „Das ist der Gewinnverlauf der letzten fünf Jahre."

„Aufwärts." erkannte Jessica immerhin an der Kurve.

„Immens aufwärts." Bis auf diesen Tag, denn die Buchungen waren da auch schon zum Teil berücksichtigt und die Kurve machte einen Knick nach unten gen Null. Noch nicht ganz, aber die anderen waren gerade noch mit der Nacharbeit beschäftigt. Sie hatten ja erst mal nur überwiesen, in der offiziellen Buchhaltung fehlte das noch.

„Was ist das für ein Sprung vor zwei Jahren?" wollte Jessica wissen. Quasi senkrecht waren die Gewinne gestiegen. Kurz zuvor waren sie ein wenig eingesackt, dann schien ein Großauftrag gekommen zu sein.

„Der Börsengang. Und in dem Jahr hat er seine Produktpalette erweitert." Samantha rief eine Tabelle auf und stand auf, um es an der Wand besser zeigen zu können. „Hier. Im Mai ist er an die Börse gegangen. Und im September hat er dann die neuen Produkte eingeworfen, weil er in den paar Monaten schon Gewinne eingefahren hat, um das durchziehen zu können. Das war übrigens gegen den Willen seiner Frau." Samantha wusste nicht, ob das von Bedeutung war, aber sie wollte es angesprochen haben.

Jessica wurde natürlich sofort hellhörig. „Ach echt?" Wenn ihr Mandant ihr das nicht früher oder später erzählt hätte, wäre dies eine Chance gewesen, die ihnen entgangen wäre.

„Ja. Er wollte das schon nicht machen, weil sie sich deshalb nur gestritten haben."

„Weißt du mehr darüber?"

„Ich hab mal einen Streit mitbekommen. Sie wusste wohl nicht, dass ich am Telefon auf Lautsprecher war. Sie hat ihm an den Kopf geworfen, er würde ihr verdientes Geld verschleudern."

„Die arbeitet doch gar nicht."

„Hat sie damals noch. Sie hatte eine Werbeagentur." Samantha holte eine neue Tabelle auf den Schirm. „Karl hat sie unterstützt. Das sind alles Zahlungen, die wir hier als Investitionen oder Sponsoring oder Spenden verbucht haben. Das ging alles an die Werbeagentur."

„Das sind über zwei Millionen." stellte Jessica erschüttert fest.

„Ich zeig dir auch was, das du aber nicht verwenden darfst." schmunzelte Samantha und zeigte Jessica eine weitere Tabelle. „Das ist die Jahresbilanz der Werbeagentur. Die hab ich nämlich auch gemacht. Und hier … Alles, was hier steht, sind die Zahlungen von Karl. Und das hier ist der erwirtschaftete Gewinn."

„Minus." stellte Jessica kopfschüttelnd fest. Dieses Weib war wirklich das letzte. Als wäre das noch nicht genug, wollte sie dem armen Kerl jetzt noch das letzte Hemd ausziehen!

„So sieht es aus. Aber du bist seine Anwältin, das darfst du eigentlich gar nicht sehen." Deshalb machte sie das auch ganz schnell wieder weg.

„Ich hab auch offiziell nichts gesehen, aber dank dir weiß ich jetzt, wo ich mich hinarbeiten muss."

„Genau deshalb hab ich dir das auch nicht gesagt." lachte Samantha zufrieden. Sie hatte ganz klar ihre Kompetenzen überschritten, das wusste sie. Aber Karl war ein guter Mensch, nur viel zu gutherzig. Immer wieder hatte er sich von diesem Miststück einlullen lassen. Er hatte verdient, dass Samantha die Regeln ein wenig dehnte. Und Jessica stand ganz klar auf ihrer Seite. Dass Jessica als Anwältin ihr daraus einen dicken Strick drehen könnte, fiel ihr nicht mal ein...

„Hast du das selbst gemacht?" fragte Jessica.

„Von der Frau? Ja."

„Das heißt, wenn ich mir jetzt einen Richter suche, der mir Einblick gewährt, kannst du mich genauestens informieren?"

„Kann ich. Allerdings nicht so ins Detail, weil die Firma pleite ist und ich mir das nicht alles merke."

„Logisch. Aber das kannst du schon mal raussuchen."

„Ich fühle mich grad wie dein Laufbursche."

„Entschuldige." lachte Jessica. „So war das nicht gemeint. Ich wollte dich nur vorgewarnt haben, dass ich das noch haben will."

„Und du wirst von mir alles kriegen, was ich dir geben kann."

Aber nicht gleich, denn derzeit hatte sie nur das Recht für die Firma von Karl. Die nahmen sie dafür umso genauer unter die Lupe. Jessica kannte sich mit Buchhaltung nicht aus, dafür hatte sie Pierre. Aber Samantha redete mit ihr tatsächlich nicht mittels Zahlen, wie sie es mit Steve und den anderen getan hatte, sondern wie mit einem normalen Menschen. Das war angenehm für die Anwältin, so verstand sie das auch und bekam wirklich einen Überblick.

„Okay, können wir uns mal einen Monat vornehmen?" bat Jessica nach dem Überblick des gesamten Ablaufs seit der Gründung.

„Klar. Irgendeinen bestimmten?"

„Nein, ich will dir nur erklären, was ich will."

Samantha dachte sich, sie fingen mal mit der Bilanz eines Monats an. „Da ist alles drin, was in dem Monat geflossen ist."

Jessica stellte sich mit an die Wand. „Was ist da alles drin?" fragte sie und deutete auf das Fremdkapital.

Samantha musste natürlich nachsehen. Allerdings kamen nur Zahlen zum Vorschein. „Das erste ist eine Privateinlage. Ich glaube, das war für die Marketingkampagne."

Jessica legte den Kopf schräg und sah auf die Wand. „Privateinlage?" Da war nicht mal ein P als Abkürzung zu sehen. Nur Ziffern.

Samantha tippte auf die erste Zahl in der Zeile. „Privateinlage. Buchungsschlüssel. Irgendwann hat man die drin. Zumindest die, die man immerfort braucht."

„Ah ja. Ich brauch sie nicht und hätte das dann gern so, dass ich es lesen kann."

„Sollst du haben." Das war Samantha ja klar gewesen. „Das zweite ist eine Investition eines anderen Unternehmens."

„Okay, ich kürze das mal ab." sagte Jessica und stützte sich auf die große Tafel über ihren Block. „Kann man irgendwie trennen, was rein die Firma betrifft? Also die Einnahmen und Ausgaben, was rein aus dem Verkauf der Waren kommt?"

„Kann man. Wieso ist das wichtig? Das andere lief doch trotzdem über die Firma."

„Sie hat Klage gegen ihn eingereicht und fordert ihren Anteil an der Firma. Ich will versuchen, ihr das madig zu machen, indem ich alles streiche, was nicht wirklich die Firma betrifft. Die Privateinlage zum Beispiel."

„Da gibt es aber einen Beleg dazu, der ganz klar aussagt, dass es für die Werbekampagne ist. Was man streichen könnte, wären die Mieteinnahmen zum Beispiel. Die Immobilien gehören der Firma, haben aber nichts mit dem eigentlichen Geschäft zu tun."

Jessica suchte ihre Akte heraus und blätterte kurz durch. „Er hat sie direkt als Internethandel angemeldet, ohne Zusätze, also fallen die Immobilien raus. Was noch?"

Samantha nahm sich auch erst mal Zettel und Stift, um das schon mal aufzuschreiben, sonst würde sie das nicht aufbereiten können. Aber sie hatte verstanden, worauf Jessica hinaus wollte, und arbeitete ihr zu, was sie konnte. Da es aber gerecht bleiben musste, mussten sie alle Ausgaben ebenso streichen wie die Einnahmen und ob sich das am Ende lohnen würde, weil sich vor allem am Anfang die Verluste hauptsächlich auf Nebensächlichkeiten bezogen, stand noch nicht mal fest. Es war nur ein Versuch von Jessica, ihrem Klienten zu helfen. Die Liste wurde lang und Samantha würde wohl eine Weile brauchen, um das auseinanderzufummeln.

Inzwischen war es dunkel und die meisten Kollegen schon weg. Eigentlich alle außer den beiden Damen. Die Reinigungsfirma hatte ihre

Runde auch schon gedreht und die beiden standen immer noch zusammen.

Jessica rieb sich die Schläfen. „Hast du zufällig Aspirin hier?" Ihr schwirrte der Schädel. So viele Zahlen und nicht ein Paragraph in Sicht.

„Wir sollten Schluss machen." lächelte Samantha. „Komm, in meinem Büro hab ich welche."

Das nahm sie nur zu gern an. Samantha gab ihr ein Glas Wasser in ihrem Büro und aus der Schublade ihres Schreibtischs noch eine Aspirin. Die musste für sie selbst auch noch sein.

„Danke."

„Kein Problem."

„Noch irgendwas, das heute sein muss?" fragte Jessica unsicher. Eigentlich war sie nicht der Typ, der vor Arbeit davonlief, aber es war inzwischen schon fast Mitternacht. Sie glaubte, ihr Kopf könnte einfach keine Informationen mehr aufnehmen.

„Nein, vorerst nicht. Du hast mir Arbeit für eine ganze Weile gegeben."

„Tut mir leid."

Das glaubte sie doch wohl selbst nicht, dachte Samantha. Ihre Mundwinkel zuckten. „So siehst du aus."

Jessica hob den Blick zu Samantha und formte mit ihren Lippen ein leichtes Lächeln. „Eigentlich hätte ich schon eher abbrechen müssen, um einen Grund zu haben, morgen wiederzukommen."

„Zu spät. Das hättest du dir wohl eher überlegen sollen."

„Hab ich keine Chance, den Fehler auszubügeln?"

„Wie willst du das denn anstellen? Mir meine Notizen wegnehmen?"

„Nein, so hinterhältig bin ich nicht. Aber ich würde mich gern auch ohne Zahlen mit dir unterhalten."

„Unterhalten? So siehst du mich gerade nicht an."

Jessica antwortete nicht mit Worten, nur ihr Lächeln wurde noch eindeutiger. Aus ihren Augen sprang geradezu die Lust heraus. Samantha sah diese blaue Augen, die ihr von Anfang an den Verstand umnebelt hatten, und wurde schon jetzt hibbelig. Sie wäre jetzt mit ihr gegangen. Vor allem nach dem Tag.

Jessica war nicht gerade jemand, der lange fackelte. Sie sah das Verlangen und den Wunsch nach Intimität nur einen winzigen Augenblick in Samanthas Augen auflodern, ehe sich Samantha wieder unter Kontrolle hatte, während Jessica die Kontrolle gerade erst verlor. Sie konnte nicht widerstehen. Vor ihr stand eine bildschöne Frau, die ganz offensichtlich Interesse hatte, also überwand sie die drei kleinen Schritte, fasste sanft nach Samanthas Wangen und überfiel sie mit einem innigen Kuss, der vor Leidenschaft zu platzen drohte.

Samantha hätte wohl widerstanden, wenn sie nicht so geil gewesen wäre und diese sinnlichen Lippen nicht wirklich so weich gewesen wären, wie sie aussahen. Sie stand an ihren Schreibtisch gelehnt und zog diese Anwältin an sich. Das würde nur Probleme bringen, das war ihr klar, aber die Stimme der Vernunft konnte die Erregung nicht übertönen.

Jessica ließ ihre Hand an Samanthas Hose sinken und öffnete den Knopf. Samantha seufzte schon jetzt. Jessica öffnete auch den Reißverschluss noch und glitt in die Hose zu der feuchten Hitze - das Ziel ihrer sehnsüchtigen Suche. Samantha stöhnte auf und erfuhr die Reaktion auf ihr Stöhnen auf sehr sanfte Weise. In Jessica wurden Gefühle geweckt, nur weil sie sah und spürte, dass Samantha Freude an dem empfand, was Jessica tat.

Samantha versuchte, sich zu öffnen, soweit es eben in der Hose möglich war. Sie war nicht der Typ für einen Rock, aber gerade bereute sie es.

Jessica kannte die einfachste Lösung: Hose runter. Sie schob Samantha auf den Tisch, bis sie richtig saß und sich gehenlassen konnte. Das hieß aber nicht, dass sie einfach nur nahm, was man ihr gab. Am liebsten hätte sie die lästigen Knöpfe von Jessicas Bluse aufgerissen. Trotz des gewissen Reizes, den diese Vorstellung ausübte, beherrschte sie sich und öffnete die Bluse regelkonform, wenn auch nur unwesentlich langsamer.

Nur ganz kurz, kaum wahrnehmbar, flammte in Samantha der Gedanke auf, was passieren würde, wenn jetzt einer käme. Ihr Chef zum Beispiel. Oder auch nur eine Putzfrau, die noch etwas vergessen hatte. Das wäre ihr Untergang und es war ihr schon wieder vollkommen egal, als sie sich in Jessicas Brüsten versenkte.

Auch sie glitt in Jessicas Hose und sie ließen das über den Tag aufgekommene Verlangen heraus. Es wollte raus und brach in dem ausgestorbenen Wolkenkratzer einfach über ihnen herein, bis sie gemeinsam kamen und die Laute in einem innigen Kuss erstickten. Nicht dass jemand da gewesen wäre, der sie hätte hören können. Man musste es ja aber auch nicht darauf anlegen.

„Wenn jetzt dein Chef gekommen wäre." kicherte Jessica. Ja, sie genoss es, doch noch zum Ziel gekommen zu sein. Hätte sie am Morgen mehr Zeit gehabt, hätte sie dieses Ziel schon im Café anvisiert, aber da waren nur ein paar Sätze möglich gewesen. Und später im Ritz hatte sie die Hoffnung eigentlich schon aufgegeben gehabt. Nicht dass sie die eindeutig willigen Signale von Samantha nicht erkannt hätte, aber Samantha wollte es nicht als Buchhalterin. Bei ihr gab es da eine klare Trennung und Jessica freute sich, diese Grenze verwischt zu haben.

Samantha schwang sich von ihrem Tisch und zog sich wieder an. „Als Chef muss man so spät nicht mehr arbeiten." Sonst hätte sie sich vielleicht wirklich nicht dazu hinreißen lassen. Ihr Chef im Nebenraum? Nein, ganz sicher nicht! Niemals! Ausgeschlossen! Aber so … Sie blieb oft abends noch lange und kannte den Ablauf. Nach den Reinigungskräften kam niemand mehr. Und ihr Chef erst recht nicht. Nicht um die Uhrzeit.

„Stimmt auch wieder." nickte Jessica.

Sie richteten beide ihre Kleider und Frisuren,

sahen sich kurz an und nickten. Keine Spuren mehr zu sehen, der Lippenstift frisch nachgezogen, kein Blusenzipfel dort, wo er nicht sein sollte, die Haare nicht zerzaust, die Hosen geschlossen und dennoch ein befriedigender Feierabend.

Samantha kam völlig fertig zu Hause an. Es war alles dunkel und still. Sie ging auch nur schnell duschen und legte sich schlafen. Das war keineswegs eine Ausnahme. Sie liebte ihren Job und hängte sich voll rein. Arbeitszeiten bis in die Nacht hinein gehörten für sie einfach dazu. Manch anderem wäre das zu viel des Guten gewesen, er hätte die Freizeit vermisst und lieber den Job gewechselt. Nicht aber Samantha. Hin und wieder gönnte sie sich ohne Gewissensbisse einen freien Tag für ihre Familie, manchmal auch nur einen halben. Ihr Chef hatte ihr diesbezüglich noch nie Probleme gemacht, weil sie den einen freien Tag locker wieder erarbeitete. Ihr Überstundenkonto war bis zum Überlaufen voll. Ende November, kurz vor Weihnachten, ließ sie sich meist wenigstens einen Teil auszahlen.

Als Samantha so allein im Bett lag, dachte sie an Jessica. Ihre blauen Augen hatten sie schon den ganzen Tag verfolgt, seit sie sie am Morgen zum ersten Mal gesehen hatte. Dann hatte sie sie ja auch noch immerfort vor sich gehabt. Ihre Anziehungskraft hatten sie dadurch aber nicht verloren. Jessica war eine betörend schöne Frau. Und dann der Abschluss. Sie konnte nur hoffen, dass das wirklich unter ihnen bleiben würde. Allein der Gedanke...

Unruhig wälzte sie sich auf die andere Seite. Was hatte sie sich dabei eigentlich gedacht? Jetzt war die leibhaftige Versuchung nicht so nahe und ihr Verstand arbeitete ohne Ablenkung. Das Resultat war ein äußerst schlechtes Gewissen. Wenn das herauskäme … Nicht nur, dass sie lesbisch war, auch dass sie Sex im Büro gehabt hatte. Auf ihrem Schreibtisch! Wie sollte sie denn dort jemals wieder arbeiten können? Sie malte es sich schon bildlich aus. Ihr Sessel am Schreibtisch … Die Tastatur, die Jessica zur Seite geschoben hatte … Ihre Bleistiftbox, die heruntergefallen war. Samantha hatte sie nach dem Anziehen wieder aufgehoben. Jessica hatte dicht neben ihr gestanden und Samantha war schwach vor neuem Verlangen gewesen. Sie hatte sich selbst kaum wieder aufrichten können und war von einem innigen Abschiedskuss erwartet worden … Ja, es war ein verdammt schöner Abschluss gewesen.

Nur wie sollte es weitergehen?

***

Am nächsten Morgen kam sie mit ihrem obligatorischen Kaffee im Pappbecher ins Büro. Sie hatte viel vor. Sehr viel. Das war aber auch ganz gut so. Arbeit würde die bösen Gedanken vertreiben, hoffte sie.

„Guten Morgen." sagte Cindy.

„Guten Morgen. Teamsitzung so schnell wie möglich."

„Geht klar." nickte Cindy und ging gleich zu den fünf anderen, um mit ihnen zu klären, wie es in den Terminkalendern aussah. Michaela hatte gerade noch einen Kunden da, aber eine halbe Stunde später trafen sie sich in einem der großen Konferenzräume.

„So." schnaufte Samantha. Sie wusste jetzt schon nicht mehr, wo ihr der Kopf stand. Immerhin war an diesem Tag kein Treffen mit Jessica geplant, das sie noch weiter ablenken könnte. An sie zu denken, genügte schon. „War ja ein anstrengender Tag gestern. Sind alle Buchungen drin?"

„Ja." sagte Steve gleich. „Alles drin, liegt auf deinem Tisch zur Unterschrift."

„Bestens. Und wir haben noch mehr Arbeit vor uns. Aber erst mal die Frage, was bei euch ansteht?" Das machte sie immer. Auch wenn sie eine Sitzung anordnete, um etwas Bestimmtes zu besprechen, ließ sie ihren Leuten erst mal die Möglichkeit, selbst etwas loszuwerden.

„Winter hat dem Konkurs zugestimmt." berichtete Michaela. „Der Insolvenzverwalter will dich heute noch sprechen."

„Na großartig." stöhnte Samantha. Insolvenzen bearbeitete sie gar nicht gern, aber sie gehörten zum Geschäft. Häufiger und häufiger... „Cindy, such mir das dann bitte alles raus."

Cindy nickte und schrieb es sich auf. Allgemein hatte jeder einen Block vor sich liegen. Da aber keine weiteren Anliegen kamen, konnte Samantha die Bombe platzen lassen.

„So, Knox. Ich hab mit seiner Anwältin eine Liste

aufgestellt. Wir müssen die Buchhaltung bereinigen. Allerdings nur für die Verhandlungen, unser System bleibt bitte unangetastet."

„Logisch." schmunzelte Steve. Sie konnten ja die offizielle Buchhaltung nicht frisieren, wie es einem Anwalt gerade passte.

„Ich wollte das noch mal gesagt haben. Wir nehmen uns das Jahresweise vor. Ich nehme das aktuelle." Sie drückte auf eine kleine Fernbedienung und ein Bild flackerte an der Wand auf. „Das sind alle Buchungsschlüssel, die generell rausfliegen. Keine Sorge, ihr kriegt das auch noch mal extra. Es muss alles raus, was nicht den Grundstock der Firma angeht."

„Da fällt aber noch mehr rein, oder?" fragte Tim.

„Ja. Und auch bei denen kann man nicht generell alles über einen Haufen schmeißen."

„Wir müssen also eigentlich jede Buchung einzeln ansehen." stellte Steve erschüttert fest.

„So sieht es aus."

Das Entsetzen stand in jedem Gesicht. „Sam, wie lange sollen wir denn dafür brauchen?" fragte Michaela.

„Ich hab schon mit der Technik gesprochen. Das Problem ist nämlich auch, dass ich sie bei Bedarf wieder einpflegen können muss. Und zwar ohne, dass ich die alle wieder einzeln eingebe und mir die Belege raussuchen muss. Es wird ein paralleles Programm geben. Wie genau, kann ich euch noch nicht sagen." Samantha warf eine weitere Tabelle an die Wand. „Das ist die Liste irgendeines Monats.

Sämtliche Buchungen jeweils eine Zeile, wie wir sie kennen. So in etwa soll das aussehen. Ihr kennt die Buchungsschlüssel und die Schlüssel im Verwendungszweck. Ich hab der Technik gesagt, es soll so einfach wie möglich werden. Mein Vorschlag war, hier hinten einfach ein Feld anzufügen, das wir anklicken können, dann wird es rausgerechnet. Ich brauch die rausgerechneten schließlich genauso als Statistik."

„Was ist mit Steuern und Zinsen?" fragte Tim. Die erste Buchung an der Wand waren Zinseinnahmen. Die müssten ja theoretisch geteilt werden. Diese Einnahmen waren schließlich für alles gekommen.

„Weiß ich noch nicht genau. Alles, was theoretisch gesplittet werden müsste, muss ich dann einzeln ansehen. Ich weiß noch nicht, wie die Technik das umsetzen kann, aber ihr werdet es erfahren. Ich denke aber, dass ich das ganz einfach selektieren kann. Hoffentlich." musste sie leider hinzufügen. Sie sah ihren Mitarbeitern die Begeisterung an. Das war eine Heidenarbeit. Sie liebten ihren Job alle, aber das würden keine vergnüglichen Tage werden. Sie hatte ja geahnt, dass diese Woche furchtbar werden würde. Sie sah sich selbst schon im staubigen Archiv stehen und Belege suchen...

Sie hatte die Techniker unter Druck gesetzt, so bekam sie schon eine Stunde nach der Sitzung Besuch. Die hatten das Programm tatsächlich so hinbekommen. Eine Liste, rechts zwei Felder, in die man ein Häkchen setzen konnte, um es rauszurechnen oder eben nicht. Danach verschwanden diese Buchungen in eine andere Aufstellung und es blieben nur die übrig, die Samantha selbst durchsehen müsste.

Und das Beste an der ganzen Sache erklärte sie ihrem Team an Steves Rechner. Sie gab jedem einen Zettel. „Meldet euch mit dem Benutzer an. Das neue Programm läuft auf einem anderen Server und ist nicht direkt an die Buchhaltung gekoppelt. Es liegen zwar die gleichen Daten zugrunde und werden auch ständig aktualisiert, aber ohne laufende Verbindung in die andere Richtung, wurde mir erklärt. Damit geben sie uns die Möglichkeit, alles auszuprobieren, das Original bleibt, wie es sein soll."

Das war ihr wichtig gewesen. Sie würden also alle möglichen Buchungen vornehmen können, aber sie würden die richtige Buchhaltung der Firma nicht durcheinanderbringen. Da hingen zu viele Gelder dran. Und ihr eigener Kopf.

Es machten sich auch gleich alle an die Arbeit. Samantha selbst nahm sich den ersten Monat des aktuellen Jahres vor. Als sie den fertig hatte, grübelte sie über der Splittung von Zinsen und Steuern. Es sollte schließlich korrekt ablaufen, damit sie sich nicht mit der bissigen Anwältin anlegen müsste. Von der angedrohten Bissigkeit hatte sie allerdings noch nichts abbekommen.

Als Tim dann mit einer Buchung zu Samantha kam, bei der sie auch nicht so genau wusste, nahm sie sich die Visitenkarte von Jessica. Es stand nur ihre Handynummer und Mailadresse drauf. Sie musste sie jetzt anrufen. Und zwar gleich. Es ging um einen gemeinsamen Fall. Sie würden sich noch öfter sprechen und auch begegnen müssen.

Wieso saß sie dann vor ihrem Telefon wie ein Teenager, der sich nicht traut, den Schwarm anzurufen? Das war doch albern. Sie hatten Sex gehabt, okay ... Sie lebte doch nicht völlig keuch. Und mit anderen Frauen konnte sie auch Sex haben und danach eine schöne Freundschaft pflegen. Oder eben auch nicht und sie gingen getrennte Wege. Was war bei Jessica anders?

Ihr Job, ganz klar. Es fiel ihr einfach schwer, beide Welten zu verbinden. So sehr war ihr noch nie aufgefallen, dass sie durch zwei Welten wandelte und sich in jeder nur zur Hälfte öffnete. Jessica war die einzige, die beide Seiten an Samantha kannte.

Ein Grund mehr, sie anzurufen und dafür zu sorgen, dass sie auch ohne die Akte Knox eventuell in Kontakt blieben. Es tat gut. Irgendwie...

„Bennet."

Samanthas Herz raste und ihre Stimme klang brüchig. „Ich bin's."

„Ein Lichtblick in diesem grauen Tag." hörte sie Jessica schmunzeln. War ihr Name noch mit Maske ausgesprochen worden, war die nun gefallen und Samantha hörte sogar einen leichten Flirt in ihrer Stimme. An ihrem Umgang schien sich also nichts geändert zu haben. Kein Grund zur Aufregung.

„Er könnte kaum grauer sein." bestätigte Samantha. „Hör zu, ich hab ein paar Probleme und brauch Antworten von dir."

„Äh..." Jessica sah auf die Uhr. „Ist grad schlecht, ich muss ins Gericht."

„Den Aasgeier spielen?" lachte Samantha.

Und Jessica lachte mit ihr. „Irgendwann muss ich doch etwas tun, über das du herziehen kannst. Und ich nutze meine Chance. Sammle einfach und wir gehen morgen frühstücken."

„Klingt gut. Wo?"

„Acht Uhr im Solero?"

„Ich werde da sein."

„Ich erst recht. Und es ist ein Hotel."

Schon hatte sie aufgelegt. Samantha folgte kopfschüttelnd. Dass sie mal so mit jemandem arbeiten würde, hätte sie nicht gedacht. Es war irgendwie so einfach. Arbeiten, arbeiten, Sex, arbeiten, arbeiten ... Ohne Komplikationen nach dem Ausrutscher. Sie sah Jessica vor sich, hörte sie aufstöhnen und spürte sie unter ihren Fingern und ihre Finger in sich eindringen. Und nebenbei sah sie Buchungen durch...

***

Samantha kam zu dem großen Platz, an dem das Solero zu finden war. Ein gemütliches Eiscafé mit einigen wenigen Fremdenzimmern darüber. Jessica war schon da. Vor ihr standen eine Tasse Kaffee und ein Stück Schokoladencremetorte. Daneben lag ein Heft und sie beugte sich mit einem Stift bewaffnet, hochkonzentriert darüber.

Samantha schlich sich leise von hinten an und musste schmunzeln. Sudoku ... Sie blieb hinter Jessica stehen, beugte nur den Kopf neben ihren, nahm ihr den Stift ab und schrieb. Jessica stand der Mund offen. Samantha trug die Zahlen ein, als würde sie einen Brief schreiben. Nicht einmal setzte sie zum Überlegen ab, bis alles ausgefüllt war und auch noch aufging.

„Wow." schmunzelte sie. Sie war neidisch. Wieso konnte sie das nicht?

„Ich hoffe, jetzt gehört mir deine ganze Aufmerksamkeit des Morgens." feixte Samantha und setzte sich ihr gegenüber.

„Hätte sie sowieso, da reicht es schon, dass du schon wieder umwerfend aussiehst."

In Samanthas Bauch begann es zu glühen und sie hoffte, ihre Wangen würden das Glühen nicht nach außen tragen. Ein Kompliment ist immer etwas Schönes, für Samantha wurde es zu etwas Besonderem, weil sie es in Ausübung ihres Jobs von einer Frau bekam. Nicht von ihrem Chef, sondern von einer wunderschönen Frau.

„Vielen Dank, das kann ich gern zurückgeben." Ihr Lächeln sollte Freude ausdrücken, aber keine Scham. Sie wollte auch nicht schüchtern wirken, nur angenehm berührt durch das Kompliment.

Und da sie unter allen Umständen vermeiden wollte, ihren Blick mit Jessicas zu verschmelzen und Dinge preiszugeben, die sie nicht preisgeben wollte, schob sie die Arbeit vor. Dafür waren sie ja schließlich hier.

Zuvor griff sie in ihre Aktentasche und holte ein ähnliches Heft heraus. Sie legte es Jessica vor, die schon vor der Überschrift Angst bekam. Profi-Killer-Sudoku.

„Oh oh." piepste sie und schlug es auf. Es sah fast genauso aus wie ihres, das sie schon für schwer gehalten hatte, nur nicht mit Zahlen von Eins bis Neun, sondern bis Sechzehn. „Wo sind die Zahlen?" fragte sie irritiert. Da standen zwar kleine Zahlen drin, aber weit höher, als es sein sollte. Ansonsten gab es keinerlei Vorgaben, an denen man hätte ansetzen können, um das Rätsel zu lösen.

„Summen." erklärte Samantha. „Die kleinen Zahlen geben die Summen der Zahlen in den unregelmäßigen Feldern an."

Grinsend schob Jessica ihr das Heft wieder zu. „Lass sehen, was du kannst."

Das nahm sie gern an, weil sie in diesem Punkt absolut überzeugt davon war, sich nicht zu blamieren. Das Ausfüllen ging nicht weniger schnell, sie sah nur ein bisschen konzentrierter aus. Unruhig hüpften ihre Augen über das ganze Zahlenfeld und immer mal wieder zuckten ihre Brauen nach oben. Jessica beobachtete sie, solange Samanthas Aufmerksamkeit auf dem Rätsel lag. So konzentriert hatte sie auch ausgesehen, als sie die Buchungen im Schnellverfahren durchgezogen hatte. Es war ein fesselnder Anblick, weil Samantha trotz Konzentration eine tiefe Faszination ausstrahlte. Wovon genau sie so fasziniert war, wusste Jessica nicht, aber sie wollte es wissen. Am liebsten würde sie alles über Samantha wissen.

„Wieso kannst du das?" fragte sie ernsthaft interessiert.

„Zahlen. Ich bin ihnen schon seit frühester Kindheit verfallen und hab ein besonderes Gespür für sie. Mit Fünf hatte ich das Einmaleins drauf."

Beeindruckend... „Wahnsinn. Ist das gefördert worden?"

„Ist es." nickte Samantha stolz. „Mit Siebzehn hab ich meinen Doktor in Mathematik gemacht. Aber ich wollte nicht irgendein Mathematiker sein oder zu den IT-Freaks gehören, deshalb hab ich mich zur Steuerberaterin und Buchhalterin ausbilden lassen."

„Kompliment. Die einzigen Zahlen, mit denen ich umgehen kann, sind Paragraphen."

„Das einzige, was vor meinen Zahlen stehen darf, sind Vorzeichen oder Rechensymbole." lachte Samantha. Da sollten keine komischen Paragraphen davorstehen.

„Hat auch was."

„So, zur Arbeit." Es war ja leider kein privates Frühstück zum reinen Vergnügen. Sie reichte Jessica einen Zettel, dessen Buchung ihr zufällig untergekommen war. Es war ein Schreiben von Karl Knox an seine Bank, mit dem er seiner Frau sämtliche Vollmachten entzogen hatte. Damit war Jessicas Laune in ein bodenloses Loch gestürzt.

„Wieso weiß ich das noch nicht?!" schimpfte sie. Es richtete sich aber nicht gegen Samantha. Jessica wusste schließlich, dass sie nichts dafür konnte. Weder dafür, dass die angehende Exfrau von Karl Knox trotz entzogener Vollmacht Geld abzweigt, noch dafür, dass Jessica nichts von diesem Schreiben wusste. Es war nachvollziehbar, dass Samantha nicht alle Vorgänge der Firma im Kopf hatte. Vielleicht hatte sie selbst das Schreiben auch noch nie zuvor gesehen? Es war ein Stempel mit Buchungssätzen im unteren Bereich zu sehen. Samantha hatte erzählt, sie und ihre Leute buchten jeder das, was kam.

Trotzdem hatte Samantha ein schlechtes Gewissen. Sie selbst wusste natürlich noch besser, dass sie nicht zu allem in Karls Firma Bescheid wissen konnte. Sie war schließlich nicht seine Assistentin. Und diesen Brief hatte sie tatsächlich noch nie zuvor in den Händen gehalten. Der Handschrift nach zu urteilen, dürfte es Tim gewesen sein, aber was spielte das schon für eine Rolle.

„Tut mir leid, ist mir nur zufällig über den Weg gelaufen. Er hat es per Einschreiben geschickt und damit ich es buchen kann, krieg ich immer eine Kopie davon. Eigentlich geht mich das ja nichts an."

„Das sollte auch kein Vorwurf sein." lächelte Jessica entschuldigend. Es hatte wohl so geklungen, sonst hätte Samantha keine Rechtfertigung präsentiert. Obwohl es gut war und Jessicas Annahmen bestätigte.

„Erklär mir lieber mal, wie das möglich ist."

„Werde ich." murmelte Jessica. Am Ohr hielt sie schon das Handy, das ihr jetzt Antworten beschaffen musste. Und zwar nicht auf direktem Wege, es musste ja alles seine Richtigkeit haben.

Als erstes musste Pierre ihre anwaltliche Vollmacht an die Bank faxen. Dann rief er dort an, fragte sich zu dem Fax durch und begleitete das Fax bis zum Verantwortlichen für die Firma Knox. Als er dort angekommen war, verband er zu Jessica. Bei ihr kam das als eingehender Anruf an. Sie wusste eben, was sie an Pierre hatte. Nicht jeder Assistent in der Kanzlei arbeitete so gewissenhaft.

Und dann erlebte Samantha die gnadenlose Anwältin, vor der Jessica sie schon gewarnt hatte. Eiskalt war sogar ihre Mimik, und ihre Worte rasiermesserscharf. Sie warf ihrem Gesprächspartner alle möglichen Paragraphen um die Ohren und erläuterte, gegen was er nicht alles verstoßen hatte. Und am Ende forderte sie einfach, dass die Buchungen rückgängig gemacht werden sollten. Egal wie. Sie bat nicht darum, sie fragte auch nicht, ob es möglich wäre, sie forderte es. Sie verlangte. Und sie wusste, der Typ am anderen Ende hatte die Hosen voll. Vielleicht steckte ein kleiner Sadist in ihr, denn diesen Teil ihres Jobs liebte sie besonders. Sie war in dem Moment die Herrin über den Mann der Bank. Sie machte die Ansagen und er hatte zu folgen oder würde mit den äußerst wütend ausgeführten Konsequenzen leben müssen. Die Entscheidung sollte er sich gut überlegen.

Schlussendlich war es erledigt. „In Arbeit." grinste Jessica ihre liebreizende Zuhörerin an.

„Und dann? Ich meine, sollen wir die auch noch verbuchen?"

„Ist noch was offen?" fragte Jessica verwirrt. Sie hatten doch vor zwei Tagen alles gebucht, oder nicht? Hatte sie da was falsch verstanden?

Samantha musste einfach leise in sich hinein lachen. „Anwälte…" Sie schüttelte amüsiert den Kopf, ehe sie den Blick hob. „Seit zwei Tagen läuft das weiter. Die nächsten Lieferanten stehen auf der Matte. Außerdem ist heute der Erste des Monats, also müssen Mieten bezahlt werden. Da ist immer was offen."

„Dann bezahl, was bezahlt werden muss, der Rest geht wieder auf das Konto seiner Tochter. Basta."

Langsam ging Samantha dieser Ton wirklich auf die Nerven. Jessica schien immer wieder mal zu vergessen, dass sie eben nicht Samanthas Herrin war. Das passte Samantha nicht und sie versuchte, Jessica auf scherzhafte Weise darauf aufmerksam zu machen. „Es ist mir eine Ehre, dir dienen zu dürfen."

Jessica kniff schmunzelnd die Augen zusammen. „Entschuldige." So fest hatte sie sich vorgenommen, auf ihren Ton zu achten, wenn sie mit Samantha sprach. Im Arbeitsalltag brauchte sie den Biss, aber nicht bei Samantha.

„Vergiss nur nicht, dass ich nicht deine Assistentin bin."

„Ich gebe mir Mühe, ehrlich." lächelte Jessica. „Es tut mir leid."

„Dann weiter im Text."

Samantha hoffte, die Botschaft wäre endlich richtig angekommen, und ging zum eigentlichen Thema über. Sie hatte eine Liste mit strittigen

Buchungen, die sie jetzt durchgingen. Dann kam auch noch die Frage nach Zinsen und Steuern. Sie erklärte Jessica die Hintergründe und die beiden diskutierten die Möglichkeiten auseinander.

Und Jessica hielt Wort. Sie hielt ihre Stimme im Zaum. Sie bat Samantha, das auseinanderzunehmen, wie es eben sein musste. Sie waren sich in dem Punkt einig, dass es keine Fehler geben durfte. Diese korrigierte Buchhaltung musste absolut wasserdicht sein. Aber sie waren sich einig und arbeiteten zusammen. Eine neue Erfahrung für Jessica, die sie in dem Sinne noch nie erlebt hatte.

***

Es war kurz nach halb Sieben abends, als Samantha aus ihrem Büro hetzte. Sie wollte schon lange unterwegs sein, aber wie immer war sie aufgehalten worden. Dies noch und jenes noch, da noch eine Unterschrift, dort noch eine Entscheidung, und schon war es später als geplant.

Sie hielt sich auch noch das Handy ans Ohr, als sie im Fahrstuhl stand. Erst als sie aus dem Wolkenkratzer stürzte, legte sie auf und hatte vielleicht endlich Feierabend. Einen unangenehm angenehmen Feierabend. Sie bog um die Büsche, die vor dem Haus gepflanzt worden waren, und lief direkt in Jessicas Arme. Im wahrsten Sinne des Wortes, denn sie traten zufällig zur gleichen Zeit um die Ecke und prallten aneinander.

„Gott." keuchten beide erschrocken und

taumelten leicht, mussten aber gleichzeitig auch lachen. Nicht nur wegen der zufälligen körperlichen Konfrontation. Samantha wollte damit auch verbergen, wie erschrocken sie über Jessica war. So unvorbereitet vor ihr zu stehen, versetzte ihrem Herzen und vor allem ihren sexuellen Gelüsten einen gefährlichen Schlag. Mit Mühe und Not hielt sie sich davon ab, sofort über Jessica herzufallen. Sie sah atemberaubend aus. Wie eigentlich immer. Irgendetwas hatte diese Frau an sich. Etwas, das Samantha jedes Mal aufs Neue erregte, sobald sie sie nur vor Augen hatte. Es genügte sogar, Jessica nur vor ihrem inneren Auge zu sehen...

„Was für eine Begrüßung." schmunzelte Jessica. „Bist du immer so stürmisch?"

„Manchmal kommt das vor, ja. Willst du zu mir?"

„Zu wem sonst, wenn nicht zu meiner liebsten Buchhalterin?"

Beinahe wäre ihr ein erregtes Knurren entwichen. Samantha sah auf die Uhr. Viertel vor Sieben. „Äh ... Tut mir leid, ich muss los." Sie hätte es bereut, wenn ihr Ziel es nicht wert gewesen wäre.

„Na toll."

„Dann komm mit, aber ich bin echt spät dran."

„Bist du verabredet? Ich will dich nicht stören." sagte Jessica unsicher, aber sie hätte doch gern noch ein paar Minuten genutzt. Sie wäre aber auch nicht böse, Samanthas Verabredung kennenzulernen. Aus irgendeinem, ihr völlig unbegreiflichen Grund gefiel ihr der Gedanke nicht.

Samantha unterdrückte ein Kichern, während sie

immerhin in die richtige Richtung liefen. Sie ließ es sich auch nicht nehmen, Jessica noch etwas zappeln zu lassen. „Ich bin verabredet mit dem süßesten Mädchen, das es auf diesem Planeten gibt."

Autsch, das hatte gesessen. „Jetzt machst du mich aber wirklich eifersüchtig."

„So war das geplant, dabei geht es um meine Nichte. Sie ist Vierzehn und wartet auf ihre Tante."

„Oh." Wie beruhigend... „Na da will ich natürlich nicht stören. Rufst du morgen an?"

„Du kannst ruhig mitkommen. Ehrlich."

Und Jessica ging mit. Wieso, wusste sie selbst nicht. Eigentlich wahrte sie mehr Abstand zu Geschäftspartnern. Für Sex machte sie auch mal eine Ausnahme, aber persönlich wurde es selten. Samantha war eine Ausnahme geworden, bevor Jessica es richtig registriert hatte.

Die beiden plauderten natürlich über den Fall, bis sie in ein anderes Hochhaus einbogen. Der Fahrstuhl brachte sie bis ganz nach oben. Samantha hielt den Schlüssel schon in der Hand und hatte ein liebevolles Lächeln auf den Lippen, als sie aufschloss.

„Sam!" kam ihr gleich ein Ruf entgegen. Nur einen Moment später sprang ihr ihre kleine Nichte um den Hals.

„Hey, Kleines." lächelte sie selig und drückte sie an sich. Das kam viel zu selten vor, weil sie abends meistens viel zu lange im Büro war. Deshalb hätte sie auch nicht bereut, Jessica zu vertrösten. Lucy ging immer vor.

Dann stellte sie die beiden aber erst mal vor. „Lucy, das ist Jessica."

„Hallo." strahlten ihr zwei eindeutig glückliche Kinderaugen entgegen und Jessica war machtlos gegen den Drang, ebenso glücklich zu lächeln.

„Hallo. Es freut mich."

Eine etwas betagtere Frau kam aus der Küche. Jessica fürchtete schon, Samanthas Mutter kennenzulernen, doch dem war nicht so.

„Jessica, das ist Anna..." Samantha befeuchtete amüsiert ihre Lippen. Sie hatte es gerade noch geschafft. „Äh … Meine Haushälterin."

Nanny!, erkannte Jessica und musste so um ihre Maske kämpfen, dass sie nicht schallend lachte. Eine Vierzehnjährige wollte wohl keine Nanny mehr haben und Jessica konnte sich lebhaft vorstellen, wie viele Diskussionen es dazu schon gegeben hatte. Die *Haushälterin* kennenzulernen, war ihr aber tausendmal angenehmer, als vor Samanthas Eltern zu stehen.

„Hallo." lächelte Anna. „Essen sie mit uns?"

„Jessica, bitte. Und solange Samantha nicht kocht, sehr gern."

„Hey!" beschwerte sie sich gleich. „Woher willst du denn wissen, wie ich koche?"

„Wir sind uns eindeutig zu ähnlich und ich kann nicht mal eine Mikrowelle bedienen."

Anna und Lucy fingen an zu lachen, nur Samantha musste sich erst mal fangen. Nicht dass es nicht richtig gewesen wäre, aber irgendwie hatte sie nicht damit gerechnet, so was an den Kopf geworfen zu kriegen.

„Stimmt." gluckste Lucy. „Es sei denn, es gibt Pilze."

„Pilze?" Jessica hob eine Braue. Wieso gerade Pilze?

„Gefüllte Champignons." verriet Samantha und stellte endlich ihre Tasche ab. Dann konnte sie auch aus ihren hohen Schuhen steigen und das Jackett ablegen. Damit war der offizielle Arbeitstag beendet. „Fühl dich wie zu Hause." lächelte sie noch zu Jessica, denn so ganz unähnlich waren sie sich wirklich nicht. Deshalb nahm Jessica auch zu gern an. So gern sie hohe Schuhe trug, so froh war sie auch jedes Mal, sie wieder ausziehen zu können.

Das Essen stand schon bereit. Es war eine sehr großzügige, offene Wohnung. Vom Eingang aus ging es links zur großen, offenen Küche. Rechts lagen die privaten Zimmer. Und vor ihnen erstreckte sich ein großer, verwinkelter Wohnbereich, der noch einen Teil vor der Küche als Essbereich angefügt hatte. Eigentlich waren Küche, Wohn- und Esszimmer ein einziger großer Raum, aber durch die Einrichtung, den Bodenbelag, die Wandgestaltung und so weiter, hatte man dennoch eine gewisse Trennung geschaffen.

Anna holte schnell noch ein Gedeck und schenkte Wein ein. Sie war eine grandiose Köchin, das wusste Samantha und würde am nächsten Tag wohl am besten gar nichts essen, um das auszugleichen. Jessica dagegen haute richtig rein. Sie war ganz begeistert und hatte sich in ihrem ganzen Leben noch nie Gedanken über Kalorien gemacht. Nicht mal in der Jugend, als es bei ihren Freundinnen losgegangen war. Die hatten jedes Gramm überwacht, bei Jessica hatte sich nichts geändert. Abgesehen von der normalen Entwicklung zur Frau.

„Brauchst du noch Pfeffer oder Chili?" stichelte Samantha amüsiert.

„Nein, danke. Das ist sehr lecker."

Samantha musste dennoch leise lachen, auch wenn sie nicht darauf antwortete. Auch im Nachhinein konnte sie eigentlich immer noch nicht glauben, was sie im Ritz getan hatte. Sie ließ sich normalerweise nicht füttern und schon gar nicht bei einem Geschäftsessen in einem so noblen Etablissement. Und dass Jessica außer Schärfe überhaupt etwas geschmeckt hatte, schien ihr immer noch schier unmöglich!

„Du wolltest was erzählen." lächelte Anna zu Lucy.

„Ach ja. Sam, nächste Woche ist Jobtag. Kommst du in meine Schule?"

Samantha hätte gern sofort einfach zugesagt, denn sie liebte ihre Nichte. Aber das ging nicht ohne ihren Organizer. „Wann?"

„Dienstag. Zwischen Zehn und Zwölf."

„Geht klar." Zum Glück war der frei und sie trug sich den Tag komplett für Lucy ein. „Was hältst du von Shopping hinterher?"

„Au ja!" schrie Lucy auch gleich begeistert. Die

Liebe von Sam erwiderte sie gern und hätte sie gern öfter gesehen. Aber wenn ihre Tante Sam von der Arbeit kam und etwas erzählte, dann hatte sie einen Ausdruck im Gesicht, der es einem verbot, ihr ihre Arbeitszeiten vorzuhalten. Dafür genoss sie ihren Job viel zu sehr und Lucy gönnte es ihrer Tante. Umso mehr freute sie sich aber auch über ein solches Angebot. Das würde spitze werden!

Samantha sah in die wunderschönen blauen Augen gegenüber und erkannte sich selbst. So hart die Anwältin in ihrer Wohnung auch war, so weich konnte auch der Mensch sein. Samantha verlangte viel von ihren Mitarbeitern und trieb sie zu Bestleistungen, verhandelte als gestandene Frau mit Selbstbewusstsein und Härte, aber sie hatte ebenso ein offenes Ohr für die Probleme ihrer Leute und konnte Glück in fröhlichen Kinderaugen finden. Jessica schien es nicht anders zu gehen. Zumindest deutete ihr Lächeln das an.

„Wie ist der Test gelaufen?" fragte Samantha.

Schon hatte sie es geschafft, die Freude zu vertreiben. „Ging so."

„Was für eine Aussage."

„Kann ja nicht jeder so ein Genie sein."

„Es muss aber auch nicht jeder bis in die Nacht hinein mit einem gewissen Jungen chatten und darüber das Lernen vergessen."

„Warst du auch mal jung?" stöhnte Lucy.

„Nein, ich bin mit Mitte Zwanzig und voller Verantwortung zur Welt gekommen. Deshalb hab ich mich auch von Menschen ferngehalten, die mich von der Schule ablenken wollten. Und weißt du was? All diese Menschen sind heute nichts, weil sie nicht mal den Abschluss geschafft haben."

Lucy sah zu Jessica und verdrehte die Augen. „Sie ist so spießig."

„Aber sie hat Recht." schmunzelte Jessica. „Ich musste mit Dreizehn eine Klasse wiederholen, weil ich mich hab ablenken lassen. Danach hab ich es genauso gemacht wie Samantha und am Ende mein Studium mit Auszeichnung bestanden."

„Und jetzt? Machst du auch so viele Zahlen?"

„Ja, aber es hat nichts mit Mathe zu tun. Das hab ich zum Glück hinter mir. Ich bin Anwältin und habe es mit Fleiß geschafft, dass mein Name bekannt ist."

„Echt? Wieso?"

„Weil ich meinen Job sehr gerne mache und erfolgreich bin. Das hat sich herumgesprochen und meine Kundschaft steht Schlange. Das hätte ich nicht geschafft, wenn ich damals nicht eingesehen hätte, dass die Schule wichtig ist."

„Mh ... Sam hat nie eine Klasse wiederholt."

„Das ist unfair." lächelte Samantha. „Ich war auf einer Schule für Mathematik, weil schon früh erkannt wurde, dass ich ein Talent für Zahlen habe. Ich hatte zum Beispiel nur sehr wenig Kunstunterricht, denn ein Pinsel ist eine Waffe in meiner Hand." Das war ihr nur ungern über die Lippen gekommen, weil sie vor Jessica nicht blöd dastehen wollte. Andererseits wollte sie noch weniger, dass sich Jessica irgendwie blöd vorkam. Es wäre grundlos gewesen, aber ... Samanthas

Mund hatte sich selbstständig gemacht. Nicht zum ersten Mal in Jessicas Gegenwart. Sie sollte darauf achten, erst zu denken und dann zu sprechen.

„Und woher soll ich wissen, was mein Talent ist?" nöhlte Lucy. „Ich hab keins."

„Jeder hat eins." sagte Jessica schnell. „Jeder Mensch hat irgendwas, das ihm besonders liegt. Meine Großmutter hatte zum Beispiel das Talent, weinende Kinder zu beruhigen wie keine andere. Deshalb war sie Kindergärtnerin und ist es mit Leib und Seele bis ins hohe Alter gewesen. Es muss nicht immer etwas sein, das man so beziffern kann wie bei Samantha."

„Was ist das bei dir?"

„Sie ist ein Eisblock." murmelte Samantha überaus belustigt. Für sie war es immer noch irreal, dass sie sich mit einer Anwältin so gut verstand, dass sie sogar Späße machten.

„Danke." zickte Jessica lachend. „Aber sie hat Recht. Man nennt mich auch die Gnadenlose, weil ich so lange für das Recht meiner Kunden kämpfe, bis sie es haben. Vielleicht ist mein Dickkopf mein Talent. Ich habe ein Ziel und erreiche es. Früher oder später erreiche ich immer, was ich will."

„Und du?" wollte Lucy nun auch noch von Anna wissen.

„Ich glaube, ich wurde von meinem Elternhaus beeinflusst. Wir hatten eine kleine Konditorei und es wurde festgelegt, was ich machen soll. Ich wurde nicht gefragt, also wurde ich Konditormeisterin. Aber ich hab es immer gern gemacht und hab noch niemanden getroffen, der sich über meine Backwaren beschwert hätte."

„Vor allem Schokokekse." lachte Samantha. „Halt die bloß fern von mir."

„Keine Sorge, ich hab sie extra nicht offen stehen lassen, obwohl ich finde, du solltest dir das bei deinen Arbeitszeiten gönnen."

„Sehe ich auch so." sagte Jessica schnell und Samantha sah in ihren großen, erwartungsvollen Augen die Hoffnung auf Schokokekse steigen.

„Du bist ein Junkie, jetzt erkenne ich es."

„Schon immer." grinste sie. „Ich bin mit Schokoladenmilch erzogen worden."

„Was?" lachte Lucy.

„Ist wirklich so. Ich wollte schon als Baby nicht trinken. Ein Arzt hat dann empfohlen, der Milch mal Geschmack zu geben. Und nur wenn ich Schokoladenmilch bekommen hab, hab ich getrunken. Und wehe bei meinem Pausenbrot lag mal keine Schokolade mit bei." Was plauderte sie hier eigentlich aus? Dafür war sie schon von vielen ausgelacht worden.

Dabei fand Lucy das gar nicht lustig, schob die Brauen zusammen und jammerte, als würde man sie gerade auf der Folterbank zu Tode quälen. „Wieso siehst du nicht so aus?"

Samantha musste schon wieder lachen. Die Frage hätte sie auch gern beantwortet.

„Keine Ahnung. Ich kann essen und essen und essen. Aber das ist bei allen in meiner Familie so, also kannst du das nicht vergleichen. Das sind die Unterschiede, die uns Menschen einzigartig machen."

„Dann hätte ich gern deine Essmöglichkeiten, Sams Verständnis für Zahlen und Annas Kochkünste. Das wäre die perfekte Mischung."

Samantha musste ihre geliebte Nichte leider in die Realität zurückholen. „Leider ist das Leben nicht so einfach wie der Wunschzettel an den Weihnachtsmann."

„Schade eigentlich. Und was soll ich nun werden?"

„Nutze doch den Tag nächste Woche. Hör dir an, was die alle so machen, und lass dich inspirieren."

„Ich würde gern das machen, was du machst, aber ich glaube, dafür krieg ich die Zahlen nicht gebändigt. Die machen, was sie wollen."

„Nein, Zahlen machen immer nur das, was du willst."

„Deswegen magst du sie so?" schoss Jessica zurück und gab ihrer Stimme nur einen ganz winzigen Hauch des anstößigen Beiklangs. Samantha sprang er an, nur die anderen beiden hörten ihn gar nicht.

„Bei mir geht es um Zahlen, bei dir um Menschen." schoss Samantha ebenso schnell zurück, ohne darüber nachzudenken. Keine fünf Minuten zuvor hatte sie sich vorgenommen, genau das nicht mehr zu tun. Erst denken, dann sprechen!

„Autsch." lachte Jessica. „Das war nicht nett."

„Aber gerecht, was in deinem Wortschatz aufgenommen werden sollte."

„Boah!" Jetzt war sie wirklich entsetzt. Was hatte die denn für eine Meinung von ihr? „Du findest mich also nicht gerecht?"

„Du bist Anwältin. Aasgeier, du erinnerst dich?" gluckste Samantha, ruderte aber gleich zurück. „Tut mir leid."

„So siehst du gerade aus." schmunzelte Jessica, wusste aber im Grunde, dass Samantha ihre generelle Abneigung gegen Anwälte verloren hatte. Und den Vorwurf, dass sie verlangte, dass man tat, was sie wollte, konnte sie nicht abstreiten. Und dass sie Gerechtigkeit größer als groß schrieb, musste Samantha auch bewusst sein, sonst hätte sie sich ja nicht so für einen Klienten eingesetzt. „Du bist ganz schön frech." stellte sie dennoch fest. Es musste einfach raus. Wenn sie überlegte, wie sie Samantha kennengelernt hatte...

„Immer." sagte Lucy schulterzuckend.

„Genau wie du." meinte Samantha.

„Wir sind uns eben doch ähnlich."

„Hoffentlich nicht zu sehr."

„Keine Sorge, noch finde ich Jungs süßer."

Jessica hätte vor lachen fast den Wein quer über den Tisch gespuckt. Das hatte die Kleine eben nicht wirklich gesagt! Dabei dachte sie, Samantha sei nicht geoutet.

„Du bist unglaublich freundlich heute." kicherte Samantha.

„Ja ja, ich sag ja gar nichts. So, ich muss."

„Jungs?" vermutete Samantha und wurde bestätigt, als Lucy rosa anlief und nach einem Kuss für ihre Tante in ihrem Zimmer verschwand.

Samantha nahm noch den Wein mit und setzte sich mit Jessica auf die Dachterrasse. Es war lange dunkel, die Sterne standen am Himmel, aber die Stadt lag noch zu hell unter ihnen, als dass man die Sterne hätte funkeln sehen können.

„Du liebst sie." stellte Jessica fest, als sie sich gemütlich setzte.

„Tue ich." schnaufte Samantha. „Ich hab nur viel zu wenig Zeit für sie."

„Darf ich fragen, ob sie bei dir wohnt?" Zumindest hatte es den Anschein gehabt.

„Tut sie. Sie ist die Tochter meines Bruders. Ihre Mutter starb bei ihrer Geburt und mein Bruder wollte sie nicht aufziehen und hätte es auch nicht gekonnt, weil er Dauergast im Knast ist. Ich hab sie adoptiert, als sie gerade drei Wochen alt war, aber ich hab sie von Anfang an als Tante erzogen. Ich wollte nicht, dass sie mich einfach für ihre Adoptivmutter hält und ich ihr das irgendwann erklären müsste. Seit einer Weile lässt sie nur das *Tante* weg."

Was für ein grausames Schicksal für ein kleines Mädchen. „Weiß sie, wer ihr Vater ist?"

„Ja. Als er meine Wohnung ausgeräumt hat, war sie ziemlich am Ende. Seitdem redet sie nicht mehr über ihn. Sie hatte gehofft, er würde für sie die Kurve kriegen, als er aufgetaucht war, aber das hat er nicht. Sie ist ihm egal und das tut weh, auch wenn sie es nicht ausspricht."

„Kann ich verstehen." erzählte Jessica leise und sah in weite Ferne. „Ich hab meinen kleinen Bruder bei mir aufgenommen. Meine Eltern wollten ihn eigentlich gar nicht. Ich war schon selbstständig und sie wollten ihr Leben genießen, aber dann kam er noch nach. Als er Sieben war, stand er bei mir vor der Tür. Er war abgehauen und meinte, er will lieber bei mir wohnen. Unsere Eltern waren froh, ihn los zu sein, ich hatte nichts dagegen, also lebt er bei mir." Jessica feixte Samantha an. „Und meine Haushälterin."

„Nanny!" lachte Samantha. „Aber das darf ich nicht mehr sagen."

„Ich auch nicht. Er ist gerade Fünfzehn geworden."

„Furchtbares Alter." flüsterte Samantha verschwörerisch. „Diese Hormonschwankungen sind für das Umfeld wahrscheinlich schlimmer als für die Teenies selbst."

„Oh ja. Am schlimmsten fand ich eigentlich, als er wegen Sex zu mir kam."

„Nein." gluckste Samantha.

Jessica lachte nicht weniger, aber sie fühlte sich auch vertraut genug, es auszusprechen. „Doch. Ich meine, die Theorie hab ich drauf, aber was weiß ich, was der mit seinem Teil anfangen kann."

Samantha bekam schon Bauchmuskeln vom Lachen. „Tut mir leid. Da hab ich es einfacher."

Das nahm sie ihr nicht übel. „Und sie weiß Bescheid?" lächelte Jessica.

„Tut sie. Mein privates Umfeld weiß es, aber ich möchte es im Job nicht."

„Kein Problem, ehrlich. Ich hab meinem Bruder in diesem besagten Gespräch erzählt, dass ich nicht viel Ahnung habe, weil ich keine Männer anfasse."

„Das war nicht leicht, oder?"

„Nein. Sein Sportlehrer hat einen ganz guten Draht zu ihm und ich hab ihn gebeten, das zu übernehmen. Was sollte ich tun? Ich hab ihm gesagt, was ich konnte, gerade über Verhütung und Schutz und alles, aber mehr ... Keine Ahnung. Ich weiß es einfach nicht."

„Ist doch auch in Ordnung." versicherte Samantha seidenweich. Es gab keinen Grund, sich dafür zu schämen. Zumindest nicht vor Samantha. Das Gefühl, versagt zu haben, würde sie Jessica trotzdem nicht nehmen können.

„Das sah er ein bisschen anders." seufzte sie niedergeschmettertert. „Es hat ein paar Wochen gedauert, in denen er gar nicht mit mir geredet hat. Aber dann kam er zu mir und wollte mehr über mein Leben wissen."

„Er wird erwachsen." erkannte Samantha. Das sah sie bei ihrer Lucy auch immer wieder. Sie war kein Kind mehr in dem Sinne. Sie wurde eine Frau.

„Ja, das wird er." seufzte Jessica verträumt und beide hingen noch ein bisschen ihren Gedanken nach. Offenbar waren sie sich sogar noch ähnlicher, als sie geglaubt hatten.

Dann musste aber doch noch ein bisschen gearbeitet werden. In der Atmosphäre fiel das nicht mal schwer. Auf dem Tisch vor ihnen hatten sie jede Menge Zettel ausgebreitet. Jessica hatte einen kleinen Taschenrechner bei sich, aber sie stellte schnell fest, dass der langsamer war als Samantha, und packte ihn wieder weg. Sie saßen auf der Bank nebeneinander und hatten die Füße auf die beiden Stühle neben dem Tisch gelegt. Sie tranken leckeren Wein, Anna hatte noch einen Teller Schokokekse dazugestellt und da beide ihre Arbeit so liebten, war es wirklich wie ein gemütlicher Familienabend.

Lucy kam irgendwann noch mal raus. „Darf ich kurz stören?" bat sie vorsichtig. Sie sah ja, dass die beiden ganz offensichtlich arbeiteten. Eigentlich hatte sie Jessica für die neue Freundin ihrer Tante gehalten, aber da hatte sie sich geirrt. Jetzt hatte sie ein schlechtes Gewissen. Hatte sie Sam verraten mit ihrer Anspielung? Lucy wusste, dass Sams Kollegen keinen Schimmer hatten, dass sie lesbisch war.

„Klar." lächelte Samantha sofort und winkte ihre Lucy zu sich. Sie hielt ein Heft in der Hand, also gab es wohl Probleme mit der Schule.

Lucy setzte sich quer auf Samanthas Schoß und hielt ihr das Heft vor die Nase. „Warum muss ich das da abziehen?"

Jessica staunte mal wieder die beeindruckendste Frau an, die ihr je begegnet war. Samantha brauchte keinen winzigen Augenblick, bevor sie antwortete. Sie musste sich doch erst mal die Aufgabe ansehen oder so, aber nein, Samantha sah Zahlen, nahm sie auf und verstand sie. Und sie erklärte es nicht wie eine studierte Mathematikerin, sondern wie eine liebevolle Tante, bis Lucy es verstanden hatte. Jessica saß daneben und sah ihnen einfach nur zu. Samantha hatte ein warmes Lächeln auf den Lippen und strich Lucy zwischendurch liebevoll die langen, nassen Haare über die Schulter zurück. Ihre ganze Aufmerksamkeit galt in dem Moment nur ihrer Nichte.

„Okay, verstanden." sagte Lucy schließlich. „Danke."

„Kein Problem, weißt du doch. Noch was?"

„Ja." Sie holte noch einen losen Zettel aus dem Heft. „Kannst du das dann lesen und mir sagen, ob es stimmt?"

Samantha musste schmunzeln, schielte aber zu Jessica. „Der Aufbau und die Funktion eines Rechtsstaates."

„Nein." gluckste Jessica und hielt die Hand nach dem Zettel auf.

Und dann wurden Rollen getauscht. Jessica las erst mal die Stichpunkte, die wohl mal ein Aufsatz werden sollten. Sie fand einen kleinen Fehler. Lucy hatte - vielleicht nur aus Versehen - zwei Begriffe vertauscht, was dem ganzen aber einen völlig falschen Sinn gab. Sie sagte ihr das auch, aber im gleichen angenehmen Tonfall wie Samantha es getan hatte. Lucy rutschte vom Schoß ihrer Tante zwischen die beiden auf die Bank. Ihre Füße ließ sie bei Samantha, lehnte sich aber voller Vertrauen an Jessica, die mehr oder weniger unbewusst gleich einen Arm um sie legte.

Kugelschreiber lagen auf dem Tisch, also bediente sich Lucy und schrieb die Korrektur auf. Mit einem frechen Grinsen, wie Jessica es auch bei Samantha schon gesehen hatte, bat sie sie, ihr noch mehr zu erzählen. Jessica folgte dieser Einladung nur zu gern, genau wie sie es bei Samantha gern getan hätte. Die war sich nur gar nicht bewusst, dass sie überhaupt andauernd Einladung versandte, deshalb musste sich Jessica in Zurückhaltung üben, so schwer es ihr auch fiel. Ein Blick, eine Augenaufschlag, eine Bewegung … Es genügte ja schon, wenn Samantha das Gewicht von einem Bein aufs andere verlagerte oder beim Setzen die Beine übereinanderschlug oder den Knopf ihres Jacketts öffnete. Darunter trug sie meist weiße Blusen und Jessica legte ihr gern etwas über den Tisch zu weit weg. Dann musste sich Samantha nach vorn beugen und ließ immerhin Ahnungen von dem zu, das Jessica begehrte. An diesem Abend hatte sie schon einen kurzen, viel zu kurzen Blick auf den Ansatz eines mit Spitze besetzten BHs werfen können. Samanthas Dekolleté war prall, aber nicht unschön. Eben eine Einladung.

Diesmal saß Samantha daneben, trank gemütlich Wein und sah mit einem Lächeln zu, bis Lucy auch noch einige Zettel von Samanthas Block gefüllt hatte. Das würde vermutlich ein langer Aufsatz werden.

„Vielen Dank euch beiden." sagte sie zufrieden, stand auf und gab Samantha noch einen Kuss auf die Wange. „Gute Nacht."

„Gute Nacht. Schlaf gut."

„Ihr auch." feixte Lucy und verschwand. Das leise Kichern der beiden Frauen folgte ihr noch.

„Danke." lächelte Samantha zu Jessica.

„Nicht dafür."

„Noch was, das jetzt gleich sein muss?"

„Nein, ich denke, es ist genug für heute." entschied Jessica.

Samantha setzte ein verführerisches Lächeln auf und zuckte kurz mit den Brauen. „Dann kann ich ja jetzt duschen gehen."

„Sieh mich noch mal so an und ich sehe das als Einladung." Das war die letzte Warnung, die Jessica noch sittsam überbringen konnte. Bei der nächsten Einladung, egal ob bewusst oder unbewusst ausgesandt, würde sie über Samantha herfallen.

Eine gesprochene Antwort gab es für Jessica weder in die eine, noch in die andere Richtung. Es war aber auch kein einziges Wort nötig, wenn eine Frau es schaffte, in einen einzigen Blick so viel Erregung zu legen. Lust und eine direkte Aufforderung. Jessica hätte es als Befehl bezeichnen wollen. Samantha war heiß und wusste genau, was sie wollte. Der Ausdruck in den Augen allein ließ Jessica erschauern.

Die Reaktion freute Samantha natürlich. Sie befeuchtete langsam ihre Lippen mit der Zungenspitze und hielt Jessica dabei mit ihrem Blick fest. Ja, das war eine Einladung gewesen, obwohl sie nicht wusste, ob das so eine gute Idee war. Nach dem schönen Abend sollte Jessica aber wissen, was Samantha wollte. Direkt ausgesprochen hätte sie es vermutlich nicht. Auch nicht so direkt angedeutet. Aber da sich Jessica mit dem Blick schon angesprochen gefühlt und darauf positiv reagiert hatte, war Samantha bereit, deutlicher zu werden.

Und Jessica lehnte nicht ab. Es kam ihr gar nicht in den Sinn. Was gäbe es für einen schöneren Abschluss eines solchen Tages, als in den Armen einer so schönen Frau zu liegen?

Sie ging mit Samantha in ihr Badezimmer. Die Tür war kaum geschlossen, da verloren sie sich schon in einem Kuss und entledigten sich küssend und schwankend der lästigen Klamotten ihrer berufstätigen Masken.

Sie standen unter dem laufenden, heißen Wasser, Dampf hüllte sie ein, und ließen ihre Hände über ihre Körper streifen. Ein sanftes Streicheln des Halses und Nackens zog ein Frösteln nach sich. Ein einziger Streich der Finger über die Hüften brachte eine wasserfremde Feuchtigkeit zwischen ihre Schenkel. Aufgestellte Brustwarzen reckten sich einander entgegen, sehnten die Berührung herbei. Die verschränkt gestellten Beine sorgten für samtweichen Kontakt an empfindlichen Stellen und hatten ein leises Stöhnen zur Folge.

Samantha hatte die Wand im Rücken und Jessica presste sich leicht an sie. Der Kuss wurde intensiver. Jessica stand schon kurz vorm Orgasmus, nur weil sie sich küssten und berührten. Sie wollte, dass Samantha das wusste, und hoffte, sie würde darauf reagieren.

Ihre Hoffnung wurde erfüllt. Samantha drehte ihre Partnerin zur Wand und gab bedingungslos, was sie sich wünschte. Aber nicht so stürmisch wie in ihrem Büro. Samantha bremste den Kuss und alle Bewegung, bis sie merkte, in Jessica ebbte die Gier ein wenig ab. Nicht zu viel, nur ein wenig. Erst dann nahm sie sich die Zeit, sie nach allen Mitteln der Kunst wieder hinauf in den Himmel zu heben. Sie bedeckte den Hügel ihrer Begierde mit Küssen und näherte sich nur - für Jessica - quälend langsam der Höhle darunter. Sie schmeckte köstlich.

Jessica wollte es gern unterdrücken, aber es kam einfach über sie. Ein lautes Stöhnen und ihre Finger klammerten sich haltsuchend an die Halterung des Duschkopfes. Und wenn sie sie aus der Verankerung in der Wand reißen würde - es war ihr egal. Sie musste sich festhalten, sonst würde sie zusammenbrechen und im Wasser der Lust den Abfluss hinabgespült. Sie fühlte sich so weich, als hätte sie keinen einzigen Knochen mehr im Körper.

So richtig mochte dieses Gefühl auch nicht abebben, als sie einen der beflügelndsten Orgasmen erlebt hatte, den ihr je eine Frau geschenkt hatte. Um jeden Preis wollte sie gleiches zurückgeben und tat es auch.

Hände, Finger, Schenkel, Lippen, Zungen … Zwei Frauen so verschlungen, dass sie eins werden.

Samantha konnte sich nicht ausnehmen, als es darum ging, die Beherrschung wiederzufinden. Sie scheiterten beide und mochten am liebsten die

Lippen nicht voneinander lassen. Sie taumelten küssend durch die stille und dunkle Wohnung in Samanthas Schlafzimmer. Sie fielen aufs Bett, noch immer in einem aufheizenden Kuss vertieft, statt sich zu bremsen und an Schlaf zu denken. Sie machten einfach dort weiter, wo sie aufgehört hatten, und wussten irgendwo im Hinterkopf, das würden sie am nächsten Tag auf Arbeit vielleicht bereuen. Vielleicht auch nicht, denn dafür war es zu schön und sie würden nicht bereuen können, was sie genossen.

Aus irgendeinem Grund schienen sie beide nicht genug zu bekommen. Und auch wenn sie ihren Lebensstil nicht beide offen auslebten, lebten sie ihn aus. Samantha stand auf Frauen und fertig. Sie begehrte die Nähe einer Frau. Sie wollte von einer Frau berührt werden und sie selbst berühren dürfen. In diesen Momenten waren sie weder Buchhalterin noch Anwältin, sie waren einfach nur Frauen, die sich den Gelüsten hingaben.

Als sie sich am Morgen wieder anzogen, wurden sie aber wieder die seriösen Geschäftspartner. Nur in diesem Haushalt glaubte ihnen das niemand, wenn Jessica aus Samanthas Schlafzimmer kam. Lucy griente vor sich hin. Sie hatte es ja gewusst. Am Abend hatte etwas in der Luft gelegen. Etwas zwischen Samantha und einer anderen Frau, das Lucy bis dahin noch nie wahrgenommen hatte.

„Würdest du bitte aufhören und sagen, was du zu sagen hast." bat Samantha amüsiert über diese kleine Grinsebacke.

„Hast du gut geschlafen?" fragte Lucy unschuldig.

„Ziemlich gut, danke der Nachfrage. Und du? Noch irgendwelche neuen Chatbekanntschaften?"

„Nein, ich habe tatsächlich geschlafen."

Jessica kicherte leise. Die Kleine war nicht ohne. Die hatte es faustdick hinter den Ohren.

„Ich auch." meinte Samantha zu Lucys Anspielung.

„Aber nicht so viel, nehme ich an."

„Man stelle sich vor, ich genieße mehr als nur Zahlen."

„Na solange du nebenbei keine Vorträge hältst."

Das war zu viel. Jessica konnte nicht mal mehr ihren Kaffee trinken, aber jetzt musste sie einfach lachen. Die Kleine war der Kracher. Und sie hätte sich gut mit ihrem kleinen Bruder verstanden, wenn es darum ging, frech zu sein.

„Schön, dass du das witzig findest." gluckste Samantha. „Jetzt weiß ich auch, was du damit bezweckt hast, mir den Mund zu verschließen."

„Es reicht!" lachte Anna. „Keine Details bitte, wenn eine Vierzehnjährige am Tisch sitzt."

„Als wüsste ich nicht, was da abging." murmelte Lucy. Sie war in der Hinsicht sehr reif und hatte viele Fragen an Samantha gehabt. Das war auch der Grund, warum Samantha trotz ihrer Pflicht als Adoptivmutter immer offen mit ihr war. Es gab keinen Grund, etwas zurückzuhalten.

„Ich kann nicht mehr." schnaufte Jessica vor

Lachen. „Wie soll ich denn heute die Verhandlung überstehen?"

„Kommt drauf an." sagte Lucy ernst. „Um was geht es denn?"

„Du solltest nicht antworten." riet Samantha lachend, weil sie wusste, ihre kleine Lucy hätte den nächsten Spruch schon auf Lager.

„Doch." Jessica wollte es wissen. Mal sehen, was ihr einfallen würde. „Rufmord."

„Dann mach ihnen doch einfach klar, was sie mit ihren falschen Zungen noch so anstellen könnten." antwortete Lucy trocken und biss völlig unbeeindruckt in ihren Toast.

„Viel Spaß bei der Verhandlung." lachte Samantha nun richtig. Sie hatte es doch gewusst. Lucy sprachlos zu machen, war ihr bisher noch nicht gelungen und sie hatte es schon ein paar mal mehr versucht als Jessica.

Jessica war einen Moment tatsächlich reglos und völlig sprachlos. Die Kleine stand voll im Leben. Sie wusste, was ihre Tante tat, und die schien auch kein Geheimnis daraus machen zu wollen. Hier war sie eine offene Lesbe. Und Lucys Talent war klar. Reporterin hätte zu ihr gepasst. Oder auch Anwältin...

Leider musste Jessica an die unschuldigen Kinderaugen denken, die ihr solche Sprüche an den Kopf gehauen hatten, als sie in den Gerichtssaal kam. Besonders schlimm war es, als die gegnerische Partei ankam.

Die Frau auf der Bank gegenüber hatte den

Besitzer des Ladens im Erdgeschoss ihres Wohnhauses aufs übelste verleumdet, um ihn aus dem Haus zu treiben. Jessicas Mandant hatte inzwischen Konkurs anmelden müssen, weil niemand mehr in seinen Laden gekommen war. Wer wollte schon bei einem Kinderschänder einkaufen gehen? War er nicht, aber die Gerüchteküche hatte gebrodelt, bis sie übergekocht war.

Und er hatte jegliche außergerichtliche Einigung abgelehnt, weil er dieser Tussi zeigen wollte, dass ihre Handlungen Konsequenzen hatten. Da hatte er sich mit Jessica die richtige Anwältin gesucht, nur fiel ihr das im Moment schwer, wenn sie die schmalen Lippen der Frau gegenüber und ihre falsche Zunge beim Sprechen sah.

Das wurde erst besser, als die Verhandlung eröffnet wurde. Dann war Jessica wieder die Gnadenlose, die dafür sorgte, dass die Angeklagte nicht nur Strafe zahlen musste, sondern auch noch jede Menge Entschädigung an ihren Mandanten. So sollte eine Verhandlung für Jessica ausgehen. Ihr Klient würde in diesem Haus, dieser Straße, diesem Viertel nie wieder Fuß fassen können, doch er wollte erst noch mit Flugblättern die Wahrheit verbreiten. Über sich und die Tratschtante. Jessica hatte ihm gesagt, was er schreiben könne, ohne dass er bald auf der anderen Seite stehen würde.

Nach der Verhandlung fuhr sie noch mal schnell in die Kanzlei und war dann schon wieder auf Achse. Ihr Weg führte sie auch zu Samantha. Sie ging direkt zu Cindy, wollte sich bei ihr eigentlich anmelden, aber die Tür stand offen und Jessica hatte freien Blick auf Samantha. Sie stand mit Headset am Fenster und sah hinaus. Schon am Morgen, als sie erst das Schlafzimmer und dann die Wohnung verlassen hatten, war es Jessica schwergefallen, nicht die Hand auszustrecken und Samanthas Po zu berühren. Die Hose fiel gerade und Jessica konnte nicht widerstehen, ihren Po anzusehen.

In Jessicas Augen schien Samantha nur am Fenster zu stehen, hinauszusehen und nichts zu tun, bis sie den Mund aufmachte. „Das wird nichts. Wenn wir das umbuchen, kriegen sie Probleme mit dem Finanzamt."

Jessica hörte noch kurz zu, bis sich Samantha genervt stöhnend das Headset vom Kopf riss.

„Solche schlechte Laune?" schmunzelte Jessica und trat ein.

Samantha drehte sich schon wieder mit einem Grinsen um. „Jetzt nicht mehr. Wie war die Verhandlung?"

„Amüsant."

„Hast du wenigstens gewonnen?"

„Ich gewinne immer."

„Na dann. Cindy, bringst du uns bitte Kaffee und irgendwas mit Schokolade für die Anwältin?" In das Wort *Anwalt* konnte Samantha noch immer so viel Abneigung hineinlegen, dass es einen anschrie.

„Geht klar." hörte sie Cindy lachen.

Jessica setzte sich Samantha gegenüber, sprach aber besonders leise. „Hätte ich gewusst, dass ich dir irgendwann begegne, hätte ich einen anderen Job gewählt."

„Buchhalterin?"

„Bestimmt nicht." lachte Jessica. „Meine Kunden würden alle pleite gehen."

Es klopfte an die offene Tür.

„Tim. Komm rein." sagte Samantha auch gleich. „Mach bitte die Tür zu."

Das tat er natürlich auch gleich und setzte sich neben die Anwältin. Er reichte Samantha ein Klemmbrett. „Das wird nicht so leicht, wie wir uns das gedacht haben."

„Shit." murmelte Samantha, als sie auf den Zettel gesehen hatte.

Tim lehnte sich zurück. „Wenn wir die Sechshundert rausnehmen, müsste es doch eher gehen, oder?"

„Dann stimmen aber die Endergebnisse nicht mehr. Wenn wir die Sechshundert streichen, müssen wir die Fünfhundert auch streichen und dann passt das alles nicht mehr." Samantha sah auf zu Jessica. „Wenn wir uns jetzt hinsetzen und all die Steuern neu berechnen, nach den Ergebnissen, die du haben willst, sind wir Wochen beschäftigt."

„Oh." schmunzelte Jessica verlegen. „Tut mir leid. Und wenn wir die weglassen?"

„Wenn wir die weglassen, müssen wir auch die Zinsen zugunsten von Misses Knox weglassen, aber das passt dann nicht mehr. Dann legst du den Gewinn der Firma zugrunde, lässt ihn aber Steuern für alles bezahlen und rechnest auch die Zinsen für alles an. Die zerfetzen das, wenn sie Ahnung von Buchhaltung haben."

„Das geht nicht." grübelte Jessica.

„Noch was." sagte Tim, da das ja offensichtlich eine Eingeweihte war. Dennoch sprach er mit Samantha. „Ich hab mit Michaela über den Lohnberechnungen gesessen. Sie sind ja jetzt mehrere Klassen hochgerutscht, aber wenn wir einfach die Differenz nehmen, passt das auch nicht."

„Ich weiß. Theoretisch müsste man die Steuerklassen und Jahreswerte nehmen."

Samantha trug die Haare wieder locker nach oben gesteckt, aber im Moment hätte sie sie sich gern gerauft. Sie stand auf und ging zu einem großen Bücherregal. So was hatte Jessica in ihrem Büro auch, aber da standen andere Bücher drin.

„Okay, ich rede mit der Technik." sagte sie schließlich. „Und wegen der Splittung gehen wir erst mal prozentual runter, damit wir einen Richtwert haben, den wir Miss Bennet geben können. Dann sehen wir weiter."

„Geht klar. Hast du meinen Urlaubsantrag unterschrieben?"

„Liegt irgendwo in dem Stapel." schmunzelte Samantha. „Aber das geht schon klar, wir haben ja drüber gesprochen."

„Danke." grinste Tim zufrieden und verschwand wieder. Die Tür ließ er wieder offen.

„Cindy, ich brauch einen Zugang in der Eins!" rief Samantha und klaubte jede Menge Papier zusammen. Jessica hatte schon gesehen, dass das nahezu komplett mit Zahlen beschrieben war, und hoffe, sie müsste die nicht alle verstehen. Leider befürchtete sie, dass es genau so kommen würde.

„In der Eins ist schon jemand." sagte Cindy in der Tür. „Die brauchen wohl noch den ganzen Tag."

„Ach ja, die Schulung. Was steht denn frei?"

„Die Vier. Oder die Sieben." kicherte Cindy.

„Vergiss es, in die Besenkammer steckst du mich nicht. Wir nehmen die Vier. Will da heute noch jemand rein?"

„Nein."

„Gut, dann buche ich den für den Rest des Tages."

Cindy ging wieder und Jessica konnte sich ein Kichern nicht verkneifen. Sie saß mit dem Rücken zur Tür und hatte schon ein verführerisches Lächeln aufgesetzt gehabt. Besenkammer klang doch interessant...

„Lass das." zischte Samantha leise, aber ebenso lachend. Allein der Blick dieser Frau mit den blitzenden blauen Augen machte sie ganz kirre. Nicht nur im Kopf...

Sie gingen in einen Konferenzraum, der weit kleiner war als der beim letzten Mal. Jessica verstand erst nicht, warum das so schlimm war, immerhin waren sie nur zu zweit. Aber schnell wurde klar, dass Samantha all das Papier auf dem großen Tisch ausbreitete. Damit sah der auf einmal gar nicht mehr so groß aus. An der Wand und auf dem Papier erklärte sie Jessica, was sie alles getan hatten und wie die neuen Zahlen aussahen. Und gemeinsam schoben sie Gewinne und Verluste hin und her. Diesmal hatte Jessica ihren Taschenrechner gar nicht erst ausgepackt. Wollte sie etwas wissen, fragte sie und Samantha antwortete.

Bis zum Abend hatten sie es so weit geschafft, dass Jessica ein vorläufiges Angebot abgeben konnte. Sie ließ es von Samantha aber noch mal kontrollieren, die alle Zahlen, vor denen ein Paragraph stand, einfach ignorierte. Das Angebot faxten sie gleich noch an die gegnerischen Anwälte, um eine Verhandlungsgrundlage zu haben.

„Und jetzt?" fragte Samantha.

„Gehst du mit mir essen."

„Und wenn ich das gar nicht will." schoss Samantha eiskalt zurück. In ihrem Gesicht stand auch nichts Neckisches, weil Jessica schon wieder diesen fordernden Ton drauf hatte, der ihr tierisch auf die Nerven ging.

„Willst du nicht?" fragte Jessica verstört. Mit der Antwort hatte sie nach den letzten Tagen und Nächten nicht gerechnet.

„Versuch es doch mal mit der Frage und nicht dem Befehl."

„Ups." Jessica duckte sich innerlich. Sie sah Samantha an, dass sie sie verärgert hatte. „Tut mir leid. Aber ich würde mich freuen, wenn du mir deine Gesellschaft schenken würdest."

Schon lächelte Samantha wieder. „Geht doch. Wie könnte ich das ablehnen?"

„Es tut mir wirklich leid." sagte Jessica ernsthaft und Samantha erkannte aufrichtige Reue. Damit war sie vorerst zufrieden.

„Ich erziehe dich schon noch von einer Anwältin zum Menschen."

„Boah." lachte Jessica. Die war wirklich frech, aber so ganz Unrecht hatte sie nicht.

Samantha war ja von Grunde her wirklich nicht abgeneigt, deshalb ging sie auch mit, aber hin und wieder musste sie Jessica darauf aufmerksam machen. Es ging nicht anders. Es war wie ein innerer Zwang, weil sie nicht so mit sich reden lassen wollte.

Dennoch ging sie mit und sie aßen gemütlich zu Abend. Sie reizten sich. Umso später der Abend, desto anzüglicher wurde das Gespräch und desto erregter wurden die Frauen.

„Ich wohne um die Ecke." sagte Jessica schließlich, als sie die Rechnung bezahlt hatte. Das dritte Glas Wein könnte dafür sorgen, dass sie diesmal nicht so lange an sich halten würde.

„War das eine Einladung?" schnurrte Samantha heißer.

„Wenn wir nicht gerade in der Öffentlichkeit stehen würden, würde ich dir die Antwort anders übermitteln, aber ja, es war eine Einladung."

„Die ich gern annehme." lächelte Samantha. Am Montag hatte sie sich noch verflucht, sich einer Anwältin ausgeliefert zu haben, aber sie merkte immer mehr, wie Jessica diesen Wunsch respektierte. Für sie wäre es sicherlich auch kein

Problem gewesen, sich jetzt und hier zu küssen, aber sie tat es nicht und das rechnete Samantha ihr sehr hoch an. Das sagte sie ihr auch und die Reaktion darauf war ein atemberaubend schönes Lächeln mit niedlichen Grübchen und glänzenden, blauen Augen.

Schon im Fahrstuhl waren sie aber unöffentlich genug und Samantha holte sich den ersten Kuss der Nacht. Es würde ganz sicher nicht der letzte sein, doch vorher gab es noch die Enthüllung von Jessicas Heim. Na ja, nicht ganz. Samantha stand in einer sehr luxuriös eingerichteten Wohnung. Nur dass hier jemand wohnte, sah man nicht. In ihrer Wohnung hingen Fotos an den Wänden, Kleider an der Garderobe und so weiter, aber hier ... Nichts Persönliches.

„Ist eine Wohnung der Kanzlei." sagte Jessica gelassen, als sie sich die Schuhe von den Füßen streifte.

„Du wohnst nicht hier?" fragte Samantha und fühlte sich auf unangenehme Weise berührt. Sie hatte Jessica mit in ihre private Wohnung genommen, ihr ihre Nichte vorgestellt, aber sie nahm sie nur in eine anonyme Bleibe, um sie flachzulegen. So war es aber nicht.

„Nein, ich komme eigentlich aus Oklahoma. Ich bin nur wegen Knox in New York. Meine Kanzlei ist übers ganze Land verteilt und ich nutze die Wohnung hier, wenn ich geschäftlich herkomme."

Damit war Samantha zufrieden. „Ah ja. Na dann..."

Sie ging gleich zu Jessica und setzte dort fort, wo

sie im Fahrstuhl aufgehört hatten. Ihnen stand die ganze Wohnung zur freien Verfügung. Keine Mitbewohner, keine Kinder, keine Haushälterin. Das war der Vorteil. Der Nachteil war nur das frühe Aufstehen. Samantha musste schließlich erst noch nach Hause, sich umziehen. Wenn sie in den gleichen Klamotten wie am Tag zuvor gekommen wäre, hätte sie sich nicht nur schmutzig gefühlt, man hätte auch angefangen zu reden und darauf konnte sie verzichten. Das war schließlich genau das, was sie vermeiden wollte.

Sie saß noch nicht mal richtig an ihrem Schreibtisch, als Barry Bright schon zu ihr kam und die Tür schloss. Auf den hatte sie ja nun überhaupt keine Lust. Sein Toupet saß an diesem Tag irgendwie schief. Als hätte er es versehentlich falsch herum aufgesetzt. Unwillkürlich huschten Samanthas Augen immer wieder zu dem Ding hinauf, so gern sie es auch unterdrückt hätte.

Außerdem war seine Mimik anders als sonst. „Guten Morgen."

Samantha sah sein viel zu ernstes Gesicht und bekam schon Panik, ließ sich aber nichts anmerken. „Guten Morgen. Gibt es Probleme?"

„Nicht direkt." sagte er geheimnisvoll und setzte sich ihr gegenüber. „Miss Paine, ich hab gestern zufällig etwas erfahren, das sie wissen sollten."

„Dann raus damit." forderte Samantha. Sie sah ihre ganze Buchhaltung schon zusammenbrechen. Und das, nachdem sie das Angebot schon abgegeben hatten … Jessica würde sie lynchen!

„Es geht um Miss Bennet. Sie ist eine gute Anwältin, aber nehmen sie sich in Acht."

„Äh … Wieso? Was ist denn passiert?" In Samanthas Hirn ratterte es schon. Hatte sie doch der falschen Frau ihr Vertrauen geschenkt?

„Sie ist eine Lesbe." flüsterte Barry Bright.

„Ich weiß." antwortete Samantha kalt. Sie musste nur aufpassen, dass sie sich nicht selbst verriet. Der hatte so einen merkwürdigen Ausdruck im Gesicht, den sie ihm am liebsten ausgeprügelt hätte. Aber genau deshalb war sie auch nicht geoutet.

„Sie wissen das?" fragte er erschrocken.

„Ja, schon seit Montag. Das ändert aber nichts an der Tatsache, dass sie eine gute Anwältin ist, die sich für unseren Kunden einsetzt, um ihm die Firma zu lassen, mit der auch wir jede Menge Geld verdienen."

Mister Bright wurde nervös und sah Samantha nicht mehr an. Unruhig rutschte er auf dem Stuhl hin und her und musterte seine Finger, in die er wohl Knoten zu machen versuchte. „Und sie? Ich meine, sie waren Abendessen..."

„Mister Bright!" rief Samantha erschrocken. Dass der mal solche persönlichen Fragen stellen würde, hatte sie nie geglaubt. „Ich weiß zwar nicht, was sie das angeht, aber ja, ich war mit ihr zum Abendessen und wir haben über unseren Kunden gesprochen." Nicht viel, aber sie hatten ihn mal angesprochen. „Wir waren den ganzen Nachmittag hier und haben uns in die Buchhaltung gestürzt, da haben wir uns ein Abendessen gegönnt."

„Und letztens Frühstück." rutschte Mister Bright empört hervor.

„Auch das, ja. Ich hatte schon am Tag zuvor mit ihr reden müssen, aber sie hatte keine Zeit, also haben wir uns zum Frühstück getroffen, damit ich dann hier gleich anfangen konnte. Sie haben mir schließlich gesagt, ich soll ihr alle Zahlen geben, die sie braucht."

„Ja, Zahlen." betonte er. „Tun sie, was sie tun müssen. Ich wollte sie nur gewarnt haben."

Er stand auf und ging einfach. Samantha blieb kopfschüttelnd zurück. Da hatte sie sich ja was eingebrockt. Sie hatte ihren Chef nicht angelogen, aber sie hatte auch die Wahrheit irgendwie verbogen. Jessica hätte sie deshalb bestimmt trotzdem wegen Falschaussage drangekriegt.

***

Am frühen Abend dann klopfte es. Samantha hatte die Tür geschlossen gehabt, um in Ruhe zu arbeiten, aber irgendwem schien das egal.

„Ja?!"

Die Tür ging auf und Jessica kam herein. Sie schloss die Tür aber auch gleich wieder, daher fing Samantha an zu grinsen. „Die böse Anwältin kommt."

Jessica seufzte zu tiefst getroffen. „Was hab ich denn nun schon wieder angestellt?" Zum allerersten Mal seit der Wahl ihrer Studienrichtung bereute sie die Entscheidung. Hätte sie nicht irgendwas anderes studieren können? Na gut, dann hätte sie Samantha vermutlich gar nicht kennengelernt.

„Stell dir vor." flüsterte Samantha verschwörerisch. „Du bist eine Lesbe."

Jessica wollte krampfhaft die Mundwinkel unten halten. „Was?" Das sollte für Samantha keine Neuigkeit sein.

„Man hat mich vor dir gewarnt. Ich sollte die Tür wieder aufmachen."

„Oh." Jessica räusperte sich. „Tut mir leid. Hast du Ärger?"

„Nein, ich denke nicht. Man war nur ziemlich überrascht, dass es für mich keine Neuigkeit war. Was machst du hier?"

„Erst mal will ich wissen, von wem wir reden."

„Abgelehnt." lachte Samantha. Sie hatte es schließlich nicht umsonst so anonym formuliert.

„Schade." feixte Jessica. „Ich wollte dich eigentlich um einen Gefallen bitten."

„Dann schieß los."

„Hat aber nichts mit der Arbeit zu tun, also sollte ich es vielleicht lassen, um keine Gerüchte aufkommen zu lassen."

„Na gegen die kannst du dich doch wehren. Und jetzt raus damit. Was kann ich für dich tun?" Samantha sah es ja schon als Fortschritt, dass Jessica überhaupt um einen Gefallen bitten wollte und nicht einfach die Ausführung verlangte.

„Ich würde gern ausgehen und wollte dich um

einen Insidertipp bitten."

„Ach … Jetzt kommt die aufgedrehte Lesbe zum Zug?"

„Genau so." grinste Jessica. „Ich würde gern tanzen gehen. Das ist für mich der ultimative Ausstieg aus dem Joballtag."

„Du hast zwei Möglichkeiten." sagte Samantha ernst, aber mit eindeutigem Blick. „Entweder ich nenne dir ein paar Clubs und du machst dich auf die Suche nach deinem Spaß und einem Betthasen. Oder wir gehen gleich zusammen, weil wir uns dort eh treffen würden."

Jessica fing schallend an zu lachen. Offenbar war Samantha doch offener als sie gedacht hatte. Nur im Job nicht. „Ich nehme die zweite Option."

„Na dann. Ich brauch aber noch kurz."

„Kein Stress. Ich such mir inzwischen eine knackige Buchhalterin."

„Viel Erfolg. Die einzige, die hier wirklich knackig ist, ist Michaela und die ist verheiratet. Keine Chance."

„Na danke. Du machst mir ja unglaublichen Mut."

„Tut mir ja leid. Aber bei Steve hättest du bestimmt Chancen."

Jessica rümpfte die Nase. „Ich verzichte, danke. Ich bleibe bei einer bestimmten Buchhalterin. Ich warte draußen."

„Du kannst dich auch dort hinsetzen." meinte Samantha und deutete auf die Couch. Die Einladung nahm Jessica natürlich gern an. Kaffee bekam sie auch noch.

Samantha öffnete allerdings wirklich wieder die Tür. Vor allem natürlich, um nicht doch noch Gerüchte aufkommen zu lassen, aber auch, weil sie eh immerfort hin und her lief. Sie brachte etwas zu Cindy und kam mit einem Stapel wieder, der unterschrieben wurde. Sie brachte den zu Cindy raus und kam mit Steve wieder, der noch irgendwelche Probleme hatte. So ging es noch eine Weile, aber dann war es geschafft.

„Soll ich vorgehen?" fragte Jessica leise, aber ernsthaft. Sie wollte Samantha nicht gegen ihren Willen outen und wenn sie zum Freitag Abend gemeinsam das Büro verlassen würden, könnte das durchaus zu richtigen, aber nicht gewünschten Erkenntnissen führen.

„Nein, passt schon." wiegelte Samantha ab. „Ich glaube, er hat es verstanden."

„Du hast ihn angelogen?"

„Nein, nur die Wahrheit verschwiegen." flüsterte Samantha, schaltete das Licht aus und ging sich noch von allen verabschieden. Auch von ihrem Chef, der Jessica im Hintergrund warten sah. Seine Augen wurden weit, doch er telefonierte gerade und Samantha konnte mit einem Winken abhauen. Der Typ hatte sie so was von skeptisch angesehen, dass sie sich schon dem nächsten Gespräch gegenübersah. So schnell würde der nicht aufgeben, das wusste sie.

Dabei wusste sie gar nicht so genau, was den das

überhaupt anging! Den hatte das doch einen feuchten Dreck zu interessieren, mit wem Samantha ihre Nächte verbrachte. Selbst wenn es ein männlicher Anwalt gewesen wäre, hätte seine Neugier jeglichen Anstand ausgeschaltet.

Als erstes ging es für Samantha aber zu Jessica in die anonyme Wohnung, dann zu Samantha, um sich chic zu machen. Als die beiden aus ihrem Schlafzimmer kamen, sahen sie überhaupt nicht mehr so seriös aus. Sie trugen beide kurze Kleider mit tiefen Einblicken, die Haare fielen offen über ihre Rücken und sie hatten ganz anderes Make-up aufgelegt.

„Wow." lächelte Lucy. „Ihr seht toll aus."

„Vielen Dank." sagte Samantha und reichte ihr die Hand. Lucy nahm auch prompt an. Im Hintergrund lief Musik und sie tanzten kurz. Standardtänze. Lucy hatte das von Samantha mal lernen wollen. Damals hatten sie das ganze Wohnzimmer umgeräumt, um Platz zu haben. Jessica sah lächelnd zu. Die beiden waren ein Herz und eine Seele und Jessica musste zugeben, sie war verdammt neidisch. Mit ihrem Brüderchen gab es da leider zu viele Probleme, um so ein inniges Verhältnis aufzubauen. Sie liebte ihn, daran lag es nicht. Aber seit einiger Zeit zog er sich immer mehr vor ihr zurück. Und kam es dann doch mal zur Konfrontation, dann nur in Form lautstarker Streitereien, aus denen Jessica aber auch nicht schlau wurde. So richtig wusste sie nicht mal, was sein Problem war. Vielleicht bereute er es, zu ihr gezogen zu sein. Vielleicht wollte er zurück zu ihren

Eltern. Vielleicht lag es auch an den beiden. Den letzten Kontakt hatte es vor fast einem Jahr in Form einer Postkarte gegeben. Sie schienen absolut kein Interesse an seinem Leben zu haben. Vielleicht lag ihm das auf der Seele, aber mit Jessica mochte er nicht reden.

Lucy schaffte es, ihre Tante während des Tanzes in die Richtung zu lenken, in der Jessica stand. Und nach einer Drehung ließ sie los, sodass Samantha direkt vor Jessica stand. Es zog ein Lächeln beider Frauen nach sich. Jessica schob die Probleme mit ihrem Bruder aus ihrem Kopf und ließ sich darauf ein. Sie legte ihre Hand an Samanthas Hüfte, nahm ihre andere Hand und tanzte mit ihr durch das große Wohnzimmer. Lucy und Anna sahen zu. Die beiden Tänzer schienen gar nicht mehr anwesend zu sein. Als würden sie sich gerade in Wolken hinauf tanzen.

Nach dem Ende des Stückes blieben sie stehen, lächelten und verneigten sich leicht voreinander.

„Sollte da nicht ein Kuss folgen?" fragte Lucy mit Unschuldsmiene an Anna gewandt. Es reichte, um die beiden zum lachen zu bringen.

„Sei nicht so vorlaut, Kleines." schmunzelte Samantha und gab ihr noch einen Kuss auf die Stirn, bevor sie sich mit Jessica auf den Weg machte. Und ja, der Zeitpunkt wäre genau der richtige gewesen für einen Kuss unter Liebenden. Aber das waren sie nicht. Sie waren die Vertretung eines Mannes, der ihre Hilfe brauchte. Sie waren Anwältin und Buchhalterin, die zusammenarbeiteten, und ab und zu auch miteinander schliefen. Mehr nicht. Ein Kuss war also nicht angebracht, wenn er nicht das Ende der Partynacht hätte einleiten sollen.

Samantha wusste, wo sie hin wollte. Sie kannte alle Szeneclubs und war dort nicht weniger zu Hause als in ihrem Büro. Man kannte sie. Vor dem ersten der Nacht mussten sie allerdings kurz warten.

„Noch ein paar Minuten, okay?" bat sie nervös. Seit wann verspätete der sich denn?

„Du bist verabredet?" hakte Jessica krampfhaft unbeeindruckt nach. Sie wusste selbst noch nicht so genau, ob ihr das missfiel. Eigentlich hatte sie angenommen, hatte sogar vorausgesetzt, dass Samantha den Abend und die Nacht allein Jessica schenken würde. Eine andere Frau störte Jessicas ganzes Bild dieser Nacht.

„Sozusagen." schmunzelte Samantha, kam aber nicht weiter. Jemand schlang von hinten die Arme um sie und gab ihr einen Kuss auf die Wange.

„Guten Abend, meine Schöne."

Jessica stand ein wenig verwirrt daneben. Das war ein Mann! Ein richtiger Mann! Der schwarze Latex war eng genug, um das Fleischanhängsel erkennen zu können!

Samantha lehnte sich lachend in seine Umarmung. „Nicht nötig, Alex. Das ist Jessica."

„Oh." Breit grinsend löste er sich von Samantha. „Tut mir leid, ich wollte dir nichts vermasseln."

Sie lachte immer noch. „Jessica, das ist Alex. Mein bester Freund."

„Ah ja." schmunzelte sie. Endlich verstand auch

sie, was hier los war. Und plötzlich hatte sie auch gar nichts mehr gegen Begleitung einzuwenden. „Freut mich."

„Ganz meinerseits." verkündete er singend. „Sam, du siehst zum Anbeißen aus. Willst du nicht doch ein Kerl werden?"

„Nein, danke. Ich lass mich von anderen anknabbern."

„Von ihr?" grinste er und deutete auf Jessica, ließ aber niemandem Zeit zur Antwort. Mit einer schwungvollen Drehung wandte er sich Jessica zu. „Tut mir leid, ich nehm sie dir nicht weg. Nur offiziell."

„Was?" lachte Jessica schon wieder verwirrt.

„Mein Langzeitfreund." erklärte Samantha. „Du müsstest mal wieder ins Büro kommen."

„Geht klar, ich hole dich nächste Woche zum Abendessen ab."

„Danke." sagte sie zufrieden. Damit wäre auch ihr Chef wieder beruhigt. Hoffentlich...

„Du bist da nicht so, hab ich Recht?" fragte Alex Jessica.

„Nein. Du auch nicht, richtig?"

„Nein. Wenn ich einen anderen Job hätte, würde das vielleicht gehen, aber so glaubt mir das niemand."

„Und was bist du?"

„Friseur."

„Klischee erfüllt." gluckste Samantha.

„Voll und ganz, meine Schöne." bestätigte er auch gleich, schämte sich aber nicht dafür. Er war gern Friseur. Ihm machte das Spaß und auch wenn er damit nicht reich werden würde, wollte er keinen anderen Job. Sehr zum Leidwesen seiner Eltern, aber die haderten eh noch mit ihrem grausigen Schicksal eines schwulen Sohnes. Nach deren Reaktion hatte Alex beschlossen, dem Rest der Verwandtschaft lieber einen braven Hetero-Mann vorzuspielen. Die wollten es nicht anders und es vereinfachte vieles im gegenseitigen Umgang miteinander.

„Na los." drängte Samantha und sie gingen zum Türsteher. Groß und breit, aber mit liebevollen Gesichtszügen. Samantha und Alex waren bekannt, deshalb kamen sie auch ohne Probleme rein.

Es war eine sehr gemütliche Diskothek. Irgendwie urig für Jessica, aber trotzdem laut, bunt und voll. Die Wände waren fast vollkommen mit Holz verkleidet. Aus ähnlich dunklem Holz bestanden die Bar, die Tische und die Stühle. Dabei wirkte es aber nicht gedrückt und düster, sondern wurde von diversen Accessoires aufgelockert. An vielen Stellen sorgten bunte Spots für Farbe und Helligkeit. Wirklich gemütlich und nicht so kalt, wie Jessica es erwartet hatte.

Der erste Weg führte natürlich zur Bar.

„Was willst du trinken?" fragte Samantha. Die Frage galt aber nur Jessica, Alex trank eh immer das gleiche.

„CubaLibre."

Samantha drehte sich zur Bar und stieg auf die

kleine Stange, auf der man eigentlich die Füße absetzen konnte. Sie lehnte sich weit über den Tresen. Und das in dem Kleid. Jessica legte den Kopf schief und musterte diese Versuchung. Der helle Stoff verdeckt die Backen nur ganz knapp, der Ansatz war zu erahnen. Ohne es auch nur wahrzunehmen, ging Jessicas Kopf immer weiter zur Seite. Sie wollte unter allen Umständen unter den Rock sehen.

Samantha begrüßte die Barfrau mit Wangenküsschen, gab ihre Bestellung auf und wollte zurück auf den Boden. Vorher bekam sie noch einen Schlag auf den Allerwertesten.

„Au!" rief sie und starrte Jessica amüsiert an.

„So was traust du mir zu?"

„Ja." entschied sie sofort.

Jessica trat einen Schritt näher, strich sanft über die geschändete Backe und packte leicht zu. „Das ist schon eher mein Stil."

Alex zog ihren Arm weg und trieb die beiden auseinander, weil sie sich schon ansahen, als würden sie die Nacht jetzt beenden wollen. „Nicht jetzt." lachte er und hob den Zeigefinger auf Samantha. „Und du, steck deine Reize ein, sonst kommen wir nicht weit."

Sie lächelte verlegen. Sie war eben gerade nicht die gesittete Buchhalterin. Sie mochte nicht mehr zu den Teenagern gehören, Spaß hatte sie aber immer noch genügend. Auch in einer Diskothek. Aber gut, sie würde sich zurückhalten.

Jessica merkte aber bald, dass man sie kannte.

Überall wurden die beiden begrüßt und stellten Jessica vor, bevor sie überhaupt die Tanzfläche erreicht hatten. Es war eine ganz andere Samantha, die sie hier kennenlernte. Eine offene, lebenslustige Lesbe mit dem Hang zum Vergnügen. Ein Cocktail nach dem nächsten wurde geleert, aber nicht zu viel. Als sie merkten, dass sie langsam genug hatten, stiegen sie auf Alkoholfreie um.

Saßen sie gemeinsam an der Bar oder liefen zur nächsten Diskothek, kamen richtig schöne Gespräche zustande. Über Gott und die Welt. Politik, Geschichte, sogar Philosophie. Natürlich zogen sie auch mal über jemanden her, der ihren Weg kreuzte, aber im Großen und Ganzen war es wirklich eine angenehme und irgendwie vertraute Atmosphäre für Jessica. Sie hätte nicht gedacht, so etwas in New York zu finden. In einer so überfüllten Stadt, in der irgendwie alles anonym war.

Dass sie Samantha mal als wirkliche, offene Lesbe erlebte, setzte dem Abend die Krone auf. Sie war so locker und witzig. Und voll lebenslustiger Energie. Sie tanzte bis zum Umfallen, bewegte ihren Körper in stets aufreizender Weise und schaffte es dabei, mit nur einem einzigen Blick ein Prickeln in Jessica auszulösen. Immer wieder musste Jessica den Blick abwenden und sich anderen Schönheiten zuwenden, die sie nicht so sehr um den Verstand brachten, dass es hätte peinlich werden können. Und wenn sie sich dann nicht mehr halten konnte, den Blick wieder zu Samantha ausrichtete, dann sah man in den dunklen Augen eine gewisse Zufriedenheit und die Ankündigung, das ganze Spiel sofort von vorn zu beginnen.

Irgendwann gegen ein Uhr morgens standen sie in einer anderen Location an der Bar, tranken etwas und unterhielten sich gemütlich. Jessica und Samantha hatten sich inzwischen auf einer wirklich freundschaftlichen Ebene kennengelernt. Das hätte Samantha nie für möglich gehalten. Jessica war die einzige, die sie als Lesbe und Geschäftspartnerin kannte.

Plötzlich tauchte eine junge Frau auf, legte ihre Hände an Samanthas Hüften, drückte sich an sie und ihre Lippen auf ihren Hals. „Die heißeste Versuchung der Szene." hauchte sie lüstern.

Samantha legte den Kopf zurück an die Schulter der Frau und ließ sich anfassen und küssen. „Hast du mich so vermisst?"

„Und wie. Ich dachte schon, ich müsste mal im Büro vorbeikommen."

Samantha lachte auf, weil sie wusste, das würde sie nicht tun. Sie lösten sich aber auch von einander. „Susanne, das ist Jessica. Jessica, Susanne."

„Kitty bitte." lächelte sie freundlich und ohne den Blick, den ihre Stimme in Bezug auf Samantha angekündigt hatte.

„Jessi." Jessica überlegte aber schon, ob sie hier in eine Beziehung gefunkt war. Das tat sie nie. Vergebene Frauen waren absolut tabu. Die fasste sie nicht an, da konnten sie noch so heiß sein.

„Darf ich auch abkürzen?" fragte Samantha frech.

„Darfst du. Tun die meisten."

„Na dann. Sam." sagte sie und erhob das Glas zum Anstoßen.

„Oder Sami." spottete Jessica.

„Das sagt nur Karl." Samanthas Augen formten eine Herausforderung. Und die richtete sich ganz klar an Jessica. „Wollen wir doch mal sehen, was die spießige Anwältin alles aushält."

„Hast du mich grad spießig genannt?"

„Hab ich. Beweise mir das Gegenteil." forderte Samantha heißer, war näher an sie herangerückt und verführte schon mit ihrem Blick und ihrem ganzen Auftreten. Ihren erhitzten Körper drängte sie gegen Jessica und musste zugeben, sie genoss den Ausdruck in ihren Augen, als sich ihre Brüste berührten, wenn auch lästiger Stoff dazwischen blieb.

„Ich geh dann." sagte Alex schnell. „Sam, wir sehen uns nächste Woche."

„Geht klar. Gute Nacht." antwortete sie, gab ihm noch ein Küsschen und er ging.

Samantha dagegen machte eine einladende Kopfbewegung und forderte Jessica auf, ihr zu folgen. Das tat sie auch. Kitty war auch schon vorangegangen und sie ihr geradewegs hinterher. Sie gingen bis ans Ende des Ladens und eine breite Treppe hinauf. Eine lange Reihe Türen säumte die Galerie. Über den Türen brannten Lichter. Rote und Grüne. Susanne und Samantha nahmen die einzige Tür, an der gar kein Licht brannte, ganz in der Ecke. Jessica folgte ihnen und stand in einem Raum, in dem es nicht viel gab. Ein gigantisches Sofa, davor ein kleiner Tisch und davor noch eine Stange. Allerdings alles sehr sauber und ordentlich. Das Sofa war mit einem frischen Überwurf bespannt und nichts deutete darauf, dass vorher schon jemand hier gewesen war.

Eine Frau in rot-schwarzen Spitzendessous kam aus der Hintertür, lächelte den beiden bekannten Besuchern zu und ging an die Stange.

Samantha ging direkt zum Sofa und warf sich darauf. Ihr Rock rutschte höher. Sie legte die Beine übereinander und sah einzig und allein zu Jessica, der man jetzt schon die Hitze ansah. Samantha und Kitty nicht weniger.

„Lass das." lachte Kitty, warf sich neben Samantha auf die Couch und schob ihren Rock wieder runter. „Sonst haben wir nichts von der Vorstellung."

„Das wollen wir natürlich nicht. Jessi, du darfst dich auch setzen."

„Nichts lieber als das." knurrte sie, stellte ihr Glas auf den kleinen Tisch und setzte sich auf Samanthas andere Seite. Zuerst hatte sie nur hinter der Tür gestanden und nicht gewusst, wohin mit sich. In so einer Situation hatte sie bisher noch nicht gesteckt und fühlte sich ein wenig unsicher. Andererseits konnte sie nicht abstreiten, dass die Dame an der Stange ihr Handwerk verstand. Und wenn Jessica dann auch noch neben Samantha liegen durfte, schob sie alle Unsicherheit beiseite und ging zu dem Sofa.

Die Drei sahen der knapp bekleideten Dame eine

Weile zu und es knisterte. Nach Jessicas Ansicht, und sie hatte keine Ahnung von Gogotänzern, machte sie das richtig gut. Sie war feucht und hätte sie vernascht. Noch lieber hätte sie jetzt aber Samantha vernascht.

Irgendwann richtete sich Kitty halb auf, beugte sich zu Samantha und küsste sie. Ihre Hand lag an Samanthas Hüfte und griff zu. Ja, man sah ihr an, dass sie sie wollte. Jetzt und hier.

Jessica musste einfach hinsehen. Es prickelte zwischen ihren Beinen, allein bei dem Anblick. Ihre Hand lag auf der Sitzfläche hinter Samantha, die sich zu Susanne gedreht hatte. Ihre Finger zuckten, weil sie sie jetzt genauso gern berührt hätte, aber nicht sicher wusste, ob sie durfte. Samanthas Hand dagegen erhob sich und fand Jessicas Oberschenkel. Sanft strich sie darüber. Die Einladung erkannte Jessica und rückte ein Stück näher. Sie legte Samanthas Haare zurück und küsste sich über ihren Hals und ihre Schultern.

Samantha knurrte. So viele Hände und so viele Lippen, die zu schönen Frauen gehörten, und alle berührten sie. Sie wusste aber auch, was Kitty jetzt am liebsten wollte. Am besten sofort und immer und den ganzen Tag und niemals aufhören. Das brachte Samantha den Vorteil, dass Kitty Übung in dem hatte, was sie so gern tat.

Samantha beendete den Kuss und gab ihr damit den Freifahrtsschein. Ein erotischer Glanz blitzte in Kittys Augen auf und sie lächelte, bevor sie sich abwärts bewegte.

Samantha drehte den Kopf und führte den Kuss mit Jessica fort, während Kitty ihr das Höschen abnahm und das tat, was keiner konnte, wie sie es konnte. Jessica spürte, wie Samantha von Schüben der Erregung erschüttert wurde. Sie hörte das leise Keuchen an ihren Lippen. Auch Samanthas Finger suchten sich an Jessicas Körper entlang zu dem Ziel ihrer Gelüste. Jessica hielt Samantha im Arm, die sich an sie gelehnt hatte, um Kitty zu genießen. Ihre Hände glitten in Samanthas Kleid, umfassten ihre Brüste und massierten sie leicht. Immer wieder strichen ihre Finger über die harten Nippel, umspielten sie und neckten sie.

Das war tatsächlich mal was Neues für Jessica. Sex hatte sie auch, aber nie mit zwei Frauen gleichzeitig. Es war ein Geben und Nehmen. Auch Jessica kam noch in den Genuss von Kittys Künsten. Sie lag, Samantha hockte - nackt, wie die anderen beiden auch - auf ihr, rieb sich an ihr und vernebelte sie mit einem wilden Kuss, während dennoch eine Zunge ihre Perle umspielte und in sie eindrang, um auch den letzten Tropfen süßen Nektar auszulecken, bis sie aufschrie und unter einem heftigen Orgasmus verkrampfte.

Kitty zog sich mehr oder weniger zurück, überließ den Ausklang Samantha, die sich lang auf Jessica legte und dafür sorgte, dass das Hochgefühl des Orgasmus nicht zu schnell abflaute.

Kitty selbst legte sich neben die beiden und sah ihnen zu. Sie küssten sich, sie streichelten sich, sie liebkosten sich. Kitty konnte nicht anders, als sich selbst zu berühren. Auch sie hatte schon den einen oder anderen Orgasmus gehabt, aber jetzt gerade wurde sie nur von diesem Anblick wieder angeheizt.

Samanthas Hand tastete sich zu ihr und wollte ihr behilflich sein, doch sie ließ sie nicht und Samantha zog sich zu Jessica zurück. Offenbar hatte es für Kitty auch etwas Erregendes, einfach zuzusehen. Das Gogogirl hatte sich lange verdrückt, so waren Samantha und Jessica das Showprogramm für Kitty. Und das nicht zu knapp. Die beiden fielen geradezu übereinander her und vergaßen Zeit und Raum...

Irgendwann lagen die Drei aber völlig fertig aneinander geschmiegt. Eigentlich lag Samantha an Jessicas Brust und Kitty hatte sich von hinten an sie gekuschelt. Kittys Arm lag über Samantha und ihre Hand auf Jessicas Bauch. In allen Dreien zuckte es hier und da noch immer nach.

„Ich schlaf gleich ein." lachte Samantha und richtete sich auf. Das war so gemütlich gewesen, dass sie wirklich fast eingeschlafen wäre. Sie hatte die Augen geschlossen gehabt und gedankenverloren mit Jessicas Fingern gespielt. Ihre beiden Hände waren verschlungen gewesen und sie hätte so tatsächlich einschlafen können, wie auch in der gemeinsamen Nacht in ihrem Bett. Das ging aber nicht, sie lagen schließlich nicht in irgendeinem Hotelzimmer, sondern in einer Diskothek.

Deshalb standen auch die anderen beiden auf, zogen sich an und sie verließen den Raum wieder. Jessica warf noch mal einen raschen Blick zurück zu dem Ort, an dem sie eine neue Erfahrung gesammelt hatte. Sie hatten etwa zweieinhalb Stunden auf dem

Sofa verbracht und es kam Jessica vor, als hätte sie ein ganzes Kapitel ihres Lebens dort verlebt. Es fühlte sich so eigenartig an. Das war schließlich nicht ihr allererstes Mal gewesen, nur der erste Dreier. Sie erinnerte sich an die zweite Begegnung mit Samantha zum Mittagessen. Damals hatte Samantha gesagt, etwas ausgefallener oder wenigstens persönlicher als ein Hotelzimmer sollte es schon sein. Nun wusste sich Jessica bestätigt...

Kitty verabschiedete sich. Alex war auch nirgends zu sehen, also steuerten die beiden Geschäftspartnerinnen die Heimat an.

Bevor sich ihr Weg trennte, hielt Jessica an und zog Samantha in ihre Arme. „Es war eine schöne Nacht, vielen Dank."

„Fand ich auch. Und sie muss noch nicht vorbei sein."

„Ach nein?" schmunzelte Jessica.

„Nein. Ich würde gern neben dir einschlafen."

„Ich würde gern neben dir träumen."

„Na dann." flüsterte Samantha und küsste Jessica mitten auf der Straße. Vermutlich hätte nicht mal ihr Chef sie rein äußerlich erkannt, außerdem waren die Straßen leergefegt, daher machte sie sich auch keine Gedanken darüber. Sie wollte sich beruflich nicht outen, aber wenn es zufällig passieren sollte, hätte sie Pech gehabt. Gerade in den Nächten, in denen sie einfach nur eine Frau war, ließ sie sich diese Abschiedsküsse nicht nehmen, auch wenn es hier kein Abschied war. Es war der Anfang des Endes der Nacht. Samantha lag ebenso nackt wieder an Jessica geschmust, sie hatten ihre Finger verschränkt und glitten nahezu gleichzeitig ins Land der Träume ab.

***

Nur aufwachen musste Jessica allein. Und das auch noch von ihrem Handy. Der Tag war gelaufen. Ausgerechnet ein Samstag!

Samantha war mit Lucy unterwegs zum Laufen. Bei einem Eisverkäufer im Park machten sie eine kurze Pause und gönnten sich die Kalorien, die sie eben verbrannt hatten. Nicht dass Samantha in der Nacht nicht schon vorgearbeitet hätte...

„Sam?" fragte Lucy langgezogen. Ein schalkhaftes Grinsen kündigte etwas Verrücktes an.

„Mhmh." lächelte sie zufrieden, weil sie diese Samstage genoss wie keine anderen Tageszeiten.

„Was läuft da zwischen dir und Jessica?"

Samantha lachte auf. „Wir arbeiten zusammen für einen Kunden."

„Und ihr schlaft miteinander."

„Auch das, ja."

„Und sonst? Ich meine, läuft da mehr?"

Samantha hörte das aufrichtige Interesse ihrer Nichte. Das schmeichelte und rührte sie, weil es eben nicht nur reine Neugier war. Ihr kleiner Sonnenschein wollte wissen, was in Samanthas Leben passierte, genau wie umgekehrt. „Nein. Du weißt, ich hab keine Zeit für mehr und will auch nicht mehr.

„Aber ihr versteht euch gut."

„Tun wir." nickte Samantha auch sofort, alles andere wäre eine Lüge gewesen. „Aber mehr auch nicht."

„Schade." seufzte Lucy. „Sie hätte mir gefallen."

Samantha kicherte unterdrückt. „Tut mir leid für dich. Aber Jessica kommt aus Oklahoma."

„Oh." stutzte Lucy. „Sie wohnt gar nicht hier?"

„Nein. Sie ist nur für den Fall hier, bei dem wir zusammenarbeiten müssen."

Lucy grinste schon wieder. „Dann lasst euch doch Zeit."

„Nichts da, unser Kunde hat eine schnelle Lösung verdient. Und jetzt mach ich dich fertig." lachte Samantha und rannte wieder los. Lucy folgte ihr auch sofort und sie kamen lachend wieder in die Wohnung.

Jessica saß in Samanthas Morgenmantel auf der Terrasse. In der einen Hand hielt sie Kaffee, in der anderen ihr Handy. Was sonst, dachte Samantha. In der Hinsicht glichen sie sich wirklich fast vollkommen. Jessica hatte vermutlich auch keine Zeit für eine Beziehung.

Jessica legte gerade auf, als Samantha mit einer Tasse Kaffee auf die Terrasse trat. „Auch schon ausgeschlafen?" neckte sie.

Jessica schmunzelte mit geschlossenen Augen in die Sonne. „Wieso bist du so fit?" In Samanthas Stimme schwang viel zu viel Energie mit.

„Sieh mich an."

Sie öffnete die Augen und es traf sie wie ein Schlag. Samantha trug eine hautenge superkurze Hose, dazu ein ebenso enges Shirt. Und sie stand auch noch direkt neben ihr, mit ihren Oberschenkeln auf Jessicas Augenhöhe. In dem Outfit zeichnete sich jede Kontur ab. Samantha musste sich da für gar nichts schämen. Ganz im Gegenteil. Sie gehörte weggesperrt für diesen sündhaft schönen Körper. Ein Wunder, dass es nicht reihenweise zu Auffahrunfällen kam, wenn Samantha nur vorbeilief.

„Rar." knurrte Jessica. Mehr wusste sie nicht zu sagen. Ihr Wortschatz verließ sie, weil sowieso keines der Worte, das sie im Kopf hatte, ausgedrückt hätte, was sie wirklich dachte.

Samantha setzte sich lachend. „Wir waren schon zwei Stunden laufen."

„Echt?" Wie kam man denn zum Samstag auf die Idee?

„Ja. Jeden Samstag. Deswegen geht Lucy freitags auch nicht aus. Sie hat einen Tag am Wochenende, an dem sie ausgehen darf, aber wenn sie das Freitag macht, bereut sie es am Samstagmorgen."

„Kann ich verstehen. Tut mir leid, Tommy hat mich geweckt und ich wollte ihn nicht abwimmeln."

„Ist doch in Ordnung, wo ist der Grund für eine Entschuldigung? Was hast du heute vor?"

„Nichts, aber mein Handy bleibt an und findet immer einen Grund für Arbeit."

„Kenn ich." lachte Samantha. „Da hat man nie

Zeit für was anderes."

„Richtig." feixte Jessica. „Aber Zärtlichkeiten gibt es dennoch."

„Hin und wieder. Aber mehr auch nicht. Ich bin mit meinem Job verheiratet."

„Nicht nur du. Aber da ist es gut, wenn man weiß, wo man hingehen kann." zwinkerte Jessica. Es war ja wohl offensichtlich, dass die vergangene Nacht nicht die erste zwischen Samantha und Kitty gewesen war. Und aus irgendeinem Grund heraus empfand Jessica den Gedanken als störend. Sie würde wieder nach Oklahoma gehen und Samantha bei Kitty zurücklassen. Das passte ihr irgendwie nicht!

„Ich wüsste auch nicht, warum ich mich dafür schämen sollte." verkündete Samantha. „Lucy und ich wollen nachher auf das Straßenfest. Hast du Lust?"

Jessica lächelte unsicher. „Ich weiß nicht. Ich will euch nicht stören."

„Tust du schon nicht. Und dort ist es laut genug, dass du dein Handy nicht hörst."

„Das ist ein Argument."

„Na dann." lachte Samantha zufrieden. „Ich gehe erst mal duschen."

„Und ich hab keinen Grund, mitzukommen." seufzte Jessica. Dafür wäre sie vielleicht sogar mit laufen gegangen. Aber jetzt wusste sie wenigstens, woher Samantha den straffen Hintern hatte.

„Jessica?!" jammerte Lucy auf einmal hinter

ihnen.

„Was ist passiert, dass du mich mit Schmollmund ansiehst, statt über so einen schönen Tag zu lächeln?"

„Schule ist passiert." schimpfte sie. „Kannst du mir mit dem Aufsatz helfen?"

„Sicher. Kommst du mit raus? Sonne tut gut und hebt die Stimmung."

„Danke." freute sich Lucy und nahm sich einfach die Freiheit, ihr auch einen Kuss auf die Wange zu geben, bevor sie wieder in ihr Zimmer hüpfte, um alles zu holen. Vielleicht würde Jessica ja nach New York ziehen? Für Sam natürlich...

„Jetzt arbeitest du doch noch." lächelte Samantha.

„Das ist keine Arbeit. Und jetzt geh duschen, damit du fertig bist, sonst komm ich doch noch nach."

„Dann überlege ich mir das noch mal."

Tat sie nicht. Samantha ging wirklich schnell duschen. Und als sie zurückkam, fand sie Lucy und Jessica gemütlich auf der Dachterrasse. Der Anblick gefiel ihr irgendwie. Lucy hatte sich gemütlich an Jessica gelehnt, die Füße auf die Bank gestellt, einen Block auf dem Schoß und unterhielt sich. Sie hoffte da wohl auf etwas, das für Samantha nicht in Frage kam. Da müsste sie demnächst mal ein ernstes Gespräch führen. Aber nicht an diesem Tag.

Nach dem Mittag gingen die Drei zum Straßenfest. Es waren diverse Verkaufsstände aufgebaut, Fahrgeschäfte und so weiter. Sogar ein

Minizirkus gab ein paar Kunststücke zum besten.

„Sam!" rief Lucy auf einmal. „Können wir da mitmachen? Bitte."

Ihr bettelnder Blick war auf Samantha gerichtet, doch ihr Finger zeigte direkt auf einen Liebestest. Das ernste Gespräch würde schneller kommen müssen, als es Samantha lieb war.

„Na komm schon." lachte Jessica. „Wollen wir doch mal sehen."

Samantha schmunzelte, ergab sich aber. Es war ein Automat, auf den zwei Leute jeweils eine Hand legen mussten und eine blinkende, leuchtende Anzeige verriet dann, wie tief die Liebe war. Lucy und Samantha stellten sich an das Gerät und schon der aufgeregte Blick ihrer Nichte auf die blinkende Skala war Samantha genug Lohn. Dafür würde sie so gut wie alles mitmachen.

Herzenstief, lautete das Urteil.

„Ooohhh..." seufzte Lucy gerührt. „Ich hab dich eben wirklich lieb, Sam."

„Ich dich auch, Kleines." lächelte sie und gab ihr einen Kuss auf die Stirn. Dafür hätte sie keine Maschine gebraucht, aber es war schon witzig, wie das zutraf.

„Jetzt ihr." forderte Lucy aufgeregt und schob Jessica an den Automaten neben Samantha. Sie hatte es ja geahnt.

„Na dann." schmunzelte Jessica, gab dem Betreiber einen Schein und legte ihre Hand darauf.

Die beiden beobachteten die Skala ebenso

gespannt wie Lucy, die sich in dem Augenblick bestätigt fühlte, als *Große Liebe* angezeigt wurde und das Herz am Ende der Anzeigenleiter leuchtend rot blinkerte. Dazu erklang auch noch der typische Hochzeitsmarsch.

Verlegen hoben die beiden die Köpfe und sahen sich an. Sie lächelten, glaubten beide nicht wirklich an so einen Jahrmarktsunsinn, der den Leuten nur das Geld aus der Tasche zog, und schon gar nicht an die wahre Liebe, aber irgendwie knisterte es in dem Moment.

„Ich hab´s gewusst." gluckste Lucy neben den beiden, klatschte aufgeregt in die Hände und riss sie aus der Trance. Sie richteten sich von dem Automaten auf und sahen betont voneinander weg.

Einen Preis gab es auch noch. Zwei silberne Ketten mit jeweils einem halben Herzen daran. Modeschmuck, aber Lucy bestand darauf, dass sie sie umlegten. Sofort. Und da sie sich auch in der Hinsicht einig waren, dass sie ihr nur ungern einen Wunsch abschlagen wollten, trugen sie für den Rest des Tages jeder eine Hälfte der großen Liebe am Hals.

Jessica fing sich halbwegs wieder und zog es ins Lächerliche. Unter allen Umständen wollte sie aus diesem unangenehmen Schweigen herausfinden. Sie reichte Samantha die Hand mit einer Verbeugung. „Meine herzallerliebste Braut, darf ich dich auf einen Kaffee einladen?" Das hatte lockerer geklungen, als sie sich dabei gefühlt hatte.

Samantha sprang drauf an, denn auch sie wollte

die Spannung zwischen ihr und Jessica lösen. Sie nahm die Hand und kicherte besonders deutlich. „Ich würde mich sehr freuen, meine Zeit mit dir verbringen zu dürfen, meine über alles geliebte Jessica."

Die beiden lachten auf, genau wie Lucy, die sich ein Loch in den Bauch freute und nicht bemerkte, wie krampfhaft diese beiden Lacher waren. Sie mochten sich gern, aber sie waren sich insofern einig, dass ihre einzige Liebe ihre Jobs waren. Da sollte nichts dazwischenkommen, das ihr geregeltes Leben durcheinandergewirbelt hätte. Auf der anderen Seite mussten sie wenigstens in ihren eigenen Köpfen den Gedanken zulassen, dass sie, wenn sie hätten eine ernsthafte Beziehung eingehen wollen, vermutlich die eine Partnerin gefunden hatten, mit der sie es sich auch wirklich vorstellen könnten. Diese Gedanken waren ihnen beiden so fremd, dass sie sie lieber übergingen und mit Lachen versuchten, den Tag zu retten.

Jessica hätte bereuen können, mit zum Straßenfest gegangen zu sein, aber dafür wiederum genoss sie es zu sehr. Nicht nur die Abwechslung des Festes, auch die aufgeweckte Lucy und die Anwesenheit von Samantha auf einer Ebene, die rein gar nichts mit Karriere zu tun hatte. Dafür müsste sie nur weiterhin um das gefährliche Denken und Fühlen herumschiffen.

Das Ergebnis dieses Tests blieb in den Köpfen hängen, so gern die beiden Frauen es auch vergessen hätten. Es zog sich durch den ganzen Tag. Lucy forderte das Traumpaar auf, im Karussell nebeneinander zu sitzen. Jessica forderte ihre Braut auf, ihr ein Entchen zu angeln. Samantha lud ihre Braut wiederum zu Schokoladenobst ein. So ging das die ganze Zeit, hin und her. Und Lucy ließ keine Gelegenheit aus, sie darauf aufmerksam zu machen, das war auch der Grund, warum sie selbst es immer wieder ansprachen. Nur nicht auffallen, lautete die Devise.

Als Samantha dann an der Losbude auch noch das rote Herz - den Hauptgewinn - zog, war alles aus. Die Drei lachten sich scheckig. So viel hatte auch Jessica lange nicht mehr gelacht. Im Laufe der Zeit hatten sich auch die Magenkrämpfe bei dem falschen Lachen gelöst und es war echtes und schönes Lachen geblieben, das sie aufrichtig genoss.

Samantha bekam für ihr Los einen riesigen rosa Bären mit einem roten Herz im Arm gereicht. Das Teil war gigantisch. Sie wusste gar nicht so recht, wie sie den transportieren sollte. Jessica nahm ihn ihr hab, hielt ihn an einem Arm und Samantha nahm den anderen Arm. So hing er zwischen den beiden und bildete eine sicherer Barriere, die sie vor Berührungen schützte.

„Fahren wir Riesenrad?" bat Jessica und auch ihr Wunsch wurde sofort erfüllt.

Lucy sah schon die nächste Gelegenheit und huschte schnell in eine andere Gondel, kurz bevor es losgehen konnte. So waren die beiden allein. Mit dem Bären natürlich, der auch auf der Bank saß.

„Ich liebe Riesenräder." erzählte Jessica verträumt, als sie nach oben stiegen.

„Wieso?" lächelte Samantha. Sie hatte keinen Blick für die Stadt übrig, nicht mal einen Gedanken. Sie beobachtete Jessica, die mit vor Faszination glänzenden Augen in alle Richtungen sah.

„Keine Ahnung. Die haben irgendwas Romantisches und Verträumtes." Ihr blauer Blick huschte wieder zu Samantha. „Und wenn man ganz oben sitzt, so wie wir jetzt, ist man ungestört."

„Und was willst du mir damit sagen?" surrte Samantha. Ihr wurde heiß, obwohl so weit oben zügiger Wind wehte. Der glühende Blick von Jessica vernebelte ihr alle Sinne und Gedanken.

„Sagen?" flüsterte Jessica, als sie sich näher beugte. „Gar nichts."

Dann trafen ihre Lippen auf Samantha und sie gaben sich dem Kuss in schwindelerregender Höhe hin. Das war allerdings auch ein Kuss, den es unter Liebenden geben sollte. Wie zum Abschluss des Tanzes war das nicht der passende Augenblick für einen Kuss unter Betthasen. Der Gedanke kam beiden aber erst, als der Kuss schon begonnen hatte, und abbrechen mochte ihn auch keine der beiden. Jessica schämte sich, diesen Kuss angefangen zu haben, aber da auch Samantha keine Anstalten machte, sich dem zu entziehen oder gar nicht erst hingeben zu wollen, sah auch Jessica keinen Grund dafür.

Unbeobachtet waren sie deshalb noch lange nicht. Lucy saß in der Gondel schräg unter ihnen und beobachtete sie mit einem Lächeln. Sie würde es freuen, wenn Sam endlich die Liebe gefunden hätte.

Sie wusste aber auch, dass sie sie gar nicht sehen würde vor Zahlen ihrer Arbeit. Dabei war Lucy der Meinung, kaum einer hatte es mehr verdient als ihre Tante Sam. Sie war immer voll Liebe zu Lucy und Verständnis. Lucy konnte noch so sehr Mist bauen, Sam liebte sie immer und versuchte stets und ständig, alles mit ihr gemeinsam zu lösen. Sie hatte verdient, diese Liebe in beide Richtungen mit einer echten Partnerin zu teilen und ihr Glück außerhalb von Akten zu finden.

Jessica verbrachte das ganze Wochenende bei Samantha und ihrer Nichte. Samantha sprach die Einladung aus, weil ihr der Gedanke nicht gefiel, dass Jessica allein in der anonymen Wohnung sitzen und arbeiten würde. Was sollte sie auch sonst tun, wenn niemand da wäre? Samantha hätte es genauso gemacht. Sie waren beide nicht gerade der Typ für Sonntage allein im Bett oder vorm Fernseher. So herumzulümmeln passte einfach nicht zu ihnen und statt irgendwelchen Mist zu tun, nur um die Zeit bis Montag rumzukriegen, arbeiteten sie lieber. Solange sie zu Hause waren, gab es auch immer noch die Möglichkeit, mit ihren Zöglingen etwas zu unternehmen, aber allein … Samantha musste Jessica wenigstens die Möglichkeit einer Alternative bieten. Und Lucy bettelte solange, bis Jessica eigentlich gar nicht mehr ablehnen konnte. Nicht dass sie es gewollt hätte, aber aus Anstand hätte sie es vielleicht getan. Sie wollte sich schließlich nicht in die Familie drängen. Auch nicht nur für ein Wochenende. Umso mehr freute sie sich, mit so offenen Armen aufgenommen zu werden.

Am Samstag Abend ging Lucy mit ihren Freunden aus und ihre Tante blieb mit ihrer großen Liebe auf der Dachterrasse bei einer Flasche Wein. Und ausnahmsweise ging es nicht um die Arbeit. Sie lernten noch mehr über das Leben und die Ansichten des anderen. Sehr gemütlich und sehr zärtlich, als sie sich schlafen legten.

Auch den Sonntag erlebte Jessica noch in der kleinen Familie. Sie tobten sich im Wohnzimmer an der Spielekonsole aus und lachten immerfort. Aber am Abend fuhr sie dann doch wieder in die Wohnung der Kanzlei. Sie brauchte frische Klamotten. Und sie wollte Samantha nicht in Schwierigkeiten bringen, wenn sie Freitag zusammen gingen und Montag zusammen kamen...

***

Auf die Begegnung mit ihrem Chef hatte Samantha am Montag überhaupt keine Lust. Die hätte sie gern übersprungen, aber das ging nicht, sie musste ihm wenigstens Guten Morgen sagen. Seinen Schock hatte er offenbar überwunden, nur die Neugier nicht.

„Wie war das Wochenende?" fragte er viel zu desinteressiert, um die Neugier nicht zu hören.

„Angenehm." lächelte Samantha. „Ich war mit meiner Nichte auf dem Straßenfest."

Damit hatte sie ihn schon überzeugt, wenn auch ein wenig enttäuscht. „Oh. Na dann."

Sie ging mit einem zufriedenen Lächeln in ihr Büro. So leicht konnte es sein. Und wenn Alex sie diese Woche noch zum Abendessen abholen würde, wäre alles wieder in Butter. Samantha kannte Alex schon seit der Schulzeit. Kam er sie mal wieder im Büro besuchen, beziehungsweise abholen, dann begrüßten sie sich wie Verliebte mit einem Kuss, den beide aber sehr genau zu deuten wussten. Zwischen ihnen war nie was und würde nie etwas sein, aber wenn es um Samanthas Job oder Alex' Familie ging, dann spielten sie das Traumpaar perfekt. Nach jahrelanger Übung ging das spielend leicht.

Als Samantha an diesem speziellen Montag allerdings an Cindys Platz vorbei zu ihrem Büro ging, fiel sie beinahe in Ohnmacht. Die Tür stand offen und es stapelten sich irgendwelche mysteriösen Kartons bis unter die Decke. Tatsächlich bis über zwei Meter Höhe.

„Was ist das denn?!" keifte sie schockiert und ging näher. Fast hätte sie noch den Pappbecher mit ihrem Kaffee fallenlassen.

Cindy war auf Toilette gewesen und kam gerade rein. „Dein neuer Kunde."

Blitzartig drehte sich Samantha um und funkelte Cindy an. „Was für ein neuer Kunde?" Wieso wusste sie von nichts? Und wann sollte sie das denn machen?

„Äh..." Cindy war verwirrt. „Hat dir der Chef nichts gesagt? Wollte er am Freitag machen, als er zu dir kam."

Samantha verdrehte die Augen. Das hatte sie nun

davon, dass sie ihn so aus der Fassung gebracht hatte. Hätte sie erstaunt getan, als er ihr gesagt hatte, Jessica wäre eine Lesbe, hätte das wohl mehr in sein Konzept gepasst und er hätte nicht den Hauptgrund seines Besuchs vergessen.

„Toll. Und was ist das alles?"

„Die Buchhaltung, die der Kunde selbst versucht hat." sagte Cindy leise. Sie wusste, wie Samantha so etwas hasste. Sie wusste aber auch, dass sie ihre Wut nicht abfangen müsste. Das wusste Samantha besser zu lenken.

Dennoch gab sie einen kleinen Schrei von sich. „Ich glaub das einfach nicht! Weißt du noch mehr dazu?"

Der Bote zu sein, passte Cindy überhaupt nicht, daher zog sie schon mal den Kopf ein. „Nur, dass die Buchprüfung ansteht."

Samantha schlug sich eine Hand vor die Augen. Das war grandios! Ganz toll! Aller bestens! Wie sollte sie denn einer Buchprüfung standhalten, wenn sie nichts als ein paar Kartons vor sich hatte?!

Samantha stürmte aus ihrem Büro zu Barry Bright zurück. „Wieso wusste ich das noch nicht?" warf sie ihm vor. Sie arbeitete schon lange in diesem Büro und hatte sich eine sichere Position aufgebaut. Außerdem wusste sie, er war Mensch genug geblieben, ihr bei solchen Ausmaßen, den Ton nicht übelzunehmen.

„Hab ich am Freitag vergessen, tut mir leid." lächelte er verlegen und Samantha wusste sich bestätigt. Der hatte das wirklich einfach vergessen.

„Wieso ich? Ich schaffe das gar nicht."

„Man hat sie verlangt, Miss Paine. Sie persönlich."

„Ach echt? Woher wissen die denn von mir?"

„Von einem anderen Kunden, der zufrieden mit ihnen ist. Also sehen sie es als Auszeichnung."

Super, fluchte Samantha innerlich. Wie sollte sie denn jetzt noch wirklich wütend sein? Und vor allem: Auf wen? Auf den Kunden, der sich an sie wandte, weil man zufrieden mit ihr war? Auf ihren Chef, der eben auch nur ein Mensch war und mal was vergessen hatte? Auf sich selbst, weil sie eigentlich keine Luft hatte, sich dem Chaos anzunehmen?

Auf niemanden. Da musste sie durch und es einfach anpacken!

„Schick Michaela zu mir, wenn sie Zeit hat." bat sie Cindy, ging in ihr Büro, schloss die Tür und schlängelte sich zwischen den Kistenstapeln zu ihrem Schreibtisch. Den sah man von der Tür aus gar nicht mehr. Unterwegs durfte sie nur an keinem der hohen Türme anecken. Das würde ein langer Tag werden, aber wenn die Buchprüfung anstand, musste das so schnell wie möglich gemacht werden. Zum Wohl des Kunden.

Auf ihrem Schreibtisch lag die Mappe, die sie wohl schon am Freitag hätte sehen sollen. Es ging um einen Handwerksbetrieb, also eigentlich keine Seltenheit. Im Computer hatte Cindy den Kunden auch schon angelegt, theoretisch konnte es losgehen, dem Chaos zu Leibe zu rücken. Theoretisch, denn in der Praxis sah das anders aus.

Michaela kam nur ein paar Minuten später und rief von der Tür aus nach ihrer Chefin.

„Hier!" lachte Samantha und wartete, dass Michaela den Weg gefunden hatte.

„Oh." schmunzelte sie. „Sag mir, dass wir das nicht sortieren müssen."

„Genau das müssen wir." lachte Samantha.

Sie stand gerade am ersten Karton und öffnete ihn. Im gleichen Augenblick schlief ihr das Gesicht ein. Viele lose Zettel. Und schon auf den ersten Blick sah sie, dass die nicht mal chronologisch geordnet waren. Das war ein Albtraum!

„Na super." stöhnte Michaela.

„Du sagst an, ich tippe." legte Samantha fest. „Und ordne es gleich nach Jahren, damit wir ein Grundsystem drin haben."

„Geht klar."

Michaela stemmte sich gegen einen der hohen Türme, um ihn zur Seite zu schieben und etwas Bewegungsfreiheit an dem Konferenztisch zu haben. Sie schaffte es nicht alleine, aber Samantha packte mit an. Schwere körperliche Arbeit im Büro einer Buchhalterin...

Schon nach zwei Stunden war klar, sie würden hier allein nicht vorwärts kommen.

„Cindy!" rief Samantha und wartete.

„Äh … In welche Richtung muss ich laufen?" fragte Cindy amüsiert von der Tür aus. Man sah ja immer noch nichts weiter als meterhohe

Kartonstapel. Wie in einem Labyrinth wäre sie vermutlich etliche Male an Samantha vorbeigelaufen, ehe sie sie gefunden hätte.

„In keine. Schick die anderen bitte her. Und wir brauchen jede Menge Monatsmappen."

„Wie viele Jahre?"

„Sieben bisher."

„Oh. Geht klar."

Kurz darauf kamen auch die anderen Vier noch und sie bauten sich ein Fließband auf. Michaela nahm einen Zettel aus einer Kiste und sagte an. Samantha tippte und der Zettel ging zum nächsten, der ihn mit dem Stempel und Buchungsbeleg versah, und in dem jeweiligen Jahr chronologisch einsortierte. Die bereits gebuchten Belege wurden auch noch geordnet. Das beinhaltete auch, dass kleine Zettel zum Beispiel aufgeklebt wurden. Das war eine reine Fleißarbeit, aber bis zum Abend hatten sie es geschafft. Sie hefteten alles noch ab, fassten die Monatsmappen in der Jahresmappe zusammen und waren am Ende.

„Ich danke euch." schnaufte Samantha. Ihr taten so was von die Finger weh. Ihre Leute hingen auch nur auf den Stühlen und regten sich kaum noch. Immer, wenn Michaela einen Karton restlos geleert hatte, hatte sie ihn nur Richtung Tür geworfen und Cindy hatte ihn beseitigt. Stück für Stück waren sie vorwärts gekommen und hatten zwischendurch nicht geglaubt, das an einem Tag noch zu schaffen.

„Hat es sich wenigstens gelohnt?" fragte Steve lachend und Samantha sah nach. Mit nur ein paar

Klicks konnte sie die Gewinne anschauen.

„Nicht mal übel. Lohnt sich für uns."

„Na immerhin." gluckste Tim. „Brauchst du mich noch?"

„Nein, haut ab. Ich danke euch."

„Kein Problem. Bis morgen."

„Bis morgen."

Samantha selbst blieb noch. Die Buchungen waren alle im System erfasst und sie legte gleich mal eine Sicherheitskopie auf dem gesonderten Server ab, aber sie wollte sich einen genaueren Überblick verschaffen. Sie sah sich vor allem Statistiken an, aus denen sie alles mögliche lesen konnte, das nicht jeder sehen konnte. Das war ihre Welt und sie liebte sie. Zahlen über Zahlen, die sich vor ihrem geistigen Auge ganz von allein neu anordneten und neue Erkenntnisse brachten. Darin versank sie vollkommen.

Bis es klopfte.

„Ja?!" rief sie erschrocken.

Cindy öffnete die Tür und steckte den Kopf herein. „Der Chef will dich sprechen."

„Na toll." grummelte Samantha, stand aber gleich auf. Was sollte denn jetzt kommen? Noch mehr solche tollen Neuigkeiten? Noch ein paar neue Kunden mit Buchprüfung vielleicht?

Es wurde nicht besser. Im Büro ihres Chefs standen auch noch Jessica und Karl Knox.

„Sami." strahlte er gleich und reichte ihr die Hand.

„Hallo Karl, was machst du denn hier?"

„Mister Bright hat mich herbestellt."

„Ah ja." Wozu?

Ganz sittsam reichte Samantha auch die Hand noch an Jessica weiter. Ihnen beiden war nicht anzusehen, was sie in der letzten Woche schon alles gemeinsam getan hatten. Samantha war dafür auch sehr dankbar und Mister Bright dürfte nun endgültig beruhigt gewesen sein.

„Um was geht es denn? Das Angebot?" wollte Samantha wissen.

„Ja." nickte Jessica auch gleich. „Es wird ein Treffen zur außergerichtlichen Verhandlung geben. Am Freitag. Bis dahin brauchen wir die endgültigen Zahlen. Kannst du mir sagen, ihr seid weitergekommen?"

„Kann ich nicht." musste Samantha leider zur Antwort geben. Nicht mal in ihrem Kopf fand sich eine passende Ausrede. „Tut mir leid, aber irgendwie schaffen wir das schon." Nur innerlich knurrte sie. Zum einen sah sie Jessica an, dass sie sie verärgert hatte, und andererseits wusste sie, sie würde ihre Leute die ganze Woche noch treiben müssen, um das zu schaffen.

„Ich brauch dich dort." sagte Jessica, hatte aber auch hier nicht den fordernden Ton drauf. Es war kein Befehl, sondern die Feststellung, dass sie Unterstützung bräuchte. „Mister Bright ist einverstanden, dass du mitkommst. Ich kann deren Fragen nicht standhalten."

„Kein Problem. Wann?"

„Freitag um Zehn." sagte Bright. „Ich hab mit Cindy gesprochen, ist noch alles frei."

„Geht klar. Was muss ich denn mitbringen?" fragte sie Jessica. Sie hatte noch nie an so was teilgenommen. Sie würde ja wohl nicht die ganzen Originalbelege mitnehmen müssen. Dann dürften sie einen LKW mieten müssen.

„So viel wie möglich, aber so wenig wie möglich. Ich hab keine Ahnung, von welchen Ausmaßen wir reden, aber es muss in den Privatjet passen."

Samantha schnappte nach Luft. Mit einem Schlag war ihr eiskalt und heiß zugleich. Unter ihren Füßen tat sich ein bodenloses, schwarzes Loch auf, das sie jeden Moment verschlingen würde. „Nein!" rief sie taumelnd. „Auf keinen Fall!"

„Was ist denn?" fragte Jessica aufgeregt. Am liebsten hätte sie ihre Arme um Samantha geschlungen, um sie im freien Fall des Schocks zu halten, aber das durfte sie gerade nicht. Dabei wusste sie noch nicht mal, was der Auslöser dafür war, dass sie kreidebleich wurde, ihre Augen riesig waren und die Panik sich darin festgebissen hatte.

„Niemals!" legte Samantha unmissverständlich fest. „Sollen die doch herkommen."

„Das geht nicht. Der Gerichtsstand ist dort, wo die Firma ihren Sitz hat."

„Dann ruf mich an."

„Sie gehen." legte Mister Bright fest. „Miss Paine, ich schätze sie sehr, aber sie werden mitgehen."

„Nein." schoss sie eiskalt zurück. „Schmeißen sie mich raus, aber keine zehn Pferde kriegen mich in ein Flugzeug. Ende der Diskussion." Ihr niedergeschmetterter Blick ging zu Karl. „Tut mir leid, das kann ich nicht."

„Ich weiß." lächelte er liebevoll, bevor Bright die Wut aus seinem hochroten Kopf herausschreien konnte. „Ich weiß das doch, Sami. Aber ich würde mich freuen, wenn du mich nicht hängenlässt."

Samantha schob die Brauen gequält zusammen und ließ die Schultern hängen. Gerade so schaffte sie es noch, die Tränen in ihrem Inneren zu halten. Flugzeug! Wie gern hätte sie ihm geholfen, aber nicht so! „Karl, ich kann das nicht. Auf keinen Fall."

„Ich weiß. Warum nimmst du nicht den Zug oder einen Wagen?"

„Wo müssen wir denn hin?"

„Oklahoma. Das ist nicht so weit. Du bist zwei Tage unterwegs und wärst rechtzeitig da."

Samantha musste Ordnung in ihrem Kopf schaffen. Oklahoma. Jessicas Heimat. Deswegen war sie seine Anwältin, weil sie dort arbeitete, wo seine Firma ihren Hauptsitz hatte. Nur er wohnte inzwischen in New York. Aber mit dem Auto? Oder dem Zug?

„Komm schon." bat Karl lächelnd. „Ich weiß, du stehst auf schnelle Autos, also nimm dir eins und genieße die Fahrt. Oder du nimmst dir meinen." fügte er lachend hinzu. Jedes Mal, wenn sie beim ihm zu Besuch gewesen war, hatten sie eine Spritztour mit dem knallroten Schmuckstück gemacht. Mit so viel PS unterm Hintern auf freier Landstraße macht das auch wirklich Spaß.

„Geht das wirklich?" fragte sie verlegen. „Karl, ich will dir wirklich helfen, das weißt du, aber ich werde niemals in meinem Leben in ein Flugzeug steigen."

„Ich weiß. Such dir einen schönen Wagen aus oder ich such dir was."

„Klingt gut. Bin dabei."

Endlich sah auch Jessica wieder ein leichtes Lächeln in dem zarten Gesicht. Der kalte Schweiß der Angst lag nur noch als hauchfeiner, kaum wahrnehmbarer Schleier auf ihrer Haut. Hätte sie gewusst, dass Samantha solche Angst vorm Fliegen hatte, hätte sie das anders angestellt. Vor allem hätte sie sie nicht so überfallen, sondern vorbereitet. Jessica hatte sich nämlich eigentlich über den Ausflug gefreut. Natürlich war die Anwältin wirklich auf die Buchhalterin angewiesen, aber sie würden jede Menge Zeit zusammen verbringen können. Und nun hatte sie Samantha erst noch einen halben Herzinfarkt beschert. Das tat ihr leid, was sie ihr allerdings nicht gleich sagen durfte.

Karl legte fest, er würde das Transportmittel suchen, buchen und bezahlen. Samantha würde zu der Verhandlung anwesend sein, somit war auch ihr Chef zufrieden und sie konnte wieder in ihr Büro gehen. Jessica folgte ihr und schloss die Tür.

„Es tut mir leid." sagte sie leise.

„Muss es nicht."

„Doch. Ich hatte keine Ahnung, tut mir leid."

„Schon okay." Eben wegen des Unwissens machte Samantha ihr auch keinen Vorwurf aus dem Überfall. „Karl weiß das, deswegen hat er das auch angeboten." Samantha senkte den Blick und schenkte Jessica Vertrauen, das sie nicht vielen Menschen schenkte. „Meine Eltern starben bei einem Flugzeugabsturz. Deswegen steige ich ganz sicher nicht ein."

Jessica rieselte es eiskalt den Rücken herunter. „Oh Sam." hauchte sie mitleidig und ging zu ihr. Sie stand wie ein Häufchen Elend neben ihrem Schreibtisch und versuchte krampfhaft stark zu sein, doch das musste sie nicht. Nicht in dem Augenblick. Nicht hinter der geschlossenen Tür. Sie ließ sich an Jessicas Schulter den Moment in Ruhe, um sich wirklich wieder richtig zu fangen nach dem Schock.

„Tut mir leid." schnaufte sie schließlich. „Ist erst ein Jahr her und immer noch schmerzhaft."

„Glaub ich dir. Du hast keinen Grund für eine Entschuldigung. Sam, ich bin da, wenn du mich brauchst."

„Danke." lächelte sie schwach. „Karl saß neben mir, als ich den Anruf bekommen hab, und hat meinen ersten Schock gefangen. Er hat mir dann auch bei der Beerdigung und so weiter geholfen. Deswegen weiß er das auch so genau."

„Glaubst du mir, ich hätte gleich eine Alternative gesucht, wenn ich es gewusst hätte?"

„Glaub ich dir." nickte Samantha sofort. Sie zweifelte nicht daran - keine einzige Sekunde. Noch eine Woche zuvor hätte sie keinem Anwalt so viel

Mitleid und Menschlichkeit zugetraut, aber inzwischen hatte sie Jessica ganz anders kennengelernt. Sie wollte aber auch endlich das böse Thema beenden und am besten nie wieder auch nur an Flugzeuge denken müssen. Sie bekan schon Albträume, wenn sie eines nur von weitem hörte oder sah. „Und es tut mir leid, dass ich keine besseren Nachrichten hatte. Man hat sich gegen mich verschworen."

„Wieso?"

„Ich kam heute Morgen hier rein und war umringt von unsortierten Zetteln, die auf eine Buchprüfung warten. Wir haben zu sechst den ganzen Tag gebraucht, um das auf Vordermann zu bringen, aber wenn die Buchprüfung ansteht, sollte man vorbereitet sein. Tut mir leid, ich hab heute gar nichts für Karl gemacht."

„Wie kann das denn sein? Dein Chef hat mir versprochen, dich nicht abzuziehen und einzuspannen, bis das durch ist."

Samantha feixte sich eins. „Tja, weil ich eben gut bin und der Kunde mich wollte. Ist ja auch geschafft und ab morgen gehöre ich wieder voll und ganz dir."

Samantha sah sich diesen verführenden blauen Augen gegenüber, die sie schon vom ersten Augenblick an angezogen hatten. Die dazugehörige Unterlippe schob sich leicht vor. „Erst ab morgen?"

„Erst ab morgen." musste Samantha sagen, obwohl sie den Anblick so was von niedlich fand. „Ich muss noch ein bisschen was machen."

„Schade eigentlich." seufzte Jessica. „Aber das

Gute daran ist, dass ich auch noch was schaffe."

Sie verabschiedeten sich leider schon wieder. Aber da die Tür gerade geschlossen war, kam der Abschied mit einem Kuss und versüßte den Grund der Intimität, auch wenn sich das schon wieder nicht gehörte. Nicht für sie beide in ihrer rein sexuellen Beziehung im Privatbereich.

Allein blieben sie dennoch und Samantha musste ihre kleine Lucy per Telefon ziemlich enttäuschen. Die Shoppingtour am nächsten Tag hatte sich erledigt. Lucy war natürlich nicht begeistert, aber als ihre Tante erwähnte, es ginge um den Kunden von Jessica, hoffte die Kleine, dass die beiden deshalb Zeit zusammen verbringen würden, und war gar nicht mehr enttäuscht. Ganz im Gegenteil. Sie freute sich, ihre Shoppingtour opfern zu dürfen. Und sei es nur für ein paar Minuten, die die beiden Frauen sich sahen oder telefonierten, denn es zog jedes Mal ein Lächeln mit sich.

***

Samantha saß noch lange im Büro. Eigentlich fuhr sie nur nach Hause, um zu duschen und sich was Frisches anzuziehen. Gegen Acht war dann ihr Team vollzählig und sie gab weiter, was es Neues gab und was auf dem Programm stand. Sie setzte Karl ganz oben auf die Prioritätenliste, um das noch bis Freitag zu schaffen.

Es machten sich auch gleich alle an die Arbeit und Samantha stürmte die Technikabteilung. Sie brauchte einen eingerichteten Laptop, um auch in Oklahoma auf die Daten zugreifen zu können. Und zwar beide. Die offizielle und die korrigierte Version. Inklusive sämtlicher Berechtigungen und Möglichkeiten, falls die beiden Aasgeier etwas aushandelten und sofort die neuen Zahlen bräuchten. Einen Laptop hatte sie zwar auch, aber keinen Zugriff auf die Datenbank. Wegen der Risiken eines Hackerangriffs bei der drahtlosen Verbindung wollte die Firma die Software nicht auf Laptops haben. Jetzt musste es sein. Allerdings nur für diesen einen Kunden. Der Zugriff auf alles andere war blockiert.

Kurz vor Zehn kam sie dann zu Lucys Schule. Sie wurde schon im Klassenraum erwartet. Man hatte die Jobvorbilder der Schüler so eingeladen, dass immer nur ein paar anwesend waren. So konnten diese Vorbilder auch sitzen, wenn ein anderer dran war. Samantha saß neben ihrer Lucy. Es war schon eine Weile her, dass sie in der Schule gesessen hatte.

Als die beiden dann dran waren, stellten sie sich vor die Klasse. Sofort riss ein Junge den Mund auf, dessen Vorbild in dieser Runde nicht da war.

„Das ist aber nicht deine Mutter."

„Doch." schoss Lucy sofort und mit ernsthaftem Stolz und Selbstbewusstsein zurück. „Sie ist meine Mutter, mein Vater, meine Tante, meine Freundin. Sie ist mehr meine Familie, als es deine Eltern je sein werden."

Samantha bekam Gänsehaut von den lieben Worten. Sie wusste, dass Lucy viel zu ertragen hatte, weil sie bei ihrer Tante aufwuchs und nicht mal ein

Mann im Haus war, aber das hatte sie charakterstark gemacht. Samantha war immer für sie da gewesen, hatte Stunden mit ihr geredet, auch mit Lehrern, aber Lucy hatte gelernt, sich durchzusetzen, und Samantha wusste, sie sollte in solchen Momenten den Mund halten. Lucy wollte das selbst schaffen. Sie hatte sie irgendwann gebeten, sie nicht mehr zu schützen und zu verteidigen.

Inzwischen konnte sie das sehr gut allein. Der Junge zog eine beleidigte Schnute und es konnte weitergehen. Samantha umriss kurz, was sie so den ganzen Tag tat. Natürlich nicht als studierte Mathematikerin oder Buchhalterin, sondern als Mensch, der vor Teenagern stand.

Als sie das Wort Mathematik nur beiläufig fallenließ, stöhnten schon alle genervt und rutschten tiefer auf ihren Stühlen. Sie musste ein bisschen kichern, genau wie Lucy. Die hatte mit der Reaktion genauso gerechnet wie Samantha selbst. In Samanthas Schule war das nie so gewesen. Drei Stunden hatte sie jeden Tag ganz normalen Matheunterricht gehabt. Danach noch freiwillige Kurse, die sie eigentlich alle besucht hatte, weil sie einfach Spaß daran gehabt hatte und noch heute hatte.

Danach erzählte Lucy noch, warum Samantha ihr Vorbild war. Sie strotzte nur so vor Stolz. Ihre Tante Sam war Chefin von ein paar Leuten, hatte wichtige Geschäftstermine und jeder wusste, man konnte zu ihr kommen, wenn man Probleme hatte. Sie wusste auf alles in ihrem Job eine Antwort. Man schätzte und respektierte sie, und das wollte Lucy auch mal erreichen. Aber ohne Zahlen, wenn möglich.

Nachdem dann auch das letzte Vorbild, ein klassischer Polizist, noch gesprochen hatte, gab es eine kleine Pause, in der die Vorbilder wechselten. Samantha nutzte diese Pause, um mit Lucy zu reden.

„Kleines, ich muss für ein paar Tage weg."

„Was? Warum?" Das hatte es bisher noch nie gegeben. Samantha musste lange arbeiten und war nicht viel zu Hause, aber dass sie gleich mal für ein paar Tage verschwand, war mal was Neues. Lucy hoffte auf einen Spontanurlaub, lag aber ganz weit weg.

„Der Kunde von Jessi und mir. Wir müssen nach Oklahoma, aber..."

Samantha kam nicht weiter. Lucy hatte sehr an ihren Großeltern gehangen und sofort fing sie an zu weinen. „Nein!"

„Doch. Lucy..." Die kleine Maus war völlig fertig und Samantha nahm sie erst mal in den Arm. Sie fühlte sich so hilflos, weil sie wusste, nichts, das sie sagen oder tun würde, könnte Lucy die Trauer oder Angst nehmen. Da halfen nur drei kleine Worte: „Ich fliege nicht." flüsterte sie. „Ich werde mit dem Auto fahren, deshalb dauert es auch länger als normal."

„Und Jessi?" schluchzte Lucy.

Samantha musste schwer schlucken. Sie hatte ja geahnt, dass das kommen würde, und wusste immer noch nicht, was sie antworten sollte. Wenn es nach ihr gegangen wäre, hätte sie Jessica auch nie wieder in ein Flugzeug steigen lassen, aber das lag nicht in ihrer Macht.

„Sie wird wohl fliegen." sagte sie leise und spürte, wie das Zittern ihrer Lucy stärker wurde. Auch Samanthas Herz zitterte in der Angst um Jessica.

„Nein. Das darf sie nicht. Bitte Sam. Das kannst du doch nicht zulassen."

Samantha atmete tief durch. „Ich werde mit ihr reden, okay? Aber du kannst nicht alle Flugzeuge abschaffen."

„Warum nicht?" schluchzte Lucy. In dem Moment hörte man noch das bockige Kind in ihrer Stimme. Sie mochte langsam erwachsen werden, hin und wieder kam aber auch das Kind noch zurück an die Oberfläche.

„Weil es immer Leute geben wird, die fliegen wollen. Es ist nun mal die schnellste Reisemethode."

Die traurigen Kulleraugen flehten sie an. „Bitte überrede sie."

„Ich gebe, was ich kann." versprach Samantha mit einem weichen Lächeln und wischte liebevoll die kleinen Wangen trocken.

„Verabschiedet sie sich wenigstens noch?" schniefte Lucy.

„Bestimmt. Ich lade sie nachher zu uns ein, wenn ich packe, okay?"

Damit gab sich Lucy mehr oder weniger zufrieden. Sie wusste ja, dass sie nicht wirklich etwas ändern konnte, aber sie hoffte, dass Sam überzeugend wäre und Jessi nicht fliegen würde. Und wenn Sam es nicht schaffen würde, würde Lucy es dann selbst probieren. Hatte Jessi nicht gesagt, sie kämpfte immer für das, was sie wollte, bis sie es hatte? Dann würde Lucy das auch tun und Jessi nicht wieder gehenlassen, bis sie versprochen hätte, nicht zu fliegen. Positiver Nebeneffekt wäre natürlich, dass sie mit Sam fahren könnte.

Samantha kam wieder ins Büro. Sie wurde schon erwartet.

„Jessi." staunte sie. „Was machst du denn hier?"

„Auf dich warten. Ich wusste doch, wann du wieder hier bist."

„Na dann." So viel Aufmerksamkeit war Samantha von Außenstehenden gar nicht gewohnt, weil man sie entweder als Buchhalterin oder als Frau kannte. Jessica war die einzige, die beide kannte, und verstand sich prächtig darauf, die beiden Welten zu verbinden und Samantha damit immer wieder unverhofft aus dem Konzept zu bringen. „Cindy, machst du mir einen starken Kaffee?"

„Sicher."

„Danke."

Sie führte Jessica in ihr Büro und stellte erst mal ihre Tasche ab. Sie musste selbst erst mal wieder in Gang kommen. Karl! Um den ging es gerade.

„Tief durchatmen." kicherte Jessica. „Sonst glühen deine Gehirnwindungen noch durch."

„Das wäre heute zu erwarten." schnaufte sie, als Cindy ihr schon den Kaffee brachte. Ob der sie noch lange wach halten würde?

„Du siehst kaputt aus." stellte Jessica fest. „Wie

lange hast du geschlafen?"

„Gar nicht. Ich muss mit dir reden." legte Samantha fest und schloss die Tür. „Fährst du mit mir oder wirst du fliegen?"

„Eigentlich wollte ich fliegen, aber ich bin auch nicht böse, wenn du mich mitnimmst."

„Sicher?" fragte Samantha unsicher. „Ich hab Lucy heute gesagt, ich muss nach Oklahoma. Sie vermisst ihre Großeltern. Sie wollte mich nicht gehen lassen, aber dich auch nicht."

„Wie niedlich." lächelte Jessica gerührt. Von ihrem Bruder hätte sie so etwas zur Zeit wohl nicht zu hören bekommen, daher berührte es sie bei Lucy umso mehr. „Ich fahre mit dir. Wird auf jeden Fall witzig."

„Witzig? Na ja. Weißt du, wie lange wir da unterwegs sind?"

„Nein, keine Ahnung. Aber ich war vorhin bei Mister Knox und soll dir was geben."

Jessica holte einen großen, dicken Umschlag aus der edlen Tasche und reichte ihn Samantha. Sie öffnete ihn auch gleich und fing an zu grinsen. Die Wagenschlüssel und die Papiere. Sie sah gleich mal nach, was er gebucht hatte.

„Wow." gluckste sie. „Wir werden schnell sein."

Neben den offiziellen Papieren war auch ein großes Foto des Schmuckstückes beigefügt. Ein Cabriolet, aber ein richtig chicer Sportwagen. In der rechten unteren Ecke war auch ein Foto des Tachos abgebildet. Der machte Samantha jetzt schon

Freude.

Nur Jessica nicht. „Oh je. Bist du so ein Autofan?"

„Generell? Nein. Aber ich liebe Sportwagen. Die kann man hier nur nie richtig fahren."

Sie holte auch den Rest noch aus dem Umschlag. Hotelreservierungen. Sowohl in Oklahoma, als auch auf Stationen unterwegs. Typisch Karl, dachte Samantha. Er verwöhnte sie wirklich. In dem Falle konnte er es jedoch als Spesen geltend machen.

Um rechtzeitig bis zum Freitag Morgen dort zu sein, brachen sie gleich auf. Samantha bekam noch den neu eingerichteten Laptop und das Versprechen ihrer Mitarbeiter, bis zum Freitag zu tun, was sie konnten, um wirklich alle Jahre korrekt nach Anweisungen aufzustellen. Was wollte sie mehr?

Als erstes fuhren sie zu Jessica, um ihre Sachen zu packen. Und bei Samantha zu Hause wurden sie schon sehnsüchtig erwartet.

„Und?" fragte Lucy ihre Tante voll spannungsgeladener Erwartung.

„Wir fahren zusammen."

„Gott sei Dank." strahlte Lucy zu Jessica und umarmte sie einfach. Diese strahlenden, glücklichen und erleichterten Augen dieses Mädchen brannten sich tief in Jessicas Seele. Lucy machte sich Sorgen um sie. Ernsthafte, aufrichtige Sorgen. Und warum? Weil sie sie mochte. Und zwar als Mensch und nicht als gnadenlose Anwältin.

Samantha lächelte Jessica kurz an und ging dann

packen. Ja, der schmerzliche Verlust ihrer Eltern lag noch immer über diesem Haushalt. In den Urlaub zu fliegen kam für die beiden nicht in Frage, auch wenn es am Geld nicht scheitern sollte. Sie mieteten sich lieber einen schönen Wagen und fuhren ins Blaue. Das hatten sie schon vor dem Unfall gern getan, aber damals waren sie noch mindestens einmal im Jahr irgendwo auf einem anderen Kontinent unterwegs gewesen. Das war weggefallen, auf beiderseitigen Wunsch hin. Und es fehlte ihnen nicht. Sie hatten auch so ihren Spaß.

Nur eine Stunde später, nachdem es noch mal Annas Essen gegeben hatte, saßen sie schon in einem offenen Cabriolet und genossen die Wärme, obwohl es zum Abend hin ein wenig kühler wurde. Jessica hatte ihre Haare wieder recht streng nach oben gesteckt, um dem Fahrtwind trotzen zu können. Samantha trug eher ein leichtes Tuch um ihren Zopf, um sie zu halten, wo sie waren. Die Musik lief und sie plauderten gemütlich, noch bevor sie die Stadt verlassen hatten.

An einer Ampel kurz vorm Stadtausgang stellte sich ein Wagen neben sie. Darin saßen recht junge Männer, die zu ihnen hinüber hechelten. Samantha machte sich den Spaß. Jessica hätte es nicht von sich aus getan, sie überließ Sam die Führung im gegenseitigen Miteinander in der Öffentlichkeit. In dem Falle tat sie es. Sie beugte sich zu Jessica und küsste sie.

Einen Moment war es neben ihnen absolut still, dann kamen irgendwelche undefinierbaren Geräusche und Gejohle an. Samantha behielt aber auch die Ampel in einem halben Auge. Und als sie auf Grün schaltete, raste sie mit quietschenden Reifen los. Die Männer würden sie nie einholen.

So begann der Abschied aus New York schon mit Lachen und es wurde nicht besser. Sie fuhren bis tief in die Nacht hinein. Die erste Station, die Karl gebucht hatte, hatten sie ausgelassen. Jessica hatte unterwegs angerufen und die Buchung storniert. Bis zur zweiten war es weit, aber egal. Sie waren so aufgedreht, dass sie eh nicht hätten schlafen können. Und Karl hatte es überall so arrangiert, dass ein kurzer Anruf genügte.

Erst um drei Uhr morgens lagen sie dann in einem Hotel. Allerdings nicht in getrennten Betten. Sie hatten auch die große Badewanne gemeinsam genutzt und sich den Zärtlichkeiten hingegeben.

Am nächsten Tag stiegen sie aber schon gegen Acht wieder ein und fuhren weiter. Samantha startete als Fahrerin in den Tag. Sie mussten sich zwischendurch abwechseln, weil sie nicht so viele Stunden durchfahren wollte, so sehr sie auch Freude daran hatte. Sie fürchtete, ihre Aufmerksamkeit würde irgendwann leiden.

Sie fuhren auf einer langen Landstraße mitten im Nirgendwo. Jessica rutschte auf ihrem Sitz ein Stück näher an Samantha heran.

„Was hast du vor?" schmunzelte sie.

„Das einzige genießen, das ich noch vor Schokolade bevorzuge."

Samantha trug ein Kleid und schon einen Moment später schob sich Jessicas Hand darunter.

„Oh Gott." keuchte Samantha. Zum Glück war weit und breit nichts in Sicht, gegen das sie hätte fahren können.

Sie stellte ihr linkes Bein auf den Sitz und öffnete sich richtig für Jessica. Genau das hatte die aber auch gewollt. Sie beugte sich nach unten und ließ ihrer Zunge freien Lauf. Samantha atmete kaum noch. Und ausgerechnet da näherte sich natürlich ein anderer Wagen von hinten. Samantha war etwas langsamer geworden, um nicht doch noch einen Unfall zu bauen, und die kamen näher.

„Da kommt wer." keuchte sie, schickte aber gleich noch einen erstickten Schrei der Lust hinterher.

„Mir egal." meinte Jessica und machte einfach weiter. Samantha musste auch gar nicht erst versuchen, es zu abzustreiten. Sie war heiß. Sie war feucht. Und sie reagierte auf jede noch so kleine Berührung mit genießerischem Stöhnen. Schließlich, als der Verfolger sie schon eingeholt hatte, kam sie mit wellenden Hüftbewegungen und hätte gern den Kopf in den Nacken gelegt. Da das gerade nicht ging, kaute sie wenigstens auf ihren eigenen Fingern herum.

Jessica setzte sich zufrieden grinsend auf und leckte sich die Lippen. Ihr Blick ging nach hinten zu dem Wagen. Am Steuer saß ein Mann mit weit geöffneten Augen. Seine Frau neben ihm sah nicht anders aus. Schock, mehr fiel Jessica nicht ein. Und hinter ihnen saß ein Junge, vielleicht Siebzehn. Seine Augen waren ebenso weit und auch der Mund stand ihm offen, nur war bei ihm nicht der Schock Schuld daran. Auf die Entfernung war es nicht zu erkennen, aber Jessica hätte sich nicht gewundert, wenn ihm Sabber die Mundwinkel runtergelaufen wäre.

„Gib Gas." lachte Jessica, als sie den Dreien zugezwinkert hatte.

Samantha tat das natürlich auch gleich. Sie hatte es über den Rückspiegel gesehen...

„Können wir anhalten?" bat Jessica, als etwa eine Stunde später ein Rastplatz angekündigt wurde. Sie hatte Hunger - die Schokoladenkekse von Anna hatte sie am Vortag schon aufgefuttert. Außerdem musste sie mal.

Alles kein Problem, so bekamen die beiden Damen auch gleich noch einen Kaffee zu dem Salat im Bistro. Sie saßen keine fünf Minuten dort, als der Wagen mit der Familie hielt und sie ausstiegen. Der Sohn schien nicht gern mit seinen Eltern in den Urlaub zu fahren, aber da musste er in dem Alter noch durch. Und als sie das Bistro betraten, störte ihn das auf einmal gar nicht mehr. Seine Augen klebten auf Jessica und Samantha. Die Blicke seiner Eltern auch, nur dass die Wut ausdrückten.

Die Frau kam direkt auf sie zu. „Schämen sie sich nicht?!" fuhr sie sie an.

„Wofür?" fragte Jessica gelassen und schlürfte an dem Kaffee. „Im Gegensatz zu ihnen habe ich die Höflichkeit gelernt. Ich wünsche ihnen einen schönen guten Tag."

„So was wie ihnen sollte man das Autofahren

verbieten!" zischte die Fremde und Samantha sah es in Jessicas Augen einen Moment aufblitzen, bevor sie den Blick hob und die Frau zum ersten Mal ansah.

„Passen sie auf, was sie sagen. Sie stehen vor einer gnadenlosen Anwältin. Wenn sie nicht gleich einen ordentlichen Ton anschlagen und uns mit Respekt behandeln, war das der letzte Urlaub, den sie sich leisten können, glauben sie mir."

„Anwältin?" fragte sie abschätzig. „Sie? Das so was überhaupt erlaubt ist!"

Sie wirbelte herum und stapfte mit erhobener Nase davon. Die beiden männlichen Mitglieder der Familie schämten sich ganz offensichtlich. Der Junge sah sie gar nicht mehr an und sein Kopf war puterrot. Nur der Mann kam noch mal zu ihnen.

„Es tut mir leid." sagte er aufrichtig. Und dafür schenkten ihm die beiden Frauen gern ein herzliches Lächeln.

„Okay." sagte Samantha und der Mann zog ab.

Jessica verdrehte die Augen. „Wie ich so was hasse." grummelte sie.

„Und weißt du, was ich hasse?"

Jessica hob den Blick von ihrer Tasse und wartete auf die Auflösung des Rätsels.

„Die Falten auf deiner Stirn." lächelte Samantha. „Vergiss die und schenk mir ein Lächeln."

Schon während sie gesprochen hatte, erfüllte Jessica den Wunsch. Wie automatisch gingen ihre Mundwinkel nach oben und die Falten verschwanden von ihrer Stirn. Samantha mochte sich in ihrem Job nicht geoutet haben, deswegen war sie aber noch immer eine Lesbe, die zu sich stand und sich nicht versteckte. Und aus ihrer Sicht gab es keinen Grund, sich die Stimmung vermiesen zu lassen. Sie kaufte lieber noch ein paar Gummibärchen und etwas Schokolade für Jessica, und sie machten sich wieder auf den Weg.

***

Bis zum Donnerstag Nachmittag hatten sie es dann geschafft. Jessica fuhr das letzte Stück, um Samantha nicht andauernd sagen zu müssen, wo sie abbiegen sollte. Sie nutzten die Zeit lieber noch für intensive Unterhaltungen.

Sie fuhren in eine Siedlung mit vielen kleinen Häuschen. Richtig gemütlich, dachte Samantha. Lucy hätte das sicherlich auch gefallen. Für einen Urlaub. Generell würde sie ihre Großstadt nicht verlassen.

Der Schulbus hatte die Schüler der Gegend gerade abgesetzt und sie stiebten in Gruppen auseinander. Eine dieser Gruppen hupte Jessica an. Ein Junge hob die Hand und winkte von weitem. Jessica parkte gerade vor einem der Häuser in der Auffahrt. Sie freute sich theoretisch auf ihren kleinen Bruder. Aber nur in der Theorie. In ihrem Herzen mochte keine rechte Freude aufkommen, wenn sie nicht mal aus dem Auto steigen konnte, bevor sie lautes Geschrei losgehen hörten. Sie drehten sich danach um und eben dieser Junge war in eine Schlägerei mit einem anderen geraten.

„Das darf doch nicht wahr sein!" fluchte Jessica entsetzt und rannte gleich zu ihnen.

Samantha folgte ihr und gemeinsam trieben sie die Raufbolde auseinander. Samantha bekam dabei auch noch den Ellenbogen von Jessicas Bruder ab. Ihre Lippe platzte auf und blutete. Autsch! Immerhin hatten ihre Zähne den Schlag unbeschadet überstanden, wie sie mit der Zungenspitze schnell erfühlte.

„Schluss jetzt!" fuhr Jessica die beiden Jungen an, die schon wieder aufeinander losgehen wollten.

Ihr Bruder griff nach seiner Schultasche und stapfte wütend nach Hause, ohne seiner Schwester noch einen Blick oder gar ein Wort zu gönnen.

„Tommy!" rief Jessica ihm zornig nach, doch er drehte sich nicht mal um.

„Lass mich in Ruhe!"

Jessica schielte nach oben Richtung Himmel. Wenn sie als Teenager auch so gewesen war, konnte sie ihre Eltern fast verstehen. Da hatte sie sich nun so gefreut und es ging gleich wieder los. Da wünschte sie sich ein Gemüt wie Lucy zum Bruder. Vielleicht hatte der kleine Sonnenschein diese Phase auch schon hinter sich. Oft sind Mädchen ja in der Entwicklung ja ein wenig reifer als Jungen.

„Alles klar?" fragte Samantha einfühlsam, als sie zum Haus zurückgingen. Die anderen Jungen hatten sich auch verteilt.

„Muss ja." stöhnte Jessica und sah Samantha zum ersten Mal an. Erst da fiel ihr das Blut auf. „Oh Gott! Sam!"

„Halb so schlimm." schmunzelte sie. „Ich wäre froh über etwas Eis."

Sie standen schon vor der Tür und Jessica blieb stehen, um sich das anzusehen. Das sah übel aus. Die Lippe schwoll schon leicht an.

„Komm."

Sie ging ins Haus und direkt nach links in die Küche. Aus dem Eisfach gab es eine Kühlkompresse und aus dem Kühlschrank einen Eistee.

„Kommst du kurz klar? Ich will mit ihm reden."

„Ich komme klar, aber ich gebe dir den Rat, das jetzt nicht zu tun."

„Wieso nicht?" Jessica plusterte sich in Wut auf, obwohl Samantha ja nun nichts dafür konnte. „Das lasse ich dem nicht durchgehen. Der hat sich geprügelt!" betonte sie extra deutlich. Eigentlich konnte sie es immer noch nicht glauben!

„Jessi." lächelte Samantha liebevoll, weil sie wusste, die Wut galt nicht ihr. „Wenn du ihm mit genauso viel Wut im Bauch gegenübertrittst, streitet ihr euch nur richtig. Lass ihn sich beruhigen. Bis dahin bist du auch wieder runtergekommen und ihr könnt euch normal unterhalten."

Jessica atmete schwer durch. Sie nahm sich ein Wischtuch, weichte es in kaltes Wasser und setzte sich zu Samantha, um die blutigen Spuren zu beseitigen. „Tut mir leid."

„Ich werde es überleben. Macht er das öfter?"

„Nein, soweit ich weiß, war das das erste Mal. Aber ich weiß, dass er immer wieder Streit mit den anderen hat. Ich weiß nur nicht, um was es geht. Er sagt es mir nicht."

„Kann ich mit ihm reden?"

Jessica hob eine Braue. „Sicher. Warum?"

„Weil ich eine Ahnung habe."

„Und was?"

„Sag ich dir nicht. Tut mir leid, das sollte er selbst tun."

„Na schön. Oben, erste Tür rechts. Aber lass ihm das nicht durchgehen." forderte sie noch und deutete auf Sams Lippe. Immerhin konnte man sagen, sie wurde nicht blau. Das hätte sich zu der Verhandlung nicht so gut gemacht, obwohl man die Farbe besser mit Make-up kaschieren konnte, als die Schwellung.

Samantha stand auf, nahm die Kühlkompresse aber mit. Das tat echt gut. Die Stelle fühlte sich an, als wäre sie schon auf Melonengröße geschwollen.

Sie klopfte an die gewiesene Tür.

„Lass mich in Ruhe!"

Samantha öffnete die Tür nur ein Stück und steckte den Kopf herein. Er saß auf dem Bett, die Schultasche in eine Ecke geschmissen, und starrte wütend vor sich hin.

„Kann ich kurz mit dir reden?"

„Was willst du denn?" fragte er genervt.

„Wenigstens wissen, wofür du mir die Lippe

aufgeschlagen hast." antwortete Samantha und ging einfach hinein. Sie schloss die Tür, denn sie sah in seinem erschrockenen Blick, dass er im Grunde gar nicht so wütend war. Nicht auf sich, nicht auf Jessi, und am allerwenigsten auf Samantha.

„Ich war das?" fragte er mit elender Miene.

Samantha schmunzelte. „Ja, ich sollte mich vor deinem Ellenbogen in Acht nehmen."

„Es tut mir leid. Ehrlich. Das wollte ich nicht."

„Schon okay." lächelte sie und setzte sich auf die Bettkante ihm gegenüber. „Sagst du mir, was passiert ist?"

Sofort wurde sein Gesicht wieder hart und er sah zum Fenster. „Nein."

„Tommy..."

Sie wurde unsanft unterbrochen. „Muss das sein?!" zischte er. „Ich bin kein Kleinkind mehr!"

„Okay. Wie soll ich dich denn sonst nennen?" fragte sie ruhig und gelassen.

„Tom oder Thomas, aber nicht Tommy!"

„Ist doch gut, du musst mich deshalb nicht gleich anschreien. Ich bin Samantha, aber die meisten nennen mich Sam."

Sie sah es ihm an, das war ihm ein ungewohnter Umgang. Wenn er so barsch zu Jessica war, war sie es ihm gegenüber genauso und es eskalierte in einem lautstarken Streit, den eigentlich keiner der beiden wirklich wollte. Tom wusste noch nicht, wie er selbst damit umgehen sollte, dass Samantha es anders anging und sich ihm gegenüber so anders verhielt. Sie lächelte einfach und ließ ihm die Zeit, sich auf eine neue Art Gespräch einzustellen. Und vielleicht war das ja wirklich eine Chance für ihn.

„Du schläfst mit Jessi, richtig?" fragte er schließlich leise und senkte den Kopf.

Sie hatte es ja geahnt … In ihrem Inneren war der Verdacht schon aufgekommen, als nach einer lächelnden Begrüßung die Schlägerei gefolgt war. Er hatte Jessica entgegengelächelt, als er gewunken hatte. Da hatte man ihm angesehen, dass er sich freute, seine Schwester wieder bei sich zu haben. Und keine zwei Minuten später prügelte er sich mit einem anderen Jungen und raunzte Jessica an. Da lag der Verdacht nahe, dass der Grund für die Prügelei Jessica war.

„Ja, das ist richtig." antwortete Samantha vollkommen aufrichtig. Auch bei Lucy war sie von Anfang an die ehrliche Schiene gefahren. „Wo ist das Problem?"

„Das ist abartig." murmelte Tom.

„Ging es darum?"

„Ja. Warum musste sie dich auch herbringen? Ausgerechnet jetzt?"

„Sie wollte dich sicherlich nicht damit ärgern. Wir kommen mit dem Auto aus New York und waren eine Weile unterwegs. Eine genaue Uhrzeit anzugeben, wann wir ankommen, ist unmöglich."

„Mit dem Auto?" fragte er verstört. Das war ein weiter Weg.

„Ja, ich hab Flugangst, deshalb sind wir mit dem

Auto gekommen. Und außerdem bin ich nur wegen einem gemeinsamen Fall hier."

„Ihr arbeitet zusammen?" staunte er. Sein erster Eindruck war gewesen, seine Schwester hatte eine Freundin mitgebracht.

„Für diesen einen Fall. Sie braucht meine Unterstützung. Es war nur Zufall, dass wir gerade ankamen, als du aus der Schule kamst."

„Wieso muss sie das überhaupt allen erzählen? Das geht doch keinen was an."

„Um ehrlich zu sein, beneide ich sie dafür." Er hob verwirrt den Blick von der Bettdecke und Samantha wusste sich bestätigt, dass er noch nie so offen mit jemandem über seine wahren Gefühle und Gedanken in diesem Zusammenhang gesprochen hatte. „Sieh mich nicht so an, es ist wirklich so. In meinem Job weiß es keiner, weil ich dem Ärger aus dem Weg gehe, dem sich deine Schwester mutig gestellt hat. Du liebst sie doch, oder nicht?"

„Ja, vielleicht." brummte er.

„Also wenn du dich prügelst, um sie in Schutz zu nehmen, musst du sie ziemlich lieb haben."

„Mh..." Thomas zuckte mit den Schultern und dachte darüber nach. Eigentlich hatte diese fremde Sam Recht. Aber auch nur eigentlich. „Liebt sie mich nicht?"

„Doch, sonst würdest du nicht hier wohnen, glaub mir."

„Aber warum muss sie dann so anders sein?"

„Wer sagt denn, dass sie anders ist? Wer sagt

denn, dass deine Kumpels vorhin nicht diejenigen sind, die anders sind?"

„Erstens sind das nicht meine Kumpels." zickte er und betonte das Wort *Kumpels* mit solcher Abschätzigkeit, dass Samantha richtig kalt wurde. Da hatte sich eine Menge Frust und Ärger angestaut.

„Entschuldige." schmunzelte sie. Teenager! „Woher soll ich das wissen?"

„Tut mir leid."

Sie hielt ihm das nicht vor, hatte aber immerhin erreicht, dass er seinen Fehler einsah. „Und wer sagt nun, dass Jessi so anders ist?"

„Na weil ihr nicht normal seid."

„Sind wir nicht? Was ist denn normal?"

„Ihr nicht." seufzte er traurig. Samantha wusste, dass das schon lange an ihm nagte. Das hatte sie mit Lucy auch durch, nur das Tom offenbar nie den offenen Weg zu Jessica gewählt hatte.

„Weißt du, meine Nichte lebt bei mir. Sie ist Vierzehn und hatte die gleichen Probleme wie du jetzt. Man hat sie aufgezogen, man hat sie gehänselt, man hat sie ausgeschlossen. Aber sie ist nicht auf ihre Klassenkameraden losgegangen. Sie hat viel mit mir geredet, um zu verstehen. Und dann hat sie sich durchgesetzt. Sie hat die anderen so lange mit Fragen nach Hintergründen und Gegenargumenten bombardiert, bis man sie und mich akzeptiert hat."

„Echt?" staunte er schon wieder. Das schien ihm schier unmöglich! Zumindest hier in diesem Provinznest!

„Ja. Sie liebt mich, wie ich sie. Aber sie zeigt es mir auch."

„Ich liebe Jessi wirklich." beteuerte er verzweifelt. „Aber die nennen sie immer abartig und widerlich und so was."

„Findest du sie widerlich?"

Die Antwort fiel ihm leicht. „Nein."

„Was interessiert es dich dann, was die anderen sagen? Ist es richtig, nur weil es die anderen sagen? Wird die Sonne blau, nur weil wir alle auf einmal sagen, sie wäre blau?"

„Nein."

Samantha wusste, sie hatte den ersten Anstoß gegeben. Sie hatte ihn fast so weit. Er fing an, ehrlich darüber nachzudenken und nicht auf stur zu schalten. Es fehlte nur noch der letzte Funke fürs Verständnis.

„Ich sag dir mal, wie ich das sehe. Jessi ist eine unglaublich starke Persönlichkeit. Sie macht kein Geheimnis um sich und wird trotzdem respektiert. Von ihren Kollegen, ihren Chefs, ihren Klienten, Richtern und anderen Anwälten. Sie hat hart dafür gearbeitet, dass man sie so achtet und schätzt, wie sie wirklich ist. Nicht das Schauspiel ihrer Normalität, sondern ihre wahre Persönlichkeit. Und der einzige, der ihr die Achtung verweigert, ist der, den sie am meisten liebt."

Thomas reagierte gar nicht mehr, aber Samantha war sich sicher, er hatte zugehört. Sie zog sich zurück und überließ ihn den Stimmen in seinem eigenen Kopf, die das jetzt verarbeiten und ausdiskutieren mussten und hoffentlich die richtige Entscheidung treffen würden.

Als sie in die Küche kam, stand Jessica an die Spüle gelehnt und sah zum Fenster hinaus. Sie war genauso in Gedanken versunken wie Thomas und Samantha erkannte, dass auch ihr dieses angespannte Verhältnis verdammt wehtat. In diesem Haus lebten zwei Menschen, die sich eigentlich liebten, aber sich gegenseitig das Leben schwer machten und sich die Liebe entzogen, nur weil sie es nicht schafften, offen miteinander zu reden, ohne sich anzuschreien. Und weil sie es nicht schafften, ehrlich auszusprechen, was ihnen durch den Kopf ging. Warum nicht? Weil sie den jeweils anderen nicht verletzen wollten und es mit dem Schweigen erst recht taten.

„Hey."

Jessica zuckte erschrocken zusammen. Sie hatte Samantha nicht kommen hören. „Hey. Neue Verletzungen?" versuchte sie locker und witzig zu sein, doch die Anspannung blieb und entging ihrer Freundin nicht.

„Nein, ich habe überlebt." schmunzelte Samantha und setzte sich wieder.

„Sagst du mir, was mit ihm los ist?" Vielleicht hätte Sam es ja geschafft, das Eis zu brechen. Wenn Jessica endlich wüsste, was genau das Problem war, würde sie es vielleicht gemeinsam mit Tommy lösen können.

„Nein." entschied Samantha sofort, denn das stand ihr nicht zu. „Aber wenn ich nicht ganz..."

Samantha brach ab, weil sie die Tür oben hörte.

Hektisch liefen zwei Füße die Treppe hinab, bis Thomas in die Küche gestürzt kam und seiner Jessi um den Hals fiel. Sie brauchte einen Moment, das zu verarbeiten, aber dann wurden ihre Augen feucht und ihr Lächeln umso seliger, als sie ihn an sich drückte.

„Ich hab dich lieb." flüsterte Thomas.

Und aus Jessi brach es heraus. „Ich dich auch." schluchzte sie und drückte ihn an sich. „Ich liebe dich mehr als alles andere, Tommy."

„Lass das." kicherte er.

Sie zuckte leicht zusammen und versuchte die Fassung zu bewahren. „Tut mir leid. Ich geb mir wirklich Mühe." Er wollte nicht mehr Tommy genannt werden. Sie wusste es ja eigentlich, aber er war jahrelang einfach Tommy für sie gewesen. Das umzustellen, fiel ihr wahrlich nicht leicht.

„Ja ja. Es tut mir leid, Jessi."

Sie konnte nicht anders. Sie musste ihn wieder an sich drücken und ihm einen Kuss auf die Wange geben. Langsam musste sie sich dafür ganz schön strecken. An ihm vorbei strahlte sie Sam mit noch immer feuchten Augen an und formte ein *Danke* mit den Lippen. Samantha zwinkerte nur, denn gesagt werden musste gerade gar nichts.

Nur eins. „Hast du dich entschuldigt?" fragte Jessica ihren Bruder vorsichtig. Sie musste sich auf die Zunge beißen, dass sie nicht mehr Tommy sagte.

„Hab ich." sagte er und drehte sich gleich wieder zu Samantha. „Es tut mir wirklich leid."

„Kein Problem, ich werde es überleben. Halt deinen Ellenbogen fern von mir."

„Versprochen. Lieber die Faust?" grinste er frech. Er taute auf und war im Grunde genauso verrückt wie Lucy. Das gefiel auch Samantha.

„Verschone mich!" lachte sie. „Ich bin Bürohengst und kein Boxer."

„Wie war's in der Schule?" fragte Jessica aufgeregt. Sie wollte die Hochstimmung nutzen, aber das wurde nichts. Thomas verdrehte die Augen und ließ sich auf der Bank fallen.

„Kann ich die nicht einfach hinschmeißen?"

„Woran hängt es denn diesmal?"

„Was wohl?" brummte er.

„Aber diesmal hast du jemanden im Haus, der dir das erklären kann."

„Ach echt? Hast du einen Kurs für Nachhilfelehrer gemacht?"

„Nein, aber du sitzt neben einer Buchhalterin und einem Mathegenie."

Thomas riss den Kopf zu Samantha herum. „Ach echt?"

„Schuldig. Ich hab Mathe studiert, also erzähl."

„Studiert?!" keifte er mit einer Anwiderung in der Stimme, dass Samantha einfach lachen musste. Diese Reaktion erhielt sie vor allem bei Schülern oft.

„Ja. Mit Siebzehn war ich fertig."

„Bin ich neidisch." stöhnte er. „Ich kapier das einfach nicht."

„Dann bring her. Ich würde ja sagen, Jessi kocht in der Zwischenzeit, aber ich glaube, das überleben meine Geschmacksnerven nicht."

„Wo ist Sira?" fragte Jessica und überging die Stichelei. Ihre Haushälterin hatte sie hier eigentlich noch vor Thomas erwartet.

„Keine Ahnung. Ich glaube, sie wollte heute zum Zahnarzt. Tiefkühlpizza müsste noch da sein."

Jessica rümpfte die Nase. „Na wenn, dann richtig. Sam, du die Vier Jahreszeiten, richtig?"

„Richtig. Und du mit Peperoni."

„Richtig. Und Thomas mit Salami und extra Käse, aber ohne Gemüse." kicherte sie.

„Richtig." nickte er auch sofort. „Ich bin ja kein Karnickel."

„Die Ohren kann ich dir langziehen." lachte Jessica, als sie an die Pinnwand trat, um die Pizza zu bestellen.

Thomas ging tatsächlich gleich seine Schulsachen holen und breitete sich auf dem Esstisch aus.

„Hier." sagte er und reichte Samantha einen Zettel. Seine Hausaufgaben, aber er wusste schon, dass es irgendeinen Fehler geben musste, weil die Probe am Ende nicht stimmte.

Er holte noch Luft, um zu erklären, um was es ging, da nahm sich Samantha schon einen Stift und korrigierte. Jessica brach in schallendes Gelächter aus. Ihr Bruder machte ein so dämliches Gesicht, dass sie es hätte fotografieren sollen.

„Wie ist das denn möglich?" keuchte er.

„Ich hab eine Art fotografisches Gedächtnis, wenn es um Zahlen geht. Und dein Grundproblem sind Kekse."

„Kekse?" fragte Jessica verstört, bevor Thomas es hatte tun können. Er sah aber genauso aus.

„So hab ich es Lucy erklärt. Hier. Du willst die Gleichung umstellen und multiplizierst sie mit Drei. Soweit richtig, aber du musst alle Teile multiplizieren, nicht nur den ersten. Stell dir ein Rezept für Kekse vor. Es ergibt genau zwanzig Stück, die dir Jessi aber alle wegessen würde."

„Hey." lachte sie schon wieder. „Wieso ich?"

„Ich hab nicht einen Schokokeks von Anna bekommen." empörte sich Samantha.

Jessica duckte sich und kniff die Augen zusammen. „Echt? Ist mir gar nicht aufgefallen."

„Du warst ja auch mit Essen beschäftigt." stichelte Samantha, wandte sich aber gleich wieder an Thomas. „Wenn du also auch noch welche haben willst, musst du das Rezept verdoppeln."

„Verdreifachen, sonst krieg ich trotzdem keine." neckte er nun auch noch. Jessica sagte einfach gar nichts mehr und hoffte, der Spott auf ihre Kosten wäre bald vorüber.

„Du hast Recht, du solltest verdreifachen. Wenn du das Rezept verdreifachst, nimmst du doch auch alle Zutaten dreifach und nicht nur das Mehl, oder? Warum machst du das hier nicht?"

Thomas starrte auf den Zettel und die Ergänzungen von Samantha. Eigentlich klang das sogar irgendwie logisch. Ein bisschen. Wenn es nicht gerade Mathe wäre.

„Bravo." schmunzelte Jessica. „Du hast ihn sprachlos gemacht." Das hatte sie noch nie geschafft, soweit sie sich erinnerte.

„Und das in Mathe." lachte er. „Das werde ich bestimmt nicht mehr vergessen."

„Ich hab noch mehr so was." sagte Samantha ernsthaft. „Meine Nichte ist genauso ein Mathefan wie du."

Und Thomas nutzte die Gunst der Stunde. Schon bis zur Ankunft der Pizzen hatte er die Aufgaben des Tages verstanden. Wirklich verstanden. Seine Hausaufgaben schaffte er ohne Probleme selbst. Und nach dem Essen widmete Samantha noch immer all ihre Aufmerksamkeit dem kleinen Bruder, der in dem Moment ihre Hilfe brauchte.

Und ganz nebenbei schaffte sie es auch noch, dass er sich mit dem Lebensstil seiner Schwester beschäftigte. Sie hatten sich in der Küche breit gemacht. Jessica saß auf Samanthas anderer Seite. Sie wollte gleich mit zuhören und verstehen. Vielleicht würde es ihr helfen, ihrem Bruder durch die weitere Schulzeit zu helfen. Bisher hatten sie immer stundenlang Bücher gewälzt, bis sie das Rätsel gelöst hatten.

Es gab aber auch zarte Berührungen. Jessica strich Samanthas Zopf über die Schulter zurück, um freien Blick zu haben. Ihre Hände streiften einander. Es war flüchtig, doch Thomas bekam zum ersten Mal so richtig mit, was an seiner Schwester so anders war, und dass es eigentlich gar nicht so anders war. Nicht so richtig. So was machten andere ja auch. Er fing an, das mit anderen Augen zu sehen.

Als er zwischendurch mal auf Toilette verschwand und wiederkam, küssten sie sich gerade. Diesmal machte er nicht auf sich aufmerksam, um provokativ zu gehen. Diesmal sah er seine Schwester richtig. Sie war glücklich in dem Moment. Das hatte er noch nie gesehen. Nicht so.

„Willst du ins Hotel?" fragte Jessica am Abend. Gebucht war es ja.

„Schmeißt du mich raus?" schmunzelte Samantha.

Jessica blieb ernst, weil sie in einen Zwiespalt geraten war. Eigentlich wäre sie gern mit Sam eingeschlafen, aber sie wollte dem Ärger aus dem Weg gehen, da es gerade so gut lief mit Thomas. „Nein, eigentlich nicht. Aber ich weiß nicht." sagte sie nachdenklich. Sie hatte nicht mitbekommen, dass sie einen Zuhörer hatte.

„Nein." entschied Thomas und kam näher. „Bleib hier."

„Tom." sagte Jessica erschrocken. Er sah es ihr genau an, sie war in dem Moment wie ein offenes Buch. Sie wollte, dass Sam blieb, hätte sie für ihn aber weggeschickt. Das war er ihr wert, erkannte er zum ersten Mal. Für ihn allein hätte sie auf das Glück an diesem Abend verzichtet. Andersherum war Jessica es ihm aber auch wert, Samantha im Haus zu behalten.

„Ist okay." bestätigte er. „Ehrlich. Gute Nacht."

Er gab Jessica noch einen Kuss auf die Wange und ging nach oben. Sie starrte ihm hinterher und rätselte, wer das wohl sein mochte. Irgendwas war hier passiert. Sie hatte den Rest des Tages immer versucht, sich zurückzuhalten, weil sie ihm nicht zu nahe treten wollte. Sie wollte ihn nicht in Verlegenheit bringen, weil er ihr schon Vorwürfe deshalb gemacht hatte.

„Jessi." lächelte Samantha.

„Was hast du ihm gesagt?" fragte sie völlig abwesend.

„Ich werde es dir nicht verraten. Aber ich hatte die Probleme mit Lucy auch. Geh zu ihm."

„Jetzt?"

„Jetzt." nickte Samantha sofort. Es war der richtige Augenblick, das spürte sie. Thomas war bereit für den nächsten Schritt. Er war bereit, sich richtig mit seiner Schwester auseinanderzusetzen. Direkt und nicht über einen Mittelsmann. Beziehungsweise Mittelfrau in diesem Fall.

„Aber du bleibst." legte Jessica schmunzelnd fest. Sie mochte in genau diesem Augenblick gern den Befehl in ihre Stimme legen, aber Sam gegenüber funktionierte das gar nicht mehr. Da kam eigentlich nur ein Flehen aus ihrem Munde.

„Na wenn du mich so herzlich bittest." lachte Samantha und sie brachten ihren Koffer nach oben in Jessicas Schlafzimmer.

Jessica brauchte Mut, um bei Tommy zu klopfen. Thomas, erinnerte sie sich. Nicht Tommy - Thomas! Dennoch hatte sie vor keinem Richter und keinem

Anwalt so viel Angst wie vor ihrem Bruder in dem Moment. Sie klopfte trotzdem.

„Ja?!" rief er, was ja schon mal ein gutes Zeichen war.

Jessica atmete tief durch und ging hinein. „Hey. Hast du kurz Zeit?"

„Klar." Er klickte auf seinem Computer und die Musik ging aus. Jessica hatte sich aufs Bett gesetzt, er blieb auf seinem Stuhl und wartete.

„Worüber habt ihr heute so gestritten?" fragte sie vorsichtig.

Und damit haute sie Thomas fast vom Stuhl. „Hat Sam es dir nicht gesagt?" Wieso hatte Sam geschwiegen? Das ergab doch gar keinen Sinn!

„Nein. Aber ich würde es gern wissen."

Er stand auf, schlurfte zum Bett und ließ sich fallen. Wenn er etwas in dem Gespräch mit Sam gelernt hatte, dann dass er offen und ehrlich seiner Schwester gegenüber sein konnte. Es fiel ihm in der Praxis nur nicht leicht wie in der Theorie. „Es ging um dich."

„Um mich?" staunte Jessica.

„Ja."

Langsam dämmerte es ihr. „Weil ich lesbisch bin?"

„Ja." grummelte er wieder nur, sah sie aber nicht an. Einerseits schämte er sich für sie, weil sie eben anders war. Andererseits schämte er sich aber auch dafür, dass er sie deshalb immer wieder so angegangen war.

„Ist es das, was du mir vorwirfst?" Schon lange hatte es einen gewissen Knacks gegeben und sie war nicht dahintergekommen, was mit ihm los war. Er hatte sich zurückgezogen gehabt und es hatte nur noch Streit gegeben. Wegen Nichtigkeiten war er an die Decke gegangen und hatte Jessica jedes Mal mitgezogen. Er hatte ihr unschöne Dinge wegen ihrer sexuellen Neigung an den Kopf geworfen, aber was genau er ihr vorwarf, wusste sie nicht wirklich.

„Nein." murmelte er, bevor er sich erinnerte, ehrlich sein zu wollen. „Ja, eigentlich schon."

Jessica musste schwer schlucken, um das zu verdauen. Das tat weh. „Wäre es dir lieber, wenn ich es verschweige? Wenn ich mir einen Pseudofreund zulege, der zum Abendessen kommt?"

„Nein." Er setzte sich wieder auf und sah sie auch an. In dem Augenblick öffnete er sich endlich und nahm die Gelegenheit wahr. „Jessi, warum stehst du auf Frauen?"

„Keine Ahnung. Ich finde sie anziehend. Warum stehst du auf Mädchen?"

„Ich bin aber auch ein Junge."

„Und? Es gibt auch Jungen, die auf Jungen stehen. Ich schäme mich nicht dafür. Eine Freundin von mir hat mal gesagt: *Wer mich nicht so akzeptiert, wie ich bin, hat in meinem Leben keinen Platz*. Tom, ich liebe dich, aber ich verstehe nicht, warum du mir vorwirfst, dass ich ehrlich bin."

„Tue ich gar nicht. Ich verstehe nur nicht, wieso du nicht einfach normal sein kannst."

„Bin ich doch. Ich hab zwei Arme, zwei Beine,

einen Kopf. Ich bin ein ganz normaler Mensch. Und alles andere sind Abweichungen im Herzen, die es zwischen allen Menschen gibt. Du bist auch nicht genauso wie die anderen."

Da hatte sie wohl Recht, dachte er. „Aber das ist doch irgendwie..." Er rang mit sich. „Ich weiß nicht. Abartig."

„Sagen das die anderen? Hast du dich deshalb geprügelt?"

„Ja." nuschelte er beschämt. Für die Prügelei schämte er sich wirklich, das war eigentlich nicht sein Stil. Und dass er Sam auch noch verletzt hatte, tat ihm richtig leid.

„Wenn du möchtest, rede ich mit deinen Klassenkameraden und auch deinen Lehrern, damit sie mal lehren, was Toleranz ist. Aber das wird es dir nicht leichter machen."

„Auf keinen Fall!" forderte er gleich panisch. Seine Schwester in der Schule?! Um Himmels Willen!

„Ist doch gut." lachte sie leise. „Ich wollte es dir nur angeboten haben. Hat dir Sam von Lucy erzählt?"

„Ihre Nichte?"

„Mhmh. Sam hat mir erzählt, wie sie sich in der Schule durchsetzen musste. Dort wird Sam absolut akzeptiert. Lucy hat die Rolle der Lehrer übernommen und sie gelehrt, was gegenseitige Achtung und Respekt ist. Sie hat ihren Klassenkameraden eine Lektion fürs Leben mitgegeben. Oder willst du jeden ausschließen, der gern Gemüse isst, nur weil du es nicht magst?"

„Du hast ja Recht, Jessi. Ehrlich. Mir ist es am Ende auch egal, solange du glücklich bist. Aber die halbe Stadt redet über dich. Du bist so oft weg, aber ich bin immer hier und muss mir das anhören."

„Das tut mir leid, ehrlich." Hätte sie geahnt, dass sie damit solchen Ärger schaffen würde, hätte sie sich wohl auch nicht geoutet. Sie wollte ihrem Bruder schließlich keine Probleme bringen, die sie hätte umgehen können. „Warum ist dir so wichtig, was die anderen sagen?"

„Weil ich immer nur der Bruder der Lesbe bin." stöhnte er. „Das geht mir auf den Zeiger, verstehst du?"

„Dann nenn sie doch auch so. Luca ist der Sohn eines Kanalarbeiters. Dann nenn ihn so, wenn er sich deinen Namen nicht merken kann. Du bist doch sonst nicht auf den Mund gefallen, wieso schwingst du auf einmal Fäuste?"

Wieder senkte Thomas den Blick, weil es ihm eigentlich peinlich war. „Sie meinten, ich würde jetzt eine zweite Mutter kriegen, als sie Sam gesehen haben. Und wer mit so abartigen Verhältnissen aufwächst, wird eine Schwuchtel."

Jessica konnte nur den Kopf schütteln. „Da sucht man die Intelligenz wohl vergeblich. Wie heißt der denn?" grübelte sie. „Äh … Mitch!" Genau so hieß der Typ. „Seine Mutter ist Alkoholikerin. Heißt das, er wird Alkoholiker, nur weil er so aufwächst? Ihr seid doch alle eigenständige Menschen. Ihr werdet das, was ihr entscheidet, das ihr werden wollt."

„Mh..." Das stimmte. Er wollte auch nie Anwalt werden, obwohl er mit einer Anwältin lebte. Na gut, Buchhalter auch nicht, aber egal...

Unsicher hob er den Kopf zu Jessica. „Bleibt Sam hier?"

„Nicht lange." schmunzelte sie. „Wir müssen morgen zur Verhandlung, wo ich sie brauche, um den anderen die Zahlen zu erklären, die sie mir gebastelt hat. Dann wird sie wohl zurück nach New York fahren."

„Und du?"

„Ich bleibe, werde hoffentlich meinen Klienten glücklich machen, aber am meisten hoffe ich, dass ich meinen kleinen Bruder glücklich machen kann."

„Machst du." sagte er leise und umarmte sie. So viel Herzlichkeiten war sie gar nicht mehr gewohnt. Deshalb genoss sie es auch umso mehr. Das hatte sie bei Lucy schon, aber hier war es tiefer. Die Gefühle, die Thomas hervorrief, gingen weit unter die Haut. Sie war unbeschreiblich glücklich, dass sich ihr Brüderchen endlich dazu entschlossen hatte, sich ihr zu öffnen. Dass es ein zwischen den Geschwistern gutes Ende genommen hatte, trieb ihr die Tränen in die Augen und die Hoffnung ins Herz, dass sie nun wieder ein friedliches Leben in Liebe und gegenseitiger Achtung führen könnten.

Als Jessica in ihr Schlafzimmer kam, war von Samantha nichts zu sehen. Ein Streifen Licht fiel unter der Tür aus dem Badezimmer, also folgte Jessica der Einladung und fand diese schöne Frau in ihrer eigenen Badewanne. Ein zu gleich merkwürdiger und traumhafter Anblick.

„Hey." lächelte Samantha. „Alles klar?"

„Ich denke schon. Danke, Sam."

„Keine Ursache. Ich hab das mit Lucy durch. Setzt du dich noch kurz zu mir?"

„Was für eine Frage." schmunzelte Jessica.

Natürlich setzte sie sich noch zu ihr. Sie ließ sich in Samanthas Armen sinken, schloss die Augen und seufzte wohlig. Was wollte Samantha mehr? Jessica war an diesem Tag eine schwere Last von den Schultern genommen worden. Man sah es ihr an. Die Entspannung war schon greifbar und für Samantha hatte es etwas ganz Besonderes, nur dieses zufriedene Lächeln in Jessicas Gesicht zu sehen. Ihre Grübchen waren nur ansatzweise zu erkennen, aber sie waren da und zeugten von Zufriedenheit.

Samantha nahm sich einen Schwamm und strich damit zart über Jessicas Körper. Nebenbei summte sie leise, um sie richtig der Tiefenentspannung zu übergeben. Das gelang ihr auch richtig gut, Jessica fühlte sich wie neu geboren. Das änderte aber nichts daran, dass die Zärtlichkeiten im Bett fortgesetzt wurden.

Thomas hatte das Zimmer gegenüber und als er sich noch etwas zu trinken holen wollte, hörte er, wie glücklich seine Schwester gerade war. Beziehungsweise, wie glücklich sie gemacht wurde. Er lachte leise, schüttelte den Kopf und ging nach unten. Solche Geräusche hatte er aus ihrem Schlafzimmer noch nie gehört, aber er wusste von seinen Klassenkameraden, dass die das auch schon gehört hatten. Was war hier anders? Nur dass zwei Frauen zusammenlagen. Das schien die beiden nicht zu stören. Die Freuden beschafften sie sich dennoch...

***

Am Freitag Morgen wurden aus den beiden Lesben wieder die beiden Geschäftsfrauen. In chicen Anzügen und zurechtgemacht kamen sie zum Frühstück.

„Wow." schmunzelte Thomas. Sam hatte am Tag zuvor einfach nur wie eine Frau ausgesehen, aber jetzt … Die legere Stoffhose hatte einem Anzug weichen müssen, die Haare hatte sie sehr fein hochgesteckt, nicht so locker wie am Vortag oder in ihrem Alltag. Sie sah seriös aus. Sie wirkte nur nicht so. Sie setzte sich, aber sie redete nicht. Sie aß auch nicht. Sie schlürfte an ihrem Kaffee und schien gar nicht anwesend.

„Sam, was ist los?" fragte Jessica, nachdem sie das eine Weile beobachtet hatte.

„Ich war noch nie bei so was. Ich weiß gar nicht, was ich denen erzählen soll."

„Oh Sam." seufzte Jessica mitleidig und nahm sie in den Arm. Sie hatte keine Ahnung gehabt, dass sie so nervös war. „Wovor hast du Angst? Wir werden an einem Tisch sitzen, ich mir mit denen ein paar Paragraphen um die Ohren hauen und fertig. Du kennst die Buchhaltung der Firma am besten. Wenn es um die Zahlen geht, werde ich dich einfach fragen, was ich wissen muss. Mehr nicht."

„Mehr nicht?" piepste sie unglücklich. „Tut mir leid, du weißt, was ich von Anwälten halte."

„Aasgeier." schmunzelte Jessica und Thomas musste lauthals lachen. Ob sie das beim Kennenlernen gesagt hatte? Wie war dann trotzdem so eine innige Beziehung zustande gekommen?

„Aasgeier?" grunzte er.

„Sind sie alle." bestätigte Samantha amüsiert und beruhigte sich ein bisschen. „Tut mir leid. Ich hoffe nur, ich kann dir wirklich helfen."

„Tust du schon, wenn du neben mir sitzt und ich weiß, ich habe jemanden, der Ahnung von dem hat, worüber wir reden."

„Na dann. Es wird mir ein Vergnügen sein."

Ganz war die Nervosität nicht wegzukriegen. Sie blieb wie ein Geist in ihrem Hinterkopf und würde zum Vorschein kommen, wenn sie es am wenigstens brauchen würde.

Zuvor ging es aber erst mal in Jessicas Büro. Ein beeindruckendes Gebäude, wie Samantha fand. Ein Altbau mit reichen Verzierungen, aber saniert und gut gepflegt, wie es schien. In der richtigen Etage stiegen sie aus dem Fahrstuhl und vor ihnen öffnete sich ein weiter Raum mit vielen Schreibtischen. Es war ein ganz schönes Gewusel.

„Jessi!" rief ein junger Mann und kam ihnen entgegen.

„Pierre. Das ist Miss Paine."

„Freut mich." lächelten beide bei dem obligatorischen, höflichen Handschlag.

„Samantha." fügte sie allerdings hinzu.

Er nahm auch gern an. „Piere." Sehr viel Zeit hatte er allerdings nicht für sie. „Jessi, du musst unbedingt deine Unterschriftenmappe abarbeiten."

Er reichte sie ihr auch gleich. Sie war zum Überlaufen voll und Jessica wäre gern schon im Wochenende gewesen. War sie aber nicht, also ging sie in ihr Büro hinter Pierres Schreibtisch und fing die Unterschriften an. Pierre brachte den beiden noch Kaffee und sie gingen noch mal durch, was heute wohl alles zur Sprache kommen würde. Jessica versuchte, so viel wie möglich schon vorherzusagen, um Samantha die Anspannung zu nehmen. Im Moment machte sie den Eindruck einer nervösen Mandantin, aber sie wurde ruhiger, denn alles, was Jessica ihr sagte, konnte sie beantworten. Das gab ihr ein gewisses Maß an Sicherheit.

Pünktlich um Zehn fuhren sie dann zum Anwalt der Gegenseite. Auch das war eine größere Kanzlei mit mehreren Anwälten, nur nicht so beeindruckend viele wie bei Jessica. Samantha hatte es auf dem Weg dorthin die Sprache verschlagen, doch dann kehrte sie die selbstbewusste Schauspielerin nach außen, die Jessica im Ritz schon gesehen hatte.

„Paine." stellte sich Samantha immerhin äußerlich gelassen bei allen vor. Nur bei der Frau von Karl nicht, denn die kannte sie ja schon.

„Miss Paine." staunte Misses Knox. „Was machen sie denn hier?"

Jessica hatte sie vorbereitet. „Meine Arbeit." sagte sie nur und setzte sich neben Jessica. Sie sollte sich nicht auf persönliche Gespräche einlassen, hatte Jessica gesagt. Sie sollte sich auch auf keinen Fall anmerken lassen, wie biestisch sie diese Tussi fand. Sie sollte höflich bleiben und Abstand wahren. Und Samantha tat, was sie konnte, auch wenn sie der am liebsten die Augen ausgekratzt hätte.

„Wir hätten sie auch noch kontaktiert." sagte ein älterer Mann zu Samantha. Mister Peters, der Anwalt von Misses Knox.

„Weswegen?"

„Wegen gewerblicher Steuerhinterziehung. Sie haben die Buchhaltung von Mister Knox frisiert."

„Nein, habe ich nicht."

„Offensichtlich schon." sagte er mit so viel Arroganz, dass Samantha sich aktiv erinnern musste, den nicht anzuschreien. Sie wusste schon, was sie gegen Anwälte hatte.

Er legte ihr zwei Zettel vor. „Das ist die Gewinnberechnung, die sie Miss Bennet vorgelegt haben. Und das andere ist die Berechnung, die dem Finanzamt weitergegeben wurde."

„Und so steht sie auch im System und allen Unterlagen."

„Also haben sie meine Mandantin betrogen?" fragte der Mann mit einem siegessicheren Lächeln.

„Nein, habe ich nicht. Die Buchhaltung, wie sie das Finanzamt vorliegen hat, umfasst die gesamte Unternehmung. Diese hier ist nur um das gemindert worden, was den Grundstock der Firma nichts angeht."

„Also haben sie sie doch frisiert?"

„Nein." beharrte Samantha und wurde langsam doch noch wütend. „Die Fassung fürs Finanzamt bleibt, wie sie war. Und der Rest wurde nur für diese Verhandlung geändert."

„Weil..." fuhr Jessica schnell fort. „sie auf die Gewinnbeteiligung der Firma geklagt haben. Die beinhaltet den Internethandel, nicht aber die Einnahmen aus Immobilien beispielsweise."

Und dann ging es los. Jessica und Mister Peters hauten sich tatsächlich Paragraphen um die Ohren und diskutierten das alles auseinander. Es ging um die kleinste Formulierung. Samantha saß daneben und verstand nicht mal die Hälfte von dem, was die erzählten. Aber auch sie kam noch zum Zug. Jessica fragte sie zwischendurch immer mal wieder nach den genauen Zusammenhängen und Zahlen. Samantha wurde immer ruhiger und sicherer, weil sie alles beantworten konnte. Sie wurde auch nicht müde, zu betonen, dass es eben keine Steuerhinterziehung war. Und auch, dass es noch vorläufige Zahlen waren, weil noch nicht alles gebucht wurde, aber die Richtung stimmte.

„Miss Paine." sagte Mister Peters schließlich. „Sie sind Buchhalterin, richtig?"

„Unter anderem." nickte sie sofort.

„Das heißt, sie müssen die Wahrheit sagen."

„Tue ich die ganze Zeit."

„Wieso helfen sie Miss Bennet?"

„Weil sie im Recht ist, sie nicht. Und ich helfe ihr auch nicht einfach so, sondern nutze meine Möglichkeiten."

„Und stürzen eine Frau damit ins Unglück."

„Unglück?" lachte Samantha. „Misses Knox hat genug von ihrem Mann bekommen, um ein erfülltes Leben zu führen."

„Nein. Er ist fremdgegangen, sie hat die Scheidung eingereicht und jetzt will er ihr nicht mal ihren Anteil des Gewinnes lassen. Das ist nicht besonders fair."

„Fariness hat Misses Knox noch nie gekannt."

„Ruhig." schmunzelte Jessica leise.

„Ist doch wahr." schimpfte Samantha. Sie konnte sich noch nicht mal eine Affäre bei diesem Mann vorstellen, aber ihm auch noch Unfairness zu unterstellen, war verrückt!

„Nein." fuhr Mister Peters dazwischen. „Sie stellen sich gegen das Opfer, obwohl sie in dem Falle neutral sein sollten."

„Ich stelle mich auf die Seite der Zahlen." schoss Samantha genervt zurück. „Und dass Misses Knox ein Opfer ist, glaube ich nicht. Tut mir leid, ich hab sie schon kennengelernt und das einzige, das ich ihr zutraue, ist die schauspielerische Rolle eines Opfers."

„Also stellen sie sich doch gegen sie."

„Nein." Samantha war kurz vorm platzen. Der drehte ihr jedes Wort im Munde um. „Ich stehe auf der Seite der Zahlen, denn die lügen nicht. Die spielen nicht falsch. Die sind immer ehrlich. Ich habe die Buchhaltung nach meinen Möglichkeiten auf den Grundstock der Firma bereinigt. Was sie beide daraus machen können, wollen und dürfen, geht mich nichts an. Ich erlaube mir nicht die Behauptung, ich hätte Ahnung von ihren Job." Diese Spitze musste sie einfach loslassen, weil der Typ andauernd versuchte, ihr in ihren Job reinzureden und ihr erklären zu wollen, was sie als Buchhalterin oder Steuerberaterin zu tun hatte. Als wüsste das nicht besser als der Typ!

Mister Peters lehnte sich erhaben zurück und sah Jessica mit einem Blick an, der wohl ein gehässiges Grinsen geworden wäre, wenn sie nicht offiziell gewesen wären. „Ich werde den Ausschluss von Miss Paine als Zeugin für die Buchhaltung beantragen."

„Und weswegen?" fragte Jessica gelassen, während Samantha das Herz in die Hose rutschte. Was hatte sie denn gesagt? Hatte sie Jessica mit irgendeiner Antwort geschadet?

„Sie ist der Grund der Scheidung und persönlich involviert. Ihre Neutralität ist ausgehebelt."

„Grund der Scheidung?" fragte Samantha verwirrt. Was hatte sie denn mit der Ehe der Knox´ zu tun?

Jessica hob nur schnell die Hand zu ihr, damit sie schwieg. „Wie wollen sie denn damit durchkommen?"

„Mit der Wahrheit kommt man meistens ganz gut

durch." Sein finsterer Blick ging zu Samantha, die sich schon allein vor dem Anblick duckte. „Sie haben ein Verhältnis mit Mister Knox."

Die Anspannung fiel augenblicklich von ihr ab, dafür musste sie lachen. „Das war ein Scherz, oder?"

„Nein, war es nicht. Deshalb sitzen sie auch dort und nicht hier. Und genau deshalb werden sie ausgeschlossen."

„Hören sie." Samantha versuchte die Fassung zu bewahren. „Ich hatte noch nie irgendwas mit Mister Knox. Fertig, aus, Ende. Das ist eine Tatsache. Und selbst wenn sie mich ausschließen, kommt ein anderer."

„Der die Buchhaltung aber nicht kennt."

„Doch. Genauso wie ich." widersprach sie.

„Wieso sitzen dann ausgerechnet sie hier?"

„Weil ich die Leitung dieses Teams habe."

„Nein. Weil sie ein persönliches Interesse haben."

„Das ist nicht zu fassen." murmelte sie wütend, behielt aber die äußerliche Ruhe. „Wie kommen sie denn auf diesen Unsinn?"

„Mister Cartwright hat sie und Mister Knox in flagranti erwischt, nicht wahr?"

„Äh … Wer?" Irgendwas sagte ihr der Name, aber sie konnte ihn nicht zuordnen. Sie wusste ganz genau, dass sie den Namen eben nicht zum ersten Mal gehört hatte, und grübelte, woher sie den kennen musste. Dabei fiel ihr nicht mal auf, dass sie den Vorwurf der Affäre nicht abstritt. Das fiel Jessica dafür umso mehr auf.

„Der Bruder meiner Mandantin."

„Kein glaubhafter Zeuge." schoss Jessica zurück, obwohl sie irgendwie auch nicht wusste, was sie davon halten sollte.

„Glaubhafter als die Affäre ihres Mandanten."

„Ich habe keine Affäre mit ihm!" betonte Samantha und wurde nun doch noch laut.

„Das sagen sie." lächelte Mister Peters verlogen. Dem sah man den Aasgeier auf eine Meile Entfernung an.

„Ich glaub das nicht." grummelte sie.

„Ruhig." forderte Jessica und wandte sich wieder an ihren Kontrahenten. „Vergessen sie es. Das werde ich zu verhindern wissen. Sie versuchen hier ein Gerüst aus Lügen aufzubauen, aber ich werde es zum Einsturz bringen. Miss Paine bleibt als Zeugin und Ende. Wir sehen uns vor Gericht."

Sie stand auf und Samantha folgte ihr schwerfällig. Ihre Gedanken waren noch nicht mit dem fertig, was hier eben passiert war. Es fiel ihr auf die Füße, dass sie sich mit Karl gut verstand. Und sie wusste, der einzige Weg, das aus der Welt zu schaffen, wäre ihr eigenes Outing. Für einen Kunden? Verdient hatte er es auf jeden Fall, aber was dann noch alles käme...

„Samantha." sagte Jessica, als sie auf der Straße standen. Samantha hörte inneren Abstand, kalte Distanz, und sah unsicher auf. Außerdem hatte sie nicht Sam gesagt, sondern den Namen voll ausgesprochen. „Ist es wahr?"

„Was?!" schrie Samantha entsetzt. Das war nicht nur ein Faust- oder Hammerschlag, es fühlte sich an wie ein Rammbock, der sie aus den Schuhen warf. „Du glaubst das?!"

„Sag mir, ob es stimmt."

Das war hart für Samantha. Ihr stiegen Tränen in die Augen. „Nein. Das solltest du wissen." sagte sie und ging. Sie war in einer fremden Stadt, ihre Sachen waren bei Jessica zu Hause und sie lief einfach davon. Aber sie musste. Sie hatte sich selten so allein gefühlt wie in diesem Augenblick. Es war ihr unbegreiflich, wie Jessica diesem Hirngespinst wirklich Glauben schenken konnte. Nach all der gemeinsamen Zeit, nach all den gemeinsamen Nächten … Kannte sie diese Frau überhaupt? Sie hatte die Abneigung gegen Anwälte bei Jessica fallen lassen, das schien ein Fehler gewesen zu sein. Sie war genauso kalt wie Samantha es den Aasgeiern immer vorgeworfen hatte.

Jessica sah ihr noch nach. Sie hatte die feuchten Augen gesehen und in ihr wurde der Drang geweckt, Samantha an sich zu drücken und zu trösten, dabei hatte sie selbst die Tränen ausgelöst.

„Sam!" rief sie hektisch und lief ihr nach. Sie war mit schnellen Schritten schon ziemlich weit gekommen und blieb auch nicht stehen. Jessica musste rennen. In den Schuhen. Doch sie tat es und holte sie ein.

„Es tut mir leid." sagte sie abgehetzt, hielt Samantha am Oberarm fest und drehte sie zu sich.

Samantha wehrte sich gegen die Umarmung und

schlang lieber die eigenen Arme um ihren Oberkörper. Bloß nicht zerbrechen, dachte sie. „Wie kannst du mir nur so was vorwerfen?" fragte sie verletzt und lief weiter. Die Enttäuschung saß wirklich tief.

„Bitte Sam. Es tut mir leid." Das genügte nicht, wusste Jessica. Sie brauchte eine Rechtfertigung. „Ich wurde nur irgendwie überrumpelt und die fahren einen Zeugen auf."

Samantha liefen die Augen nun doch noch richtig über, obwohl sie es verhindern wollte, sich vor der Anwältin so schwach zu zeigen. Aber die Freundschaft saß in ihrem Herzen und eigentlich hätte sie keinen Grund gekannt, Jessica die Schwäche zu verheimlichen. „Und da glaubst du denen das natürlich! Du schenkst denen mehr Vertrauen als mir?"

„Sam." schluchzte Jessica, der das ganze Gespräch gerade nicht weniger wehtat. Ihr kläglicher Versuch der Rechtfertigung war völlig wirkungslos geblieben. Samantha schien wenig beeindruckt davon und vor den Folgen fürchtete sich Jessica. „Bitte vergib mir. Es tut mir leid."

Samantha sah in die blauen Augen, die sie bis in die Träume verfolgten. Sie glänzten vor Feuchtigkeit. Samantha sah die Reue darin deutlicher, als sie Jessica je in ihre Stimme hätte legen können. In Samanthas Ohren hallte dazu aber auch noch der Vorwurf von eben. Und dennoch war das Gefühl, Jessica die Traurigkeit nehmen zu wollen, am stärksten.

„Ich hatte nie etwas mit ihm." flüsterte sie. Eigentlich hätte sie nicht gedacht, dass sie es aussprechen müsste, aber sie musste. Für sich und Jessica.

„Es tut mir leid." wisperte Jessica und legte sanft ihre Hand an Samanthas Wange. „Es tut mir unglaublich leid."

„Wieso hast du mir das unterstellt? Du müsstest mich besser kennen."

„Theoretisch ja. Aber zum einen werde ich nicht gern mit so was überrascht und zum anderen…" Jessica senkte den Blick. „Ich weiß nicht. Allein die Vorstellung..."

Samantha begann zu lächeln. „Du bist eifersüchtig." erkannte sie.

„Ja." gestand Jessica sofort. Dies war eine Entschuldigung und Rechtfertigung, die bei Samantha zog. „Irgendwie bin ich das."

„Ohne Grund."

Samantha legte ihre Hand an Jessicas Kinn, um es zu heben und sie zu küssen. Eifersucht! Niemals wäre Samantha auf Eifersucht als Grund für ihr Misstrauen gekommen! Sie fühlte sich geschmeichelt. Jessica hatte weder einen Grund, noch das Recht zur Eifersucht, das wussten sie beide, weil sie inzwischen schon darüber gesprochen hatten, dass für sie beide nichts Festes in Frage kam, auch wenn ihnen ein Automat die große Liebe prophezeit hatte. Aber Samantha konnte ihr nicht mehr böse sein, denn eigentlich war es ein Zeichen der Zuneigung. So gingen sie auch wieder mit einem

Lächeln einen Kaffee trinken. Ansprechen wollte das Thema keiner mehr, aber es gab kein Entrinnen. Für Karl Knox mussten sie einen Weg finden, die Verleumdung hundertprozentig aus der Welt zu schaffen. Es durfte nicht der kleinste Zweifel zurückbleiben.

„Kommen die damit durch?" fragte Samantha.

„Ich hoffe nicht." antwortete Jessica und rief Pierre an. Sie musste alles über diesen Bruder wissen, was es zu wissen gab. Sie brauchte einen Ansatz, um ihn unglaubhaft zu machen und als Zeugen unwichtig.

Bis dahin widmeten sie sich aber lieber anderen Themen. Sie fuhren zu Jessica nach Hause und nahmen den Fall noch mal auseinander. Eigentlich müsste Samantha zurück nach New York, aber sie wollte für Jessica noch da sein. Sie hatten sich im ganzen Wohnzimmer ausgebreitet, als Thomas von der Schule kam. Papier in allen Ecken. Selbst an den Wänden und am Fernseher klebten Zettel.

„Oh." schmunzelte er. „Brauch ich einen Kompass, um hier durch zu kommen?"

„Tut mir leid." lachte Jessica. „Brauchst du Platz?"

„Nein nein, passt schon. Findet ihr euch hier überhaupt zurecht?"

„Halbwegs. Wie war die Schule?"

Thomas duckte sich leicht. „Ich hoffe, ich darf die Mathematikerin noch mal ausquetschen?" Er war ja froh, sie überhaupt noch mal zu sehen. Vielleicht würde sie auch noch bis zum Abend bleiben und ihm etwas Zeit schenken? Zeit, die sie vermutlich lieber mit Jessica verbracht hätte, aber wenn er nicht fragte, würde Sam ihm garantiert nicht helfen.

„Sicher." lächelte Samantha sofort. „Und wenn ich wieder in New York bin, dann ruf einfach an."

„Ehrlich? Ich musste heute an die Tafel und hab das echt hingekriegt. Hab eine Eins gekriegt." verkündete er stolz.

„Wow. Herzlichen Glückwunsch." freute sich Jessica aufgeregt.

„Danke."

„Um was geht es denn heute?" fragte Samantha.

„Äh..." Er sah auf die Uhr. „Bist du noch eine Weile da? Ich würde gern erst mal duschen, ich hatte gerade Sport."

„Klar. Kein Stress."

„Danke." sagte er hektisch und sprang über einige Papierstapel zur Treppe. So hatte es schon öfter ausgesehen, obwohl das bisher der Gipfel von allem war, das Jessi geschafft hatte.

„Und das kurz vor den Ferien." flüsterte Jessica zu Samantha. Die Ferien standen an und trotzdem wollte sich ihr Kleiner mit Mathe beschäftigen. Sie war begeistert.

„Er nutzt eben die Gunst der Stunde."

„Das tue ich auch." lächelte Jessica, ging zu Samantha und holte sich einen zarten Kuss ab.

Nach der Dusche setzte Thomas sich mit Samantha an den Esstisch in der Küche, während sich Jessica weiter durchs Wohnzimmer wühlte. Sie telefonierte immer mal wieder zwischendurch, doch Samantha ließ sich nicht stören. Sie war bei Thomas und bei nichts anderem. Ende.

Bis sie das abbrechen musste. Das Endergebnis der einen Aufgabe lautete 122,47 und der Anblick dieser Zahl löste in ihrem Gedächtnis, das nur auf Zahlen eingestellt war, eine Erinnerung aus.

„122,47 Dollar." murmelte sie auf einmal mit dem Blick an einen anderen Ort.

„Hä?" kicherte Thomas. Wo kamen denn jetzt die Dollar her? In seiner Aufgabe gab es keine Einheiten.

„Jessi!" rief Samantha und sprang auf. Thomas folgte ihr ins Wohnzimmer.

„Was ist passiert?!" fragte sie aufgeregt.

„122,47 Dollar!"

„Willst du von mir haben oder wie?" Jessica war verwirrt. Für die Nachhilfe oder was?

„Nein!" lachte Samantha völlig überdreht. „Ich hab ein fotografisches Gedächtnis, sobald Zahlen im Spiel sind. Am Montag hab ich diese Zahl gebucht. Es war eine Rechnung der neuen Firma, von der ich dir erzählt hab."

„Buchprüfung." erinnerte sich Jessica hochkonzentriert. Samantha war in dem Moment so aufgedreht, dass sie schon fürchtete, sie würde ihr gleich irgendwelche Buchungsschlüssel an den Kopf hauen.

„Richtig. Die Erinnerung kam, als wir eben das Ergebnis hatten. Inhaber der Firma ist Malcolm

Cartwright." Sie hatte doch gewusst, den Namen hatte sie schon mal gehört!

„Der Bruder von Misses Knox." hauchte Jessica. Das war das Puzzleteil! Das hatte sie die ganze Zeit gesucht!

„Genau. Ich konnte den Namen nicht zuordnen, aber die Zahl." Das war schon immer so gewesen. Jahreszahlen hatte sie sich ohne Probleme merken können, und damit auch die Ereignisse dazu. Und in anderen Fächern in der Schule hatte sie auch alles an Zahlen geknüpft. Sollten sie ein Gedicht auswendig lernen, hatte sie die Wörter pro Zeile gezählt und sich darüber auch die Worte selbst eingeprägt. Hatte sie Vokabeln lernen müssen, hatte sie sie in Blöcke mit verschiedenen Anzahlen Wörter gebracht und sie sich gemerkt. Hatte sie für Biologie irgendwas lernen sollen, hatte sie sich auch eher die Zahlen der Aufzählungen und Beschriftungen gemerkt und darüber den Inhalt. Ihr ganzes Leben hatte immer nur aus Zahlen bestanden. Das kam Jessica jetzt zugute, obwohl Thomas noch versuchte, sich vorzustellen, wie eine Zahl so eine weitreichende Erinnerung auslösen konnte. Der Name hatte ihr nicht geholfen, aber eine unscheinbare Zahl am Ende seiner Matheaufgabe?

Mit einem Satz stand Jessica vor Samantha und drückte ihr einen euphorischen Kuss auf die Lippen. Dann hielt sie sich das Handy ans Ohr und wollte die Bestätigung von Pierre. Sie ließ sich die genaue Anschrift geben und auch heraussuchen, ob der Bruder von Misses Knox eine Firma besaß.

„Wie heißt die Firma?" wollte Jessica schließlich von Samantha wissen.

„Du weißt, dass ich dir das nicht sagen darf."

„Und wenn ich dir sage, der Bruder hat eine Firma namens Carts Bau, und du würdest nur leicht nicken?"

Das tat Samantha auch sofort, aber mit einem Lachen. „Aber das weißt du nicht von mir."

„Keine Sorge. Das ist genial."

„Die haben mich also absichtlich so aus dem Konzept gebracht. Deswegen war die Hexe auch so erstaunt, dass ich überhaupt da war."

„Wusste sie von deiner Flugangst?"

„Ja." Sie war damals dazugekommen, als Karl sie nach dem vernichtenden Anruf aufgefangen hatte.

„Alles klar." fluchte Jessica. Das musste sie nur noch beweisen.

„Wieso? Was hat das damit zu tun?"

„Wir hätten das Treffen auch in New York machen können, obwohl der Gerichtsstand hier ist, aber Misses Knox hat darauf bestanden, das in der Kanzlei ihres Anwalts hier zu machen. Sie ist auch extra aus New York hergekommen."

„Hä?!" rief Thomas dazwischen, ehe er es aufhalten konnte. Eigentlich hatte er nicht dazwischenquatschen wollen. „Tut mir leid, ihr wollt euch alle zusammensetzen und reden, und kommt dafür alle von New York hierher? Was ist das denn für ein Unsinn?"

„Ziemlich großer und geplanter." wusste Jessica

nun. „Sie haben nach unserem Angebot Sam einen ganzen Tag gestohlen, um sie von der Arbeit für unseren Kunden abzuhalten. Sie haben sicher nicht damit gerechnet, dass sie so schnell wäre. Und dann legen sie das Treffen hierher, um sie nicht dabei zu haben. Sam, du bist eine furchteinflößende Zeugin."

„Ach ja?" schmunzelte sie. Das hatte ihr bisher noch niemand gesagt. Sollte das ein Kompliment gewesen sein? Sie wollte doch auch niemandem Angst einjagen. Und am allerwenigsten dann, wenn es auch noch um Anwälte ging.

Damit war aber auch klar, dass hier etwas passieren musste. Jessica musste zu Gericht. Sie brauchte einen Richter für ein paar Unterschriften und wollte auch noch mit ihrem Chef sprechen. Sie mochte eine gute Anwältin sein, aber ihren Chef bat sie gern um seine Meinung, weil er immer neue Denkansätze brachte. Das funktionierte in beide Richtungen. Auch er kam gern zu ihr, weil sie einen ganz anderen Blick hatte als er.

Samantha blieb noch. Sie wollte abwarten, was Jessica für Neuigkeiten bringen würde und ob sie noch gebraucht würde. Wenn sie am Samstag Morgen aufbrechen würde, wäre das genug. Dann könnte sie auch die Nacht noch mit Jessica genießen. Und zwar nicht in irgendeiner Diskothek, sondern gemütlich vorm Fernseher.

Während Samantha und Thomas warteten, gab es jede Menge Mathe. Zahlen bis zum Umfallen. Nur mit einem Unterschied zu sonst: Thomas hatte Spaß daran. Sam hatte noch mehr solche Beispiele wie mit den Keksen. So blieb das viel einfacher hängen und er nahm sich die Freiheit, sie wegen allem zu fragen, das ihm irgendwie nicht klar war. Samantha merkte sehr schnell, dass er wie Lucy gern verstehen würde, es ihm aber schwerfiel, die Logik zu durchschauen, die ihr in die Wiege gelegt worden war. Mit viel Zeit und Geduld brachte sie aber viele Knoten zum Platzen. Sira brachte ihnen zwischendurch was zu essen und zu trinken, störte sonst aber nicht weiter.

Irgendwann, ziemlich spät, kam dann Jessica nach Hause. Und sie schloss die Tür schon mit einem Lächeln auf, weil sie irgendwie wusste, Thomas wäre nicht wütend und es würde nicht gleich der nächste Zoff warten. Dafür würde Samantha sie erwarten.

„Hey." lächelte sie zufrieden, als sie die beiden vorm Fernseher fand.

Thomas schaltete das Gerät gleich ab. „Und?"

„Sam bleibt geladene Zeugin und Misses Knox wird noch richtig Ärger kriegen." konnte Jessica vergnügt berichten.

„Ach echt?" staunte Samantha. Wie hatte sie das denn geschafft?

„Ja. Ich war noch mal im Büro und Pierre hatte tolle Neuigkeiten für mich. Die Überweisungen an diese Cooper KG..."

„Die falsche Firma, richtig?" hakte Samantha nach. Das waren ja die Millionen gewesen, die für die Buchhalterin ohne Beleg im Nirgendwo verschwunden waren. Danach hatten sie dann gemerkt, dass die Konten wieder freigegeben waren, und hatten selbst noch viele Überweisungen durchgezogen.

„Genau." nickte Jessica. „Darauf ist die Unterschrift von Mister Knox zu sehen. Er hat sie aber nicht unterschrieben, also hatte Pierre eine Analyse in Auftrag gegeben. Misses Knox hat die Unterschrift gefälscht."

„Nein!" rief Thomas.

„Doch." griente Jessica zufrieden. Sie war auf dem Vormarsch!

„So ein Aas!"

„Ist sie." freute sich Jessica und ließ sich zwischen die beiden auf die Couch fallen. „Und ihr? Noch irgendwelche Durchbrüche?"

„Ich würde das Jahr gern noch mal machen." lachte Thomas. „Dann würde mein Zeugnis anders aussehen."

„Na so schlimm wird es doch nicht, oder?"

„Reicht. Und jetzt? Wie geht es bei euch weiter?"

So viel Interesse zeigte er sonst nicht und bescherte seiner Schwester damit ein ungeahntes Glücksgefühl. Sonst hatte sich niemand in diesem Haus für ihren Job interessiert, jetzt waren da gleich zwei Menschen, die sie irgendwie liebte. „Wir warten auf den Verhandlungstermin. Ich hab vorhin noch mit Mister Knox telefoniert und er meinte, ich solle die Krallen richtig ausfahren."

„Hast du bisher nicht?" lachte Samantha. Das hatte zeitweise anders ausgesehen.

„Nein, noch lange nicht, sonst hätte es das

Treffen hier nicht gegeben und wir wären vor Gericht aufeinandergeprallt." Jessica fing an zu lächeln, als sie Samantha ansah. „Obwohl ich mich vielleicht schon allein deshalb darauf eingelassen hätte, um dich hier zu haben."

„Na dann solltest du Misses Knox danken."

„Werde ich, wenn ich sie wegen Urkundenfälschung und Betrugs in den Knast gebracht habe. Ich werde sie dort besuchen."

Thomas hatte den beiden angesehen, was jetzt normalerweise gefolgt wäre. Er nickte Sam leicht zu und sie nahm es an. Sie hob die Hand an Jessicas Wange. „Fahr die Krallen ein." flüsterte sie und küsste sie.

Für Thomas war das irgendwie immer noch ein ungewohntes Bild. Man sah hier Gefühle, das war eindeutig, aber es war eben immer noch komisch. Er hatte Jessica noch nie auf diese Weise eine Frau küssen sehen. Er ließ ihnen diesen Kuss und machte sich dann einen schönen Abend mit beiden, der für sie genauso gefühlvoll endete.

Nur der nächste Morgen wurde schwer. Samantha hatte ihre Sachen gepackt und Thomas hatte den Koffer in den Wagen gebracht. Nun standen sie an der Haustür und es ging an den Abschied. Thomas umarmte Samantha sogar. Die beiden verstanden sich prächtig, auch wenn es nicht um Mathe ging. Sie hatten viel zusammen gelacht, doch jetzt, das wusste er, hatte sie ihn vergessen, als sie ihn losgelassen hatte. Ihr Blick ging zu Jessica, die sie auch umarmte, nur dass es da noch einen Kuss dazu gab. Und dann fuhr Samantha davon.

Jessica stand in der Haustür und sah ihr nach, wie der Sportwagen auf der breiten Straße immer kleiner wurde. Es war sonst nichts los, keine anderen Autos störten ihren Blick auf den Wagen, der nicht wegfahren sollte. Irgendwas war anders an diesem Morgen. Sie fühlte sich so einsam. Es war plötzlich kalt geworden. So kalt, dass man an Jessicas Armen Gänsehaut sehen konnte.

„Seht ihr euch wieder?" fragte Thomas, dem natürlich nicht entgangen war, dass seine Schwester mit in dem Auto saß, das sich von ihnen entfernte.

„Zur Verhandlung." erwiderte Jessica und schob sich an ihm vorbei ins Haus hinein.

„Und danach?"

„Vielleicht irgendwann mal wieder, wenn einer ihrer Kunden auf mich trifft, aber die Chance ist gering."

Thomas wusste nicht sicher, ob er sich hier etwas einbildete. Jessi sagte das, als wäre das in Ordnung, dabei sah sie anders aus. Sie wollte es überspielen, aber ihr gefiel die Vorstellung nicht, dass das ein Abschied für fast immer war. Oder er interpretierte da zu viel hinein, weil er sich bisher nicht mit diesem Teil von Jessicas Leben beschäftigt hatte. Er wusste es nicht, aber so, wie sie sich ins Wochenende und dann wieder in ihre Arbeit stürzte, war es wohl in Ordnung so.

***

Auch Samantha stürzte sich Hals über Kopf wieder in ihre Arbeit. Sie war in der vergangenen Woche mehrere Tage nicht da gewesen, es war viel liegen geblieben und Probleme warteten gehäuft auf sie. Eigentlich war sie den ganzen Montag nur mit Nacharbeiten und Unterschriften beschäftigt.

Am Dienstag allerdings nicht. Da hatte sie den Termin zur Buchprüfung von der Firma Cartwright. Die stand tatsächlich an. Allerdings nicht ohne Verwirrungen.

Samantha saß in ihrem Büro, tat noch ein bisschen was, wartete aber eigentlich auf ihren Besucher. Cindy ließ einen recht jungen Mann zu ihr ins Büro. Er kam zu Samantha und reichte ihr die Hand.

„Richardson, Staatsanwalt." stellte er sich vor und Samantha wäre fast umgekippt.

„Paine." sagte skeptisch. „Was will denn die Staatsanwaltschaft von mir?"

Er verzog kurz das Gesicht. „Wir sind verabredet."

„Wir?" Mit dem Staatsanwalt? Das wäre ihr neu.

„Wegen Malcolm Cartwright." sagte Richardson nicht weniger verwirrt. Gab es hier mehrere Samantha Paines? Er hatte sich doch hierher durchgefragt.

„Okay, langsam." bat sie amüsiert. „Kaffee?"

„Gern." lächelte er, war aber auch froh, wenn sie einen Gang zurückschalten könnten.

Samantha gab Cindy Bescheid und ließ den Mann erst mal setzen. „So. Seit wann macht die Staatsanwaltschaft Buchprüfungen?" war Samanthas vorerst wichtigste Frage. Vielleicht würden sie damit einen neuen, ordentlichen Start in das Gespräch finden.

„Buchprüfungen nicht, aber es geht um den Verdacht des Betruges. Unter anderem auch Versicherungsbetrug. Es gab Verdachtsmomente und ich bin hier, um die zu prüfen."

„Oh." Samantha stand der Mund offen. „Äh … Tut mir leid, ich hab die Firma aber auch erst letzte Woche übernommen. Was wollen sie denn wissen?"

Richardson öffnete seinen Aktenkoffer und holte einen Zettel heraus, den er Samantha reichte. Ein Kontoauszug, auf dem eine Zahlung angestrichen worden war. Cartwright hatte eine ziemlich hohe Summe bezahlt. „Können sie mir was zu der Buchung sagen?"

So auf Anhieb natürlich nicht. Um genau auf solche Fragen professionell antworten zu können, hatte sie mit ihren Mitarbeitern ja einen Tag lang Belege sortiert und in die Maschine eingepflegt. Sie rief sich den Kunden im System auf und sah einfach mal bei dem Datum nach. Es würde ja wohl möglich sein, hier eine Klärung zu finden.

„Das war eine Überweisung." murmelte sie in Gedanken versunken. Das sollte Jessica auch interessieren.

„Miss Paine?" fragte Richardson vorsichtig. Sie schien gar nicht anwesend.

„Tut mir leid. Sagen sie, können sie rauskriegen, wer hinter der Firma im Empfänger steckt?"

„Äh ... Cooper KG, richtig?"

„Richtig."

„Weiß ich schon. Es ist die Schwester von Mister Cartwright, deswegen ist die Zahlung ja so interessant. In ihrer Firma wurde die nämlich nicht gebucht. Sie taucht dort in der Steuererklärung nicht als Einnahme auf. Und das ist nicht die einzige."

„Das gibt's doch nicht." schimpfte Samantha. „Hören sie, hier steckt vermutlich mehr dahinter, als sie glauben." Sie tippte auf ihrem Telefon die Nummer von Jessicas Handy ein. Sie ging aber nicht ran.

„Rechtsanwältin Bennet, Sekretariat."

„Pierre, hier ist Samantha. Kannst du mich zu Jessi durchstellen?"

„Äh ... Warte." Er war verwirrt, tat es aber. Im Moment war sie auch in keinem Meeting, soweit er wusste.

„Bennet."

„Jessi, ich bin es." antwortete Samantha.

„Sam!" freute sich Jessica, durfte aber nicht weiterreden. Samantha mochte nicht riskieren, dass sie etwas Falsches sagte.

„Jessi, neben mir sitzt Mister Richardson von der Staatsanwaltschaft und du bist auf Lautsprecher."

„Oh. Was ist passiert?" Samantha hörte sofort, wie sich die Maske der Anwältin wieder vorschob, die sie gerade erst verloren hatte.

„Buchprüfung."

„Oh Gott." stöhnte sie. „Muss ich erst studieren, um das zu verstehen?"

„Nein." lachte Samantha. „Aber die beiden Fälle hängen zusammen und ich weiß nicht, wem ich jetzt was sagen darf. Ich fühle mich gerade etwas hilflos, also einige dich bitte mit Mister Richardson."

Jessica musste schallend lachen. „Tut mir leid. Mister Richardson, mein Name ist Bennet, ich bin Anwältin. Und von mir aus können wir frei reden."

„Dann tun wir das." lachte er. So was hatte er noch nie erlebt. „Ich bin wegen Mister Cartwright hier."

„Der Bruder von Misses Knox. Sie hat die Scheidung eingereicht und ich bin die Anwältin ihres Mannes." Um mal alle Zuständigkeiten zu klären. „Und Miss Paine darf jetzt die Puzzleteile zusammenfügen."

„Ich fühle mich geehrt." kicherte sie. „Also ... Die Firma von Mister Cartwright hat Geld an die Cooper KG überwiesen."

„Ich denke, die gibt es nicht mehr?" fragte Jessica.

„Doch, eine andere. Die Falsche." Samantha sah ihren Gast wieder an. „Misses Knox hat Geld aus der Firma ihres Mannes an die Cooper KG überwiesen..." Ihr Blick ging wieder zum Telefon. „die im übrigen Misses Knox gehört."

„Was?!" rief Jessica.

„Ja. Deswegen ruf ich an. Offenbar ist die

Zahlung dort aber nicht gebucht worden."

„Das gibt's doch nicht." wetterte Jessica und musste sich erst mal Notizen machen, um den Überblick nicht zu verlieren. „Ich fasse mal kurz zusammen. Misses Knox hat also die Firma Cooper KG gegründet, nachdem der Lieferant von Mister Knox mit gleichem Firmennamen geschlossen hatte. Über diese falsche Firma hat sich Misses Knox unberechtigt Geld aus der Firma ihres Mannes an ihre eigene Firma überwiesen."

„Wieso unberechtigt?" fragte Richardson.

„Sie hatte schon keine Vollmachten mehr für das Konto und hat die Unterschriften gefälscht. Keine Sorge, ich bin schon dran. Sam, kannst du mir eine Liste von Zahlungen an diese Cooper KG aufstellen? Alles nach der Schließung der eigentlichen Cooper KG."

„Krieg ich hin." versprach sie und schrieb sich das ebenfalls auf, sonst hätte sie es vergessen. Sie hatte da so eine Ahnung, dass das nicht die letzte Verwirrung für diesen Tag wäre.

„Danke. So, weiter:" Sie brauchte die Zusammenfassung für sich selbst und hoffte, der fremde Staatsanwalt wäre damit auch über alles im Bilde. „Mister Cartwright ist der Bruder von Misses Knox und taucht ausgerechnet dann bei Miss Paine auf, um sein Chaos zu lichten, wo sie eigentlich für Mister Knox aktiv sein sollte."

„Wieso Chaos lichten?" fragte Richardson schon wieder verwirrt.

Jessica war es nicht weniger. „Nicht? Sam, hab

ich da was falsch verstanden?"

„Nein." murmelte sie verstört. Was ging denn hier nur ab? „Ich habe nichts als einen Haufen Zettel bekommen. Wir haben zu sechst einen ganzen Tag gebraucht, um die Kartons zu sortieren und das hinzukriegen."

„Das ist Unsinn." meinte Richardson überzeugt. „Ich hatte den Termin schon mit dem anderen Buchhalter der Firma. Das war alles sortiert, die mussten mir nur absagen, weil die Belege alle hierher gegangen sind."

„Die haben was?!" schrie Samantha und wollte aufspringen. Die hatten extra so ein Chaos veranstaltet?!

„Das ist doch nicht zu fassen." brummelte Jessica. „Sam, bleib ruhig, ich brauche deine grauen Zellen."

Das fiel ihr schwer. „Ich gebe mein Bestes, solange du den Überblick behältst."

„Ich gebe mir Mühe. Die haben das offenbar wirklich absichtlich gemacht, um dich abzulenken. Dann haben sie auch noch deine Flugangst ausgenutzt. Und als das nicht geholfen hat, unterstellen sie dir auch noch eine Affäre mit Mister Knox, wo ganz rein zufällig Mister Cartwright ein Zeuge ist."

„Hä?" rutschte Richardson hervor. Das war nicht sehr standesgemäß, aber er hatte den Überblick verloren. „Das ist ja echt kompliziert."

„Sag ich doch. Mister Richardson, wie stehen meine Chancen, ihre Akten einzusehen?"

„Gut, wenn ich ihre sehen kann." grinste er und Samantha sah sich genau in der Situation, die sie hasste. Sie saß zwischen zwei Anwälten. Im Moment hatten aber alle das gleiche Ziel, also hoffte sie, dass sie das unbeschadet überstehen würde.

„Sehr gut, ich schicke ihnen, was ich hab." freute sich Jessica. „Und Sam, Pierre faxt dir nachher noch die richterliche Genehmigung, dass ich Einblick in die Buchhaltung der Werbeagentur kriege."

„Werbeagentur?" überlegte Richardson leise und blätterte in seinen Aufzeichnungen. Die tauchte hier nirgends auf.

„Die alte Firma von Misses Knox." erklärte Jessica.

„Ich ruf dich an, wenn ich es habe." schmunzelte Samantha. Sie war ja froh, dass sie nicht die einzige war, die um Durchblick kämpfte.

„Geht klar." sagte Jessica, musste nur leider schon wieder auf die Uhr sehen. „Und ich würde mich freuen, wenn Mister Richardson dir die Erlaubnis gibt, mir die Ergebnisse eures weiteren Gesprächs mitzuteilen."

„Hat sie." lachte er auch gleich. Er kannte diese Anwältin nicht, aber im Moment waren sie aufeinander angewiesen, um in allen Fällen auch alle Informationen zu haben.

Samantha konnte sich ihren Spott nicht verkneifen. „Dann wird es mir ein Vergnügen sein, dich nachher mit Zahlen zu bombardieren."

„Ich will Kekse." lachte Jessica. „Tut mir leid, ich muss zur Verhandlung."

„Viel Erfolg. Bis später." gluckste Samantha kopfschüttelnd. Das war ein Tag. Und was für ein Gespräch erst.

„Musste ich das verstehen?" fragte Richardson amüsiert. Die beiden schienen sich schon eine Weile zu kennen.

„Nein. Ich hab ihrem Bruder nur bei Mathe geholfen und es mit Keksen erklärt."

„Ah ja. Klingt spannend. Sie sollten Mathelehrerin werden."

„Nein, besser nicht. Ich liebe die Zahlen, die Teenies hassen sie."

„Ich wäre aber auch ganz froh, wenn sie in Keksen statt Fachjargon mit mir reden würden."

Samantha musste schon wieder lachen. Dass sie mal noch einen Anwalt treffen würde, mit dem sie sich amüsieren würde, hatte sie nicht geglaubt. „Wir versuchen es ohne Kekse, aber mit verständlicher Sprache, okay?"

„Auch gut, solange ich ihre Antworten verstehe."

Und das tat er. Samantha redete selten mit Außenstehenden in ihren typischen Abkürzungen und Begrifflichkeiten. Eben weil sie diesen Zug an den meisten Anwälten nicht leiden konnte, wenn die ihr irgendwelche Fachwörter vorwarfen, war sie immer darauf bedacht, sich so auszudrücken, dass es auch jeder verstand, der nicht im Thema stand. Ihre persönliche Vendetta gegen die Aasgeier sozusagen.

Der Termin dauerte lange. Mister Richardson wollte auch noch einige Originalbelege sehen, also führte ihr Weg in den Keller. Gigantische Regale mit Papier gefüllt bis unter die Decke, waren alles, was man in dem Gewölbe fand. Es war der Hammer. Richardson hatte ja auch schon viele Archive gesehen und das des Gerichts war auch nicht klein, aber da musste er sich auch nicht zurechtfinden. Samantha dagegen wusste Bescheid. Sie kletterte auf eines der kleinen Rollgerüste und holte den Karton mit dem richtigen Monat herunter, um den gewünschten Beleg herauszusuchen. Einige kopierte sie auch für Mister Richardson. Und nebenbei plauderten sie richtig gemütlich.

Dennoch wurde es früher Abend, ehe sie Jessica anrufen konnte.

„Geschafft?" kicherte sie ins Telefon.

„Endlich." schnaufte Samantha und warf eine Aspirin in ihr Wasserglas. „Wie war die Verhandlung?"

„Geht so. Ich hatte mir mehr erhofft, aber immerhin hab ich gewonnen."

„Ist doch gut. Herzlichen Glückwunsch."

„Vielen Dank. Und ihr? Noch mehr Falschheit, die wir bekämpfen können?"

„Jede Menge. Zahlungen, für die bei uns die Belege fehlen, Versicherungsbetrug und was weiß ich. Der Typ ist nicht ohne."

„Ich merk´s. Die Frau aber auch nicht. Sie war hier und hat dich gesucht."

„Mich?" staunte Samantha erschrocken. Was wollte die denn von ihr? Und wieso suchte sie sie in der Kanzlei von Jessica.

„Ja. Sie dachte, du seist noch hier. Als sie mitgekriegt hat, dass du wieder in New York bist, sah sie nicht begeistert aus und hatte es auf einmal ganz eilig. Also sei vorsichtig und nimm dir bitte ein Taxi nach Hause."

„Na toll." brummte Samantha. Wo war sie denn hier hineingeraten?

„Sam, bitte." bat Jessica weich. „Ich mach mir Sorgen um dich, also nimm dir bitte ein Taxi."

„Mach ich." lächelte sie schon wieder. Jessica war schon niedlich. Sie machte sich gerade wirklich Sorgen.

Sie unterhielten sich noch kurz, aber Jessica hatte noch einen Termin und musste los, daher gab Samantha ihr nur noch die Telefonnummer von Richardson. Sollten die beiden sich einigen, wer hier wem was zu sagen hatte. Sie wollte nicht dazwischen hängen. Das würde früher oder später nur Ärger bringen, wie sie aus Erfahrung wusste. Es hatte ja schließlich einen Grund, warum sie die Gegenwart von Anwälten mied.

Bevor sie in den Feierabend ging, rief sie sich ein Taxi und wartete im Inneren des Hauses, bis es vor der Tür hielt. Es war schon dunkel draußen und irgendwie hatte sie Angst. Das änderte sich auch nicht, als sie vom Taxi ins Wohnhaus ging. Ihren Schlüssel hatte sie schon während der Fahrt aus ihrer Tasche geholt, aber wirklich aufatmen konnte sie erst, als sie in ihrer Wohnung war und Lucy im Arm hielt.

„Anna?" fragte sie dann.

„Hey." Sie kam aus der Küche mit einer Schale Schokoladenkekse. Diesmal griff Samantha zu.

„Danke. Tu mir bitte den Gefallen und bring Lucy morgen in die Schule."

„Was?!" rief Lucy erschrocken. „Was ist passiert?"

„Der Fall von Jessi und mir wird echt übel. Ich bin mit dem Taxi gekommen und möchte nicht, dass du mit dem Bus fährst."

„So schlimm?" fragte Lucy ängstlich und drückte sich gleich wieder an Sam.

„Vermutlich. Die wollen mich von der Verhandlung fernhalten, also tu mir den Gefallen, ja? Geh nicht weg, okay, Mäuschen? Ich möchte nicht, dass dir was passiert."

Eigentlich war Lucy am Wochenende ja verabredet, aber das würde sie ohne zu murren absagen. Ihre Tante Sam hatte sie noch nie um so was gebeten. Sie hatte sich noch nie so um sie gesorgt. Das zeugte von Liebe und die floss in beide Richtungen. „Versprochen. Aber du auch nicht." forderte sie.

„Ich bleibe dabei und fahre Taxi, bis das geklärt ist."

„Und am Wochenende?"

„Werden wir uns zwei schöne Abende auf der Couch machen."

Damit war Lucy auch zufrieden. Anna stimmte natürlich auch gleich zu und würde Lucy für die paar

Tage mit dem Auto in die Schule bringen. Nur um sicher zu gehen. Es waren ja auch fast Ferien, dann wäre zumindest der Schulweg kein Problem mehr.

Vorerst zog aber wieder Normalität ein. Ein bisschen. Samantha bekam von Jessica telefonisch schon am Mittwoch die Einladung zur Verhandlung zwei Wochen später. Einen Tag darauf kam die Vorladung per Post ganz offiziell. Sie würde also wieder nach Oklahoma fahren. Für einen Tag. Vielleicht auch zwei Tage, wenn es nicht gleich eine Entscheidung gäbe, aber dann … Dann wäre es der endgültige Abschied. Daran dachte aber noch keine der beiden. Eigentlich schob es sich immer mal wieder in ihre Gedanken, aber sie erstickten es in Arbeit. Samantha hatte sich den Bären vom Straßenfest allerdings mit ins Bett genommen...

***

Am Donnerstag der folgenden Woche wurde Samantha unsanft geweckt. Das laute Klingeln an der Tür riss sie aus dem Schlaf und sie sah auf die Uhr. Es war Vier! Wer holte sie denn bitte um die Zeit aus dem Bett?! Und dann auch noch mit dem Finger auf dem Klingelknopf!

Sie stand auf, schwang sich einen Morgenmantel über und ging aus ihrem Schlafzimmer. Lucy war auch aufgewacht und kam raus. Anna war schon im Urlaub bei ihrer Familie, so waren die beiden allein. Es waren ja auch Ferien.

„Geh in dein Zimmer." bat Samantha, weil sie

fast fürchtete, vor Misses Knox zu stehen, wenn sie die Tür öffnen würde.

Lucy ging auch, aber sie ließ die Tür einen Spalt offen, um mithören zu können. Ihre Hand umklammerte ihr Handy. Sie hatte den Notruf schon eingegeben und müsste nur noch wählen. Nur ein Tastendruck und Hilfe würde kommen.

Samantha öffnete unsicher die Tür und rechnete mit allem, nur damit nicht.

„Ralf." knurrte sie. Ihr Bruder stand leibhaftig vor ihr. Zwei Köpfe größer als sie, doppelt so breit und Furcht einflößend. Er hatte ein sehr kantiges, aber volles Gesicht.

„Hey Schwesterchen." lächelte er und wollte näher kommen, doch ihre Hand an seiner Brust hielt ihn auf. Nie wieder würde sie diesen Kerl freiwillig in ihre Wohnung lassen!

„Was willst du hier? Mir mal wieder die Wohnung ausräumen?"

„Es tut mir doch leid, ich brauchte das Geld."

„Verschwinde einfach und lass mich in Ruhe."

Sie wollte die Tür schließen, doch er hielt sie auf. „Nein. Ich will zu Lucy."

„Hast du mal auf die Uhr gesehen?" Samantha konnte nur mit dem Kopf schütteln. „Es ist mitten in der Nacht und da willst du sie aus dem Bett schmeißen?"

Auf die Verantwortungslosigkeit ging er gar nicht erst ein. „Ich muss mit ihr reden."

„Sie will aber nicht mit dir reden."

Das hatte sie mehr als deutlich gesagt gehabt, nachdem sie in die leere Wohnung gekommen waren. Alles hatte er mitgenommen, nur seine Tochter nicht. Seitdem war Ralf für Lucy gestorben. Sie stand noch in ihrem Zimmer und zitterte, denn sie wusste dennoch, wie er aussah und was er schon alles getan hatte. Sie hatte Angst um Sam.

„Sie ist meine Tochter." stellte Ralf fest.

„Nein!" schrie Lucy und kam nun doch noch raus. Nur ihr Daumen blieb auf der einen Taste, die sie drücken musste, um den Notruf zu erreichen. „Du bist nicht mein Vater!"

„Doch, das bin ich." lächelte er. „Du bist groß geworden. Wie geht's dir?"

„Das geht dich einen Scheiß an!" schrie sie wütend. „Du bist vielleicht mein Erzeuger, aber mein Vater warst du nie, also verschwinde!"

„Nein. Du kommst mit."

Lucy erstarrte zur Salzsäule. Mit offenem Mund und großen Augen starrte sie den ihr fremden Mann an und fing unwillkürlich an zu weinen. Sie würde wohl nicht mal mehr den Notknopf drücken können.

„Vergiss es!" rief Sam. „Du wirst sie nicht mitnehmen! Ich habe sie adoptiert und fertig! Du hast kein Recht sie mitzunehmen!"

„Willst du mich aufhalten?"

„Ja! Es gibt nur einen einzigen Grund auf dieser Welt, für den ich Lucy mit dir gehen lassen würde. Und zwar, wenn sie es will."

„Nein!" rief sie aufgeschreckt aus ihrer Starre.

„Sam, ich will nicht weg von dir."

„Dann wirst du bleiben." lächelte Samantha sie herzlich an. Sie wollte ihr ja ihren Vater nicht ganz vorenthalten, aber erzwingen würde sie das auch nicht lassen. Bei allem Chaos, das dieser Kerl um die Uhrzeit stiftete, hatte Samantha selbst zu kämpfen, nicht die Fassung zu verlieren. Instinktiv schaffte sie es aber, ihrer Adoptivtochter gegenüber einen beruhigenden Ton anzuschlagen, einen Arm um sie zu legen und ihr das Gefühl zu vermitteln, in Sicherheit zu sein. Seit vierzehn Jahren zog sie Lucy nun auf und hatte in der Zeit durchaus die Instinkte und Wünsche einer Mutter entwickelt, auch wenn sie nicht wirklich Lucys Mutter war und sie als Tante erzog. Die Gefühle waren dennoch die gleichen. Sie hätte bis aufs Blut für Lucy gekämpft.

„Du kommst mit!" donnerte Ralf. „Ich habe geheiratet und ein Haus gekauft und..."

„Von dem Geld aus meinen Möbeln?" fragte Samantha spitz.

Ralf ignorierte sie. Er sah weiterhin Lucy an. „Ich biete dir ein zu Hause. Du bist meine Tochter und gehörst zu mir."

Entschlossen stand Lucy neben Samantha und straffte sich. „Ich bin bereits zu Hause. Ich gehöre zu Sam. Sie ist meine Familie. Die einzige, die ich noch habe."

Ebenso entschlossen und kaltherzig knallte sie die Tür zu, hängte die Kette wieder ein und flüchtete weinend in Samanthas Arme.

„Ich hab dich lieb, Kleines." flüsterte Samantha

gerührt. Sie hatte Lucy aufgenommen, als sie noch ein Baby gewesen war. Ein kleines schutzloses Würmchen. Sie hatte sie aufwachsen sehen. Es würde ihr verdammt schwerfallen, sie gehenzulassen, aber wenn sie es gewollt hätte, hätte sie sie nicht aufgehalten. Umso mehr schmeichelten ihr ihre letzten Worte. Lucy sah Samantha als ihre Familie.

„Ich hab dich auch lieb, Sam." schluchzte Lucy. „Kann er das? Darf er mich mitnehmen?"

„Nein. Ich habe dich mit allen Rechten und Pflichten adoptiert. Er hat damals unterschrieben und Ende. Du bleibst bei mir, bis du gehen möchtest."

„Niemals." seufzte sie und war glücklich in den Armen ihrer Tante. Samantha fürchtete fast, dass sie das auch noch ernst meinte. Die beiden hatten ein richtig gutes Verhältnis. Vermutlich würde Lucy irgendwann ihren Mann einfach mitbringen und weiterhin bei Samantha bleiben.

Ralf schlug so wütend gegen die Tür, dass sie zu splittern drohte. „Das wirst du mir büßen!" schrie er langgezogen. Spätestens jetzt waren wohl auch sämtliche Nachbarn wach.

Die beiden Frauen erstarrten und atmeten kaum noch. Sie hörten sein Fluchen leiser werden, also ging er wohl. Hoffentlich. Dann hätten sie wenigstens die Chance, sich zu wappnen. Oder zu fliehen. Das war wohl sinnvoller, wusste Samantha.

„Sam..." wimmerte Lucy ängstlich.

„Sch … Pack deine Sachen. Wir verschwinden

für ein paar Tage."

„Und wohin?"

„Keine Ahnung. Irgendwas fällt uns schon ein. Geh packen. Beeil dich."

Die Schule war für dieses Jahr vorbei und es stand einem Urlaub nichts im Weg. Nur Samanthas Arbeit, aber die war ihr nicht wichtig genug im Vergleich zu Lucy. Sie schrieb Cindy nur eine SMS, dass sie nicht kommen würde. Cindy wusste um die Probleme mit Ralf, seit er Samantha beklaut hatte. Ebenso kannte Mister Bright genügend Einzelheiten. Und wenn er Samantha das vorhalten würde, sollte er sie rausschmeißen. Sie würde alles aufgeben, nur Lucy nicht.

Innerhalb von einer halben Stunde hatten sie ihre Taschen gepackt, sich angezogen und die Wohnung für den Urlaub gesichert. Sie mussten nur unbeschadet verschwinden können. Hoffentlich würde Ralf ihnen nicht irgendwo auflauern. Dass er keine Grenzen bei Gewalt kannte, bewiesen die Verurteilungen wegen diverser Körperverletzungen.

Samantha schob Lucy ein Stück weg und schielte erst mal den langen Korridor entlang, als sie die Tür geöffnet hatte. Bis zum Fahrstuhl war alles frei und es war auch nichts zu hören.

„Los. Schnell." flüsterte sie hektisch und drängte Lucy nach draußen. Sie schloss nur schnell ab, sah sich aber auch immerfort um, wie Lucy selbst. Sie hatten alles mitgenommen, was wichtig war. Papiere, Barrücklagen und so weiter. Sollte Ralf den Rest mitnehmen, das Wichtigste lief freiwillig mit

Samantha mit.

Sie kamen tatsächlich in der Tiefgarage an und aus dem Haus heraus. Es war Donnerstag Morgen und noch recht leer, so kamen sie auch bald aus der Stadt heraus. Bis dahin hatten sie geschwiegen und sich immerfort umgesehen. Das Auto war verriegelt, aber jede rote Ampel strapazierte ihre Nerven.

„Und jetzt?" fragte Lucy, als sie New York verließen.

„Keine Ahnung. Wo willst du hin?"

Lucy grinste bis zu den Ohren. „Was hältst du von Oklahoma?"

Samantha lachte auf. „Und dann? Willst du Jessi überfallen?"

„Au ja! Ach bitte, Sam. Ich würde sie gern besuchen. Und du musst doch eh nächste Woche hin, also lass uns Urlaub bei ihr machen."

„Na schön." schmunzelte Samantha. Sie hatte ja wirklich nichts dagegen. Ganz im Gegenteil. Sie freute sich auf Jessica, aber sie wäre nicht einfach zu ihr gefahren. Andererseits wusste sie, dass Lucy sie auch mögen gelernt hatte. Also tat sie ihrer Nichte den Gefallen und sie flüchteten zu einer Anwältin. Dass sie das mal noch erleben würde...

Sie fuhren gemütlich. Ihr eigenes Auto gab auch bei weitem nicht so viel her wie der Sportwagen. Sie hatte Lucy von den Leuten auf dem Rasthof erzählt und Lucy wollte natürlich genau dort hin. Das war typisch. Sie wollte auch genau an dem gleichen Tisch sitzen. Und wie es typisch für Lucy war, baute sie sich auf und äffte Jessica nach, wie sie die

Fremde angegangen war. Sie konnte sich das richtig vorstellen. Samantha lachte sich kaputt über die Kleine.

Gummibärchen für die Weiterreise gab es auch wieder. Sie unterhielten sich über Gott und die Welt, wie sie es schon oft getan hatten. Auch in ihren Urlauben. Und bis zum Freitag Abend erreichten sie Oklahoma City. Mit dem Navigationsgerät fand auch Samantha den Weg in die Vorstadt zu Jessica. Lucy wollte sie noch am gleichen Abend sehen, bevor sie sich ein Hotel suchen würden.

Breit grinsend stand Lucy vor der Tür und klingelte. Sie hielt den Finger einfach drauf.

„Ich bin doch unterwegs!" hörte sie Jessi schimpfen und kicherte zufrieden.

Wütend riss Jessica die Tür auf, hatte schon Luft geholt und wollte loswettern, doch ihr blieb jedes Wort im Halse stecken.

„Sam. Lucy." freute sie sich lächelnd und wurde quiekend überfallen. Lucy sprang sie an und drückte sie an sich. Jessicas Blick ging über die Kleine hinweg zu Samantha. Ein blendendes Strahlen auf beiden Seiten sagte jedem, was die beiden Frauen sich gerade wünschten.

„Nun küsst euch schon." forderte Lucy und schob sie zusammen.

„Du hast mir gefehlt." flüsterte Samantha.

„Du mir auch." hauchte Jessica zittrig und bekam den Kuss, den sie ersehnt hatte. Jetzt fühlte sie sich wieder gut. Die vergangene Zeit hatte sie sich leer und wie ein Roboter gefühlt. Sie hatte funktioniert, hatte mit ihrem Bruder auch Spaß haben können, aber irgendwie … Nein, sie war nicht sie selbst gewesen. Bis zu genau diesem Augenblick!

Thomas räusperte sich auffällig. „Es ist ja schön, dich zu sehen, und auch schön, zu sehen, dass ihr euch freut, aber was ist hier los? Wieso weiß ich von nichts?"

„Ich auch nicht." lachte Jessica und zog Samantha erst mal mit ins Haus, um die Tür zu schließen. „Thomas, das ist Lucy. Lucy - Thomas, mein Bruder."

„Freut mich." grinste sie und reichte ihm die Hand.

„Gleichfalls." sagte er skeptisch. „Hast du Drogen genommen?"

„Nein, die ist immer so." lachte Samantha.

„Was macht ihr hier?" wollte Jessica wissen.

Sofort wurde Samantha ernst. „Wir sind auf der Flucht. Ralf stand vor meiner Tür und wollte sie mitnehmen."

„Dein Bruder?" fragte Jessica erschrocken. Sie dachte, der wäre abgetaucht gewesen. Der Detektiv ihrer Kanzlei hatte bisher auch noch keine neuen Erkenntnisse gefunden. Und die Polizeiakten hatte Jessica angefordert, aber noch nicht mal vorliegen. Dass es ein langwieriges Unterfangen werden würde, hatte sie Samantha schon vorhergesagt.

„Ja." Samantha atmete schwer auf. „Und er meinte, ich würde es büßen, also sind wir abgehauen."

„Kann er das wirklich nicht?" fragte Lucy unglücklich. „Du bist doch Anwältin, kannst du ihm das verbieten? Ich will nicht zu ihm."

Jessica musste erst mal durchschnaufen. Sie sah in diese kleinen Rehaugen, die von ihr jetzt eine Bestätigung forderten, aber dazu kannte sie zu wenig Hintergründe, deshalb musste sie mit Samantha reden. „Du hast sie richtig adoptiert?"

„Hab ich. Er hat sofort unterschrieben und es war durch. Ohne irgendwelche Probleme."

„Er wollte mich doch nicht!" rief Lucy. „Und vierzehn Jahre später fällt dem ein, dass er noch eine Tochter hat? Das geht doch nicht!"

„Du willst nicht." erkannte Jessica lächelnd. Es war schwer zu übersehen, da hätte sie im Hinterkopf nicht mal das Bild der glücklichen Lucy an der Seite ihrer Tante haben müssen. Jetzt, in genau dem Moment, sah man es dem Mädchen überdeutlich an.

„Nein. Wieso auch? Der ist ein Fremder für mich. Sam ist meine Familie und Ende. Ich brauch den nicht."

„Dann macht euch mal keine Sorgen. Die Adoption ist durch. Und selbst wenn es dabei irgendwelche Fehler gab, bist du alt genug, um deine Wünsche zu berücksichtigen. Außerdem bist du von kleinauf bei Sam aufgewachsen und Ralf ist nicht unbedingt das, was man den passenden Umgang nennen würde. Ihr kennt eine ganz passable Anwältin, wenn ihr Probleme kriegt. Ich sorge schon dafür, dass du bei deiner Sam bleibst."

„Oh Danke!" rief Lucy und überfiel Jessica gleich

wieder.

„Danke." lächelte Samantha, der auch erst jetzt der letzte Stein vom Herzen gefallen war. Sie wusste auch, dass erst Jessicas Worte die Last von Lucy genommen hatten. Endgültig.

„Bleibt ihr?" fragte Jessica.

„Bis zur Verhandlung." grinste Lucy schon wieder mit hüpfenden Augenbrauen.

„Dann kann Thomas ja die Koffer holen. Er ist der einzige Mann hier."

„Na super." stöhnte er lachend. „Ich sollte das Weite suchen."

„Oder die Koffer." kicherte Lucy.

„Pack doch einfach nicht so viel ein, dann ist der nicht so schwer."

„Dann wäre ich aber nicht auf alles vorbereitet. Was macht man hier zum Samstag Abend?"

„Heute ist Freitag." stellte er verwirrt fest.

„Aber morgen ist Samstag. Und ich würde morgen gern ausgehen."

„Hab ich da auch noch ein Wörtchen mitzureden?" fragte Samantha.

„Nö." Lucy lachte auf. „Klar, aber was spricht dagegen?"

„Vielleicht, dass wir hier in einer fremden Stadt sind?"

Auch Jessica feixte. „Thomas kann sie doch mitnehmen, nicht wahr?"

„Mit dem größten Vergnügen. Aber morgen ist

doch Abschlussparty."

„Stimmt. Morgen ist Zeugnisausgabe und ein großes Fest in der Schule. Kommt ihr mit?"

„Klar." freute sich Lucy sofort. „Mal sehen, wie die Leute hier so drauf sind."

„Spießer." maulte Thomas. „Erwarte nicht zu viel."

„Dann solltet ihr uns mal besuchen kommen und ich zeige dir, wie man richtig Spaß hat."

Samantha konnte nur den Kopf schütteln. „Wann bist du so groß geworden?"

„Als du auf Arbeit warst."

Thomas konnte nicht an sich halten und hielt sich den Bauch vor lachen. Irgendwoher kam ihm das sehr bekannt vor. „Sie auch?"

„Oh ja."

„Ich glaube, die verschwören sich gegen uns." stellte Jessica erschüttert fest.

„Haben sie gerade begonnen." meinte Samantha und öffnete die Tür wieder, um die Taschen zu holen. Natürlich bekam sie Unterstützung. Lucy zog kurzerhand ins Gästezimmer und Samantha natürlich zu Jessica.

„Was machen wir heute noch?" fragte Lucy, als sie wieder nach unten gingen.

„Erst mal ankommen." schnaufte Samantha. „Habt ihr ein Glas Wasser für mich?"

„Sicher." lächelte Jessica und ging in die Küche. Auf wundersame Weise war das Haus zwar voll, aber genau richtig. Es fühlte sich gut an. Irgendwie richtig.

„Habt ihr Hunger?" fragte Jessica.

„Ein bisschen." antwortete Lucy und nahm Samantha das Glas ab, bevor sie hatte ansetzen können. Kichernd gab ihr Jessica ein neues.

„Danke. Aber ich bitte dich, nicht für uns zu kochen."

„Keine Sorge. Aber wir könnten essen gehen oder was bestellen."

„Au ja! Pizza!" rief Thomas.

„Vegetarisch!" rief Lucy gleich hinterher.

Thomas legte den Kopf schräg, musterte diesen aufgedrehten Gast und rümpfte die Nase. „Bäh!"

„Was denn?"

„Salami, extra Käse und kein Gemüse." verlangte er von seiner Schwester.

„Dann kann das ja nichts werden." stellte Lucy fest und zwickte Thomas in den Oberarm.

Die beiden Ältesten lachten mehr als ausgelassen, aber hauptsächlich über das entsetzte Gesicht von Thomas. Mit so einem Energiebündel war er offenbar noch nicht oft konfrontiert worden.

„Wie bitte?"

„Was denn? Wo soll dein Körper Muskeln aufbauen, wenn du ihm einen Teil der Ernährung verweigerst?"

Die war ganz schön frech, stellte er fest. Er war ja nicht dick und auch nicht unmuskulös, aber an den

Armen fehlte das Krafttraining.

„Und was sollte ich dann essen?"

„Gemüse mit drauf. Paprika zum Beispiel."

„Mh … Nein, danke." lehnte er dennoch ab und Jessica bestellte.

Sie machten es sich im Garten gemütlich. Für Samantha und Jessica gab es noch eine Flasche Wein dazu, es wurden ein paar Kerzen angezündet und schon konnte der Abend beginnen. Nach dem Essen verzogen sich die beiden Jungen aber ins Haus an die Konsole von Thomas. Lucy war nicht schlecht und schon nach ein paar Minuten waren sie voll im Spiel. Mit viel Spaß und Lachtränen. Er konnte sich dem Springbrunnen an Lebensfreude in seinem Zimmer einfach nicht entziehen.

„Was für ein Tag." schnaufte Jessica und legte die Beine hoch.

Samantha folgte dem nur zu gern. „Ist es wirklich okay, wenn wir ein paar Tage bleiben?"

„Klar. Ich freu mich doch über euch."

„Das beruhigt mich, denn ich glaube, Lucy krieg ich in kein Hotel mehr."

„Muss doch auch nicht sein. Meine Tür steht euch offen."

„Danke, Jessi."

„Kein Problem. Immer noch nicht. Wie geht's dir? Du siehst fertig aus."

„War auch anstrengend. Vor allem Richardson hält mich auf Trab. Der will immer noch mehr."

„So ein Aasgeier." versuchte Jessica entrüstet zu sagen, musste aber gleichzeitig lachen, was Samantha nur zu gern erwiderte.

„Ziemlich. Aber er nimmt den Typen auseinander."

„Und ich den Rest. Ich hab mit Mister Knox gesprochen. Neben der Anklage wegen Betrugs und Urkundenfälschung wird er seine Frau noch in einen Zivilprozess ziehen, um Schadenersatz zu fordern."

„Das hast du ihm eingeredet." wusste Samantha mit hundertprozentiger Sicherheit.

Jessica hob eine Braue. „Eingeredet?"

„Er ist viel zu gut, um sich das auszudenken."

„Autsch!" lachte Jessica. Aber Recht hatte Samantha. Sie hatte ihn ganz genau einweihen müssen, wieso er das Recht hatte und was es bringen würde. Für beide Seiten.

„Ist so." stellte Samantha fest und schlürfte an ihrem Wein. Sie schämte sich nicht für ihre Meinung. Sie kannte Karl gut und der hätte das nie von sich aus angestoßen. Sie wusste aber auch, dass Jessica Recht hatte. Dieses Miststück gehörte bestraft und ausgenommen. Basta. Das sagte sie Jessica auch, damit sie nicht das Gefühl hatte, das wäre ein Vorwurf gewesen.

Sie saßen noch eine Weile im Garten, bis der Wein alle war. Dann gönnte sich Samantha eine schnelle Dusche und wurde im Bett schon mit offenen Armen erwartet.

„Oh Sam." seufzte Jessica glücklich, als sie ihre

Arme um sie schloss.

Samantha hob den Kopf noch mal von ihrer Schulter und küsste sie. Sie schob sich langsam auf diesen nackten, einladenden Körper und Jessica stöhnte schon jetzt auf. Langsam glitten Samanthas Lippen über ihren Körper, wie sie es schon oft getan hatten, und doch glaubte Jessica, niemals genug davon zu haben. Weder von den Lippen, noch von den zarten Fingern, noch von dieser Frau. Wie könnte sie jemals genug davon bekommen, wenn es genügte, mit einem einzigen Finger ihr ganzes Bein entlang zu streichen? Vom Fuß bis zur Hüfte hinauf. Nur diese winzige Berührung reichte für angenehme Schauer. Wie schön es war, noch mehr zu kriegen.

Jessica war es noch bei keiner Frau zuvor passiert, dass es sie auf diese Weise erregt hatte, wenn sie selbst eine andere Frau nur unter ihren Fingern spürte. Samantha zu streicheln, an völlig harmlosen Stellen … Eine sinnliche Erfahrung für Jessica. Und jedes Mal wurde es noch intensiver. Keine der beiden konnte es sich erklären oder vorstellen, aber jede intime Minute zwischen ihnen vertiefte die Gefühle weiter und weiter.

Nur wie es mit ihnen weitergehen sollte, wussten sie nicht. Eigentlich wussten sie es sehr wohl, mochten nur nicht daran denken und erst recht nicht darüber reden. Nach der Verhandlung würde es einen Abschied geben, es war unausweichlich.

***

Der Samstag begann für Lucy und Samantha wie immer. Lautlos schlichen sie sich aus dem Haus, um eine Runde laufen zu gehen. Nicht weit, denn Samantha kannte sich auch nicht aus. Etwa eine Stunde waren sie in der kleinen Stadt unterwegs. Zum Samstagmorgen waren die Straßen wie leergefegt. Ob das hier immer so war oder am Wochentag und der Uhrzeit lag, wussten sie nicht sicher. In New York war es nie so leer, dass man meinen könnte, durch eine Geisterstadt zu laufen. Na gut, was hätten die Menschen auch tun sollen, dachte Lucy. Einen Supermarkt sahen sie und eine Tankstelle, einen kleinen Bäcker und eine Fleischerei. Ansonsten liefen sie nur an Häusern vorbei, die dem von Jessica und Thomas sehr ähnelten. Zum Glück gab es offenbar keine zu engen Bauvorschriften in dem Wohngebiet, sonst wären die beiden Fremden eventuell noch ins falsche Haus gegangen. Im Großen und Ganzen sah es in jeder Straße gleich aus. Nur an Kleinigkeiten, wie die Gardinen oder Dekorationen an den Türen und in den Vorgärten, waren deutliche Unterschiede zu sehen.

Als sie zurückkamen, tapste Jessica gerade die Treppe runter. Mit nur halboffenen Augen.

„Ihr seid verrückt." schmunzelte sie.

„Nein, aber wach im Gegensatz zu dir." trompetete Lucy viel zu gut gelaunt für diese Uhrzeit. Zumindest in Jessicas Vorstellung einer heilen Welt.

„Schmeißt du Thomas aus dem Bett?"

„Soll ich?" grinste sie.

„Du weißt, wo."

Das ließ sich Lucy nicht nehmen. Sie klopfte, wurde aber nur angeknurrt. Die Tür öffnete sie trotzdem. Sie ließ sich doch von dem Knurren eines Halbstarken nicht die gute Laune des Samstags verderben! Deshalb ging sie ja auch jede Woche mit Sam raus. Die körperliche Anstrengung, dazu die frische Luft … Da verflog die Müdigkeit schnell, sie war hellwach, putzmunter und mit bombastischer Laune und aufgefüllter Energie bereit für einen neuen Tag!

„Guten Morgen!" rief sie fröhlich ins Zimmer hinein.

„Nicht so laut." brummte Thomas und schob sich das Kissen über den Kopf. Nein, das konnte er zum Samstagmorgen absolut nicht gebrauchen. Er war schläfrig und wollte sich noch eine Weile durch seine Kissen wälzen! Es war Samstag und es gab nicht einen Grund, jetzt schon aus dem Bett zu springen! Na gut, einen Grund gab es: Lucy!

„Komm schon, der Samstag steht vor uns, also nutze ihn." Sie zog die Gardinen auf, um auch noch Licht reinzulassen, und öffnete das Fenster weit, damit die frische Luft die Müdigkeit vertreiben konnte.

„Wo nimmst du nur die Energie her?" Er war sich noch nicht so sicher, ob er neidisch oder genervt sein sollte.

Lucy klatschte ihm lachend auf den Hintern. „Ich war schon laufen mit Sam, also raus jetzt. Was bist du denn für ein Waschlappen?"

Thomas zog den Kopf unter dem Kissen hervor und sah verschlafen in dieses strahlende Gesicht. Kein Anzeichen von Müdigkeit. „Waschlappen? Dir zeig ich gleich, was ein Waschlappen ist."

„Dafür müsstest du erst mal die Augen aufkriegen. Du brauchst den grad dringender als ich."

„Bist du immer so?"

„Samstags ja. Wir gehen immer laufen, damit wir den Tag nutzen können."

Das war gar nicht mal blöd, dachte er. „Na schön, ich bin schon fast beim Frühstück."

„Bis gleich." zwinkerte Lucy und hüpfte quietschvergnügt, mit einer fröhlichen Melodie auf den Lippen ins Badezimmer, um erst mal duschen zu gehen. Samantha tat das auch schon, während Jessica Frühstück machte.

Thomas und Lucy kamen gemeinsam in die Küche und fanden ihre beiden Ziehmütter an den Küchenschrank gelehnt. Küssend. Die beiden Teenies sahen sich an, verdrehten die Augen und lachten.

„Wir sollten das Schlafzimmer abschließen." schlug Thomas vor. Sonst würden die zwei Alten den Samstag wohl nicht mit ihnen verbringen.

„Brauchen die nicht." sagte Lucy gelassen und setzte sich zum Frühstück. „Wann geht's los?"

„Sobald wir gegessen haben." sagte Jessica und setzte sich mit Samantha zu ihnen. Den Kuss hatten sie langsam ausklingen lassen, wie sich das gehörte. Trotz Spott im Hintergrund. Inzwischen hatte sie sich von Samantha auch angenommen, ihre Stimme ruhig zu halten und sich nicht dem Feuereifer der kleinen Lucy hinzugeben, sonst würde sie bald an einem Herzinfarkt sterben.

Sie fuhren gemeinsam mit Jessicas Wagen zur hiesigen Schule. Für Thomas war das immer noch komisch. Eigentlich liebte er seine Jessi ja wirklich, nur dass sie Frauen liebte, mochte er nicht. Obwohl ihm dieser Umstand an sich auch egal gewesen wäre, nur dass es alle wussten, störte ihn. Und jetzt präsentierten sie sich auch noch. Die Ferien würden die Hölle werden. Das kommende Schuljahr erst … Er brachte es aber auch nicht über sich, sie zu bitten, daheim zu bleiben. Und vielleicht würde es ihm mit Lucy ja gelingen, die einfach alle zu ignorieren.

Sie kamen zur Schule dieser Kleinstadt. Sie war schon bunt geschmückt mit Wimpeln und Fähnchen. Überall liefen Leute durch die Gegend.

„Wo ist der Rest?" fragte Lucy verwirrt und sah sich um. Sie standen vor einem Haus, aber das konnte unmöglich alles sein.

„Was für ein Rest?" fragte Thomas verwirrt.

Lachend legte Samantha einen Arm um Lucy. „Ich glaube nicht, dass es hier so viele Schüler gibt, die deine Schule füllen würden."

„Du meinst, dass ist die ganze Schule?!" rief sie entsetzt und zeigte mit dem Finger auf das Haus, das auf einmal noch mickriger wirkte. Im Hinterkopf setzte sie das riesige Gebäude ihrer Schule neben diesen kleinen Barackenbau. Es hätte die Besenkammer von Lucys Schule sein können.

„Ja." gluckste Jessica. „Das ist alles. Ist nicht mit New York zu vergleichen, oder?"

„Nein. Ist das nicht viel zu eng?"

„Wie viele Schüler gibt es denn bei dir?" fragte Thomas.

„Ich kenne sie nicht alle. Du vermutlich schon."

„Jeden einzelnen." stöhnte er. Und genau das war das Problem. Jeder einzelne kannte auch ihn, kannte Jessi und wusste, was sie war.

Das würde ein witziger Tag werden, dachte Samantha. Sie wusste jetzt schon, dass Lucy hier die Leute aufmischen würde. Aber erst einmal gingen sie hinein.

In jedem Klassenraum saß der Klassenlehrer und verteilte die Zeugnisse an die Schüler. Er nutzte die Gunst der Stunde, mit den Angehörigen zu sprechen. Über Probleme, eventuelle Sommerkurse und weitere Hobbys. In den Hauptzimmern der Fachbereiche waren Informationsstände und Schülerarbeiten ausgestellt worden. Es kamen nicht nur die bisherigen Schüler, sondern auch die, die im kommenden Jahr anfangen würden, um die Schüler, Lehrer und die Schule kennenzulernen.

„Irgendwelche Überraschungen?" fragte Jessica ernst, als sie vor Thomas´ Klassenraum ankamen.

„Nicht dass ich wüsste." schmunzelte er nervös. Er war sich durchaus bewusst, dass er kein Musterschüler war. Das wusste Jessica allerdings selbst schon, also war es keine Überraschung mehr.

„Miss Bennet." lächelte ihnen ein Mann entgegen.

„Hallo Mister Walden. Das sind Miss Paine und ihre Nichte Lucy."

„Hallo. Kommst du auch zu uns?" fragte er Lucy.

„Bloß nicht." stöhnte sie. „Ich bleibe in New York. Das ist mir viel zu klein hier."

„Klein?" kicherte er.

„Im Vergleich schon, ja."

„Glaub ich. Ich hab in Washington DC studiert. Ist ein bisschen anders als die Kleinstadt."

„Oh ja." Das konnte wohl keiner abstreiten. Sie schämte sich auch nicht für diese Meinung und hätte nicht gewusst, wieso sie sie hätte zurückhalten sollen. Aus Höflichkeit sollte man manches Mal etwas für sich behalten, aber hier? Es war nun mal eine Tatsache, dass diese Schule deutlich kleiner war, sie standen eben nicht in der Großstadt.

Mister Walden ging zu seinem Schreibtisch, um aus einer Mappe das richtige Zeugnis zu suchen. „Thomas, hier haben wir ihn. Na ja, nicht anders zu erwarten, nicht wahr?"

„Ist das gut oder schlecht?" fragte Jessica und hielt die Hand auf. Sie wollte es hinter sich haben.

„Mathe ist ein großes Problem."

„Kekse kann ich empfehlen." sagte Lucy zu Thomas. „Die helfen immer."

„Ich weiß, ich hab es kapiert."

„Dann kam das mit den Keksen von dir?" staunte Mister Walden. Von einem Teenager gleichen Alters hätte er das nicht erwartet. Was die wohl in New York anders machten?

Gar nichts! Lucy hob schnell die Hand und zeigte auf Samantha. „Sie war's. Ich brauch sie auch immer wieder."

„Ich habe Mathematik studiert." erklärte sie mal wieder. „Und ich hab für sie immer Eselsbrücken gebaut, die ich Thomas weitergegeben hab."

„Ah ja. Das hat sich herumgesprochen. Seine Mathelehrerin hat mir davon erzählt." Sein Blick ging zu Thomas. „Du solltest im nächsten Jahr so weitermachen, wie du in diesem aufgehört hast."

„Ich hab ihre Nummer." lachte er.

„Dann hoffe ich darauf, dass ich deiner Schwester im nächsten Jahr nicht das gleiche sagen muss. Deine Noten müssen in Mathe besser werden."

„Ich gebe mir die größte Mühe." versprach er guten Gewissens, weil er irgendwie wusste, Sam würde ihm immer weiterhelfen. Egal wie das zwischen ihr und Jessi noch ausgehen sollte, würde sie für ihn immer die Zeit finden. Ganz sicher, das hätte sie nicht mal explizit aussprechen müssen.

Mister Walden nutzte die Zeugnisübergaben aber auch immer gern, um auf außerschulische Probleme aufmerksam zu machen. „Und ich wäre froh, wenn du dem Streit in Zukunft aus dem Weg gehen könntest."

„Streit?" fragte Jessica skeptisch. Doch noch böse Überraschungen?

Mister Walden verschränkte die Arme und lehnte sich an seinen Schreibtisch. „Immer wieder. Deswegen bin ich froh, sie zu sehen."

Samantha berührte Jessica nur leicht am Rücken, um ihr zu sagen, dass sie sich mit Lucy zurückziehen würde, denn das ging sie eigentlich nichts an. Sie mochte das Gefühl haben, in jedem Augenblick des ganzen Lebens an Jessicas und auch Toms Seite stehen zu müssen, aber das war ein falsches Gefühl! Sie gehörte nicht in die kleine Familie der Geschwister. Sie hatte mit Lucy ihre eigene kleine Familie. Wäre die Situation umgekehrt gewesen, hätte sie Jessica dennoch gern bei sich gehabt. Gerade in unangenehmen Situationen wünscht man sich doch jemanden neben sich, der das Dilemma mit einem gemeinsam aussteht.

Genau so fühlte auch Jessica. In beide Richtungen. Einerseits bat sie Samantha mit einem einzigen Blick, jetzt zu bleiben und sie nicht allein zu lassen. Andererseits war ihr aber auch bewusst, dass unter Geschäftspartnern normalerweise mehr Abstand eingehalten werden sollte. Außerdem erkannte Samantha deutlich, dass Jessica sie bat, zu gehen, ohne ihr böse zu sein, um es Thomas nicht noch schwerer zu machen. Er hatte sich geöffnet, aber wie weit er wirklich war, konnte Jessica noch nicht abschätzen und wollte ihm das unangenehme Gefühl von Zuschauern nehmen.

Das wiederum bekam auch Thomas mit. „Ist okay, ich weiß es doch."

„Nur reden willst du nicht." sagte Mister Walden.

„Ihr schaukelt euch mit Kleinigkeiten hoch. Und immer bist du dabei. Wieso?"

„Weil sie auf Jessi losgehen."

„Ah ja." erkannte Mister Walden sofort. Er wusste aber auch, es musste irgendwas geschehen sein, dass Thomas darüber sprach und es nicht nur in sich hineinfraß. Noch eine Woche zuvor hatte er das Gespräch gesucht und war zum unzähligsten Mal bei dem Jungen abgeblitzt. Er wollte ihm ja gern helfen, aber wie denn, wenn er nicht wollte?

„Wie kann das sein?" fragte Samantha ernsthaft interessiert. „Tut mir leid, ich bin schon in der Großstadt aufgewachsen und kenne das Kleinstadtleben nicht wirklich. Lucy hatte solche Probleme auch, aber da haben sich auch Lehrer eingesetzt und in der Klasse über Toleranz gesprochen."

„Ach wirklich?"

„Ja. Es gab immer wieder Probleme, aber Lucy kam zu mir und hat mit mir und ihren Lehrern geredet, die das an die Klasse weitergegeben haben. Heute ist es kein Problem mehr. Und das, obwohl dort weit mehr Schüler sind als hier."

Das war eine klare Anklage, die er sich gefallen lassen musste. Das musste nur nicht jeder hören, deshalb schloss er die Tür, um in Ruhe zu reden. „Miss Paine, vielleicht ist gerade diese Schulgröße auch eine Möglichkeit, sich in der Anonymität zu verstecken."

„Lucy?!" Das war absurd und Samantha hatte Mühe, vor Lachen noch deutlich zu sprechen. Ganze

Sätze waren ihr jedenfalls nicht möglich. „Niemals."

„Genau!" bestätigte Lucy auch sofort. „Ich verstecke mich doch nicht. Und schon gar nicht für Sam! Sie ist die Größte für mich und ich bin stolz auf sie."

„Du bist aufgeweckt und selbstbewusst." erkannte Mister Walden.

„Ist das was Schlechtes?"

„Nein. Miss Bennet, nehmen sie es mir nicht übel, ich respektiere sie, das wissen sie."

„Ja, da sind sie nur leider allein auf weiter Flur, oder meinen sie, ich höre nicht, was ihre Schüler mir nachrufen? Nur dass sie Thomas damit angreifen, geht viel zu weit."

„Ich weiß. Vielleicht kann ich sie im nächsten Jahr mal einladen und wir sprechen ganz offen darüber in der Klasse. Natürlich nur, wenn Thomas nichts dagegen hat."

Jessicas fragender Blick ging zu ihrem Bruder. Natürlich wäre sie sofort bereit dazu gewesen, aber nicht ohne seine Zustimmung. Er war alt genug, das selbst zu entscheiden, und letztens hatte er das noch vehement abgelehnt.

„Ich weiß noch nicht."

„Feigling!" schoss Lucy sofort zurück. „Du bist ein Kerl und so ein Waschlappen! Was versteckst du dich denn für Jessi? Sie sieht gut aus, ist erfolgreich und intelligent auch noch. Von ihr können sich doch die anderen noch eine Scheibe abschneiden."

„Lucy." mahnte Samantha. „Halt dich zurück.

Dein Selbstbewusstsein hat nicht jeder. Und du weißt aus eigener Erfahrung, dass es nicht leicht ist, sich durchzusetzen. Jetzt stell dir vor, wie es hier ist, wo es nur so wenige Schüler gibt, die sich alle kennen."

„Mh … Dann würde ich dich trotzdem immer verteidigen."

„Tue ich auch." murmelte Thomas. „Das ist ja das Problem."

„Reden sie in Ruhe darüber." schlug Mister Walden vor. „Nicht jetzt, nicht hier und nicht in zu großer Runde. Ich biete dir nur an, dir zu helfen. Und zwar ohne Streit und Prügelei."

„Du hast dich hier schon mal geprügelt?" fragte Jessica empört. Sie hatte doch gedacht, das vor ihrem Haus wäre das erste mal gewesen.

„Nein!" sagte Mister Walden schnell. „Er geht meistens, bevor es soweit kommt, aber ich weiß, dass es letztens dazu kam. Also überleg es dir. Rede mit Lucy und lass dir von ihren Erfahrungen berichten. Dann sag mir Bescheid, okay?"

Thomas nickte nur und auch sonst gab es nichts mehr zu sagen, also gingen die Vier wieder. Und Jessica konnte nicht anders, als ihren kleinen Bruder in den Arm zu nehmen.

„Ich finde gut, dass du mich verteidigst." sagte sie leise. „Aber tu es auf die richtige Weise."

„Ich geb mir Mühe, Jessi. Ehrlich."

„Na sehr schön. Mehr will ich nicht."

Sie gab ihm noch einen Kuss auf die Wange und

ließ ab von ihm. Herzlichkeiten in der Öffentlichkeit mit seiner alten Schwester waren ihm unangenehm...

Die Stimmung war gedrückt, obwohl es ein Fest war. Dieses Thema hing wie ein Damoklesschwert über den Geschwistern. Es musste eine Lösung her, nur welche? Thomas verteidigte Jessica, wie es Lucy mit Samantha getan hatte. Er stand nur allein gegen die gesamte Schülerschaft inklusive ihrer Eltern und wurde deshalb immer wieder gehänselt. Jessica wusste das, wusste aber nicht, was sie dagegen hätte tun sollen. Sie hätte sie alle verklagen können, aber das wäre es dann wohl endgültig gewesen...

„Komm schon." forderte Lucy von Thomas. „Zeig mir mal die Schule, dann sind wir in fünf Minuten wieder draußen in der Sonne."

Schon lachten sie wieder und liefen weiter. Thomas ging mit Lucy voran und erzählte ihr, was es zu erzählen gab. Viel war es wirklich nicht. Jessica und Samantha lächelten sich noch einen Augenblick an und folgten den beiden.

„Danke." sagte Jessica.

„Kein Problem. Bei uns ging das auch nicht von heute auf morgen. Wir haben viel geredet, ich war auch mal in der Schule und hab das erklärt. Ich hab mich ziemlich privaten Fragen gestellt, aber sie kamen aus Interesse. Das braucht Zeit."

„Ich hoffe nur, Tommy steckt das auch so weg wie Lucy."

„Thomas." erinnerte Samantha amüsiert.

Jessica verdrehte die Augen. „Dabei seh ich ihn immer noch als Kleinkind durch meinen Garten jagen."

„Geht mir mit Lucy auch so, aber sie werden erwachsen. Leider. Und wir werden alt."

„Du sagst es." seufzte Jessica. Sie hatte ihren Bruder aufgenommen, als er schon Sieben gewesen war. Dennoch eine lange Zeit, in der sie hatte lernen müssen, ihm Grenzen und Regeln und auch Moral beizubringen. Sie hatte nicht mit einem Baby angefangen wie Samantha. Vielleicht lag es daran, vielleicht auch am Kleinstadtleben, dass sie nun mehr Probleme mit ihm hatte als Sam mit Lucy.

Die Gefühle in Bezug auf ihre Sprösslinge unterschieden sich allerdings nicht. Die Kinder gingen immer vor, sogar noch vor den Job, den sie beide liebten. Die Teenies liebten sie mehr. Viel mehr. Sie mochten sie gern verwöhnen und alles ermöglichen, das sie sich wünschten. Sie wollten sie aber auch zu anständigen Menschen erziehen, die mit Vernunft durchs Leben gehen und nicht dem Größenwahn und Egoismus erliegen. Eine Gratwanderung, die wohl jede Mutter durchmacht. Ebenso jeder Mutterersatz.

Lucy war bei allem dabei. In vielen Räumen konnte man etwas ausprobieren. Vor allem natürlich bei den Naturwissenschaften, aber auch im Musikzimmer standen Instrumente bereit. Ein Junge, der im nächsten Jahr vermutlich eingeschult werden würde, versuchte sich gerade am Klavier, andere am Banjo und so weiter. Es war laut in diesem Zimmer. Aber nicht lange. Lucy schob Samantha zum Flügel und scheuchte den Jungen auf ihre Art weg.

Bestimmt, aber nicht unhöflich. Und als Samantha die Finger über die Tasten gleiten ließ, wurde es still. Eine Traube bildete sich um sie herum.

„Wow." staunte Jessica anschließend, nachdem der Applaus abgeklungen war.

„Noten sind Zahlen." verriet Samantha flüsternd ihr Geheimnis.

„Ach echt?" fragte Thomas verwirrt.

„Klar." Samantha spielte noch eine Tonfolge. Nur eine Kurze. „Das war Pi."

„Pi?" lachte Jessica.

„Na ja, die ersten Stellen. Meine Mutter konnte spielen und ich hab jeder Note eine Zahl gegeben. Ich hab meine Matheaufgaben immer auf dem Klavier gelöst."

„Cool." gluckste Thomas.

„Spielen sie professionell?" fragte auf einmal eine Frau dazwischen.

Samantha stand schnell auf. „Nein. Ich hab nicht mal mehr ein Klavier."

„Und da können sie das noch?" Das war beeindruckend.

„Ja, das bleibt hängen." Wie auch die Zahlen hatte sie sich die Noten über die Zahlen eingeprägt und würde sie niemals wieder vergessen. Alles, was ihre Mutter ihr beigebracht hatte, konnte sie noch spielen.

„Du solltest dir eins zulegen." meinte Jessica. Sie hätte ja gern auch eins im Haus gehabt, nur um sie noch in den nächsten Tagen spielen zu hören, aber das wurde wohl nichts. Lieber überredete sie sie, noch ein Stück hier zu spielen, wo es sich doch anbot.

Als sie das ganze Haus besichtigt hatten, gingen sie wieder nach draußen in die Sonne. An einem großen Grill besorgten sie sich etwas zu essen und setzten sich auf eine der langen Bänke, die aufgestellt worden waren. Auf dem Sportplatz war man auch aktiv. Es gab Luftballonverkäufer, Spiel und Spaß. Nur nicht für jeden.

Ein paar Jungen kamen an den Vieren vorbei. Sie liefen hinter Jessica und Samantha lang, blieben stehen und zogen Grimassen, die eindeutig auf die beiden Frauen zielten und nichts mit Komplimenten zu tun hatten.

„Hört auf damit!" fuhr Thomas sie an. Sie lachten ihn nur aus und er stocherte auf seinem Teller herum. So lief es eigentlich immer ab. Er versuchte wirklich, sich zu wehren und Jessi zu verteidigen, aber nach all den Fehlversuchen gab er schnell auf und verkroch sich in sich selbst.

„Habt ihr ein Problem?" nöhlte Lucy genervt. Solche Leute kannte sie. Sie ließ sich sowieso von niemandem zurück in ihr Selbst drängen, aber von solchen Armleuchtern erst recht nicht! Die waren es doch gar nicht wert, so viel Einfluss auf sie zu haben! Dieses Recht musste man sich erarbeiten!

„Nein, aber er!" lachte einer der Jungen.

Jessica wollte eingreifen und Samantha hielt sie sofort auf. Sie sah Jessica nur an und schüttelte leicht den Kopf, als Jessica noch Luft holte. Sie wusste, Lucy wollte das nicht. Sie wollte das allein klären. Und es war eine gute Lehre für Thomas.

„Was hat er denn für ein Problem?" fragte Lucy auch ganz gelassen und aß weiter.

Die Jungen lachten noch immer. „Offenbar hat er jetzt zwei Mütter. Das kann ja nichts werden! Aus dem wird nie ein Mann!"

„Sam ist meine Tante und ich bin bei ihr aufgewachsen. Ohne Vater. Und ich bin froh für Thomas, dass er ohne Vater aufwächst, denn aus ihm ist ein Mensch geworden. Aus dir ein Idiot."

Schnell drehten sich Samantha und Jessica wieder um und hoben die Hände an die Münder. Nahezu synchron. Diese Sprüche kamen von der Vierzehnjährigen vollkommen gelassen. Sie aß auch einfach weiter, als wäre nichts, und wartete auf Antwort, die nicht so schnell kommen würde. Thomas dagegen starrte Lucy mit offenem Mund an. Genau wie die anderen.

„Schachmatt." lachte Samantha schallend und klatschte Lucy ab. „Sehr gut, Kleines. Gegen Köpfchen kommen sie nicht an."

„Es war mir eine Freude." grinste sie zufrieden.

„Wir sehen uns." drohte ein Junge noch zu Thomas und sie zogen beleidigt von dannen. Vorerst zumindest, aber die würden wiederkommen, wusste Lucy.

„Autsch!" lachte Thomas seine kleine Freundin an. „Wo hast du denn die Sprüche her?"

„Von Sam."

„Hast du ein Lexikon geschrieben?"

„Nein." lachte Samantha. „Und der Spruch kam nicht von mir. Aber sie steht zu mir und setzt sich durch. Ohne Ellenbogen."

„Na vielleicht fällt mir beim nächsten Mal auch was ein."

„Ganz bestimmt." sagte Lucy kauend. „Du musst nur deinen Kopf benutzen. Und zwar nicht als Rammbock."

Die Stimmung wurde sprunghaft sogar noch besser. Thomas merkte, dass Lucy wirklich überhaupt keine Probleme hatte. Wo sie auch hinkam, setzte sie sich durch. Und auch das Leben ihrer Tante in der Öffentlichkeit war für sie kein Problem. Überhaupt nicht. Die haute jedem eine Antwort an den Kopf, der ihr blöd kam. Jedem! Die war nie sprachlos.

„Wir lassen die Alten jetzt alleine." legte Lucy nach dem Essen fest.

„Die Alten, hat sie gesagt." seufzte Jessica zu tiefst deprimiert. Hatten sie das nicht vorhin auch schon festgestellt?

Lucy lachte fröhlich, umarmte Jessica und gab ihr einen Kuss auf die Wange. „Tut mir leid, aber besser, du erfährst es so, als wenn du irgendwann in den Spiegel siehst und mehr Falten als Haare hast."

„Boah!" lachte Jessica und scheuchte sie davon. Thomas ging lachend sofort mit ihr. So viel Spaß hatte er selten. Vielleicht würde sie ja in den Ferien noch bleiben?

Samantha saß leise kichernd an dem langen Tisch. Sie hatte sich an diese Nettigkeit gewöhnt.

„Hör auf." forderte Jessica und stieß sie leicht an.

„Tut mir leid."

„So siehst du gar nicht aus. Aber weißt du was?"

„Nein. Was denn?"

„Sie sind weg."

„Ach." feixte Samantha. „Und das heißt?"

„Dass ich dich gern küssen würde."

„Und warum tust du es dann nicht?"

Jessica senkte die Mundwinkel wieder und wurde nervös. „Weil ich nicht weiß, ob er mir das übelnehmen würde."

„Wie soll er für dich einstehen, wenn du dich versteckst?"

„Ist ein Argument." Das Jessica nur noch gesucht hatte. Deshalb küsste sie Samantha auch. Wieso auch nicht? Taten andere Paare ja auch.

Allerdings waren sie kein Paar! Das war wieder einmal ein Kuss, der sich nur unter Liebenden gehörte, nicht bei Geschäftspartnern und auch nicht bei Betthasen. Der Kuss konnte ja unmöglich mehr einleiten auf einem Schulfest, also war er unangebracht, aber nicht eine der beiden verschwendete auch nur den kleinsten Gedanken daran. Nicht während des Kusses. Nur im Nachhinein und da wurde ihnen jedes Mal aufs Neue bewusst, dass sich diese Situationen häuften.

Ein Räuspern holte sie zurück in die Realität. Sie

drehten sich um. Thomas hatte sich hinter ihnen aufgebaut und die Fäuste in die Hüften gestützt. „Wenn ihr uns schon loswerden wollt, brauchen wir wenigstens noch ein bisschen Geld."

Er hielt die Hand bei Jessica auf, die kaum glauben konnte, was sie hörte. War das wirklich Thomas? Ihr Bruder? Er sah zumindest so aus und die Stimme klang auch nach ihm, aber das konnte nicht wahr sein. Das war unmöglich!

Lachend drückte Samantha ihm ein paar Scheine in die Hand, weil Jessica immer noch zu ihm aufschaute. Die kam nicht so schnell zu sich.

„Bringt mir was mit." gluckste Samantha noch und Thomas stiefelte nach einem zufriedenen Danke ab. Lucy wartete schon ungeduldig an einer der Buden und winkte ihr.

„Hä?" rief Jessica auf einmal. „Was ist denn hier nur los?"

„Er lernt."

„Offensichtlich. Und ich werde es schamlos ausnutzen."

Sie ließ auch keine weitere Störung zu und küsste Samantha wieder. Sie hörte das Getuschel um sie herum. Auf die Nerven ging ihr das auch, aber sie ließ das einfach unkommentiert. Und bei Lucy wusste sie Thomas in den besten Händen. Die würde sich nicht unterkriegen lassen und ihn mitziehen. Also warum nicht küssen?

Sie genossen das Fest den ganzen Tag. Sie genossen es trotz Störungen. Die anderen Schüler nutzten die Gelegenheit, als Lucy und Thomas allein waren, um wieder auf ihn loszugehen. Lucy führte sie eiskalt vor. Thomas wartete schon mit regelrechter Spannung auf den nächsten Spruch, doch der kam nicht. Viel mehr sah sie ihn an.

„Was denkst du gerade?"

„Ich warte auf deine Antwort." lachte er vorfreudig.

„Und das, obwohl ich keinen Vater habe?" Sie drehte sich zu den Jungen. „Irgendwas macht ihr falsch. Tut mir ja leid, aber mit euch will gerade keiner reden."

„Du bist ein Flittchen."

Spätestens an diesem Punkt wäre Thomas an die Decke gegangen. Lucy dagegen blieb cool. „Bin ich das? Woher willst du das denn wissen?"

„Sieh dich doch an."

Lucy war stolz und selbstbewusst. Sie trat auf den Jungen zu, die anderen wichen ihr aus, nur er blieb mit rasendem Herzen, weil sein Stolz ihm die Flucht verbot. „Ich trage nichts anderes als die anderen Mädchen, denen du hinterherhechelst wie ein Hund. Du siehst in mir nur ein Flittchen, weil ich dir geistig überlegen bin, auch wenn ich jünger bin. Das ist erbärmlich. Du bist nicht mal ein richtiger Junge und wirst auch nie ein richtiger Mann."

„Du bist mir geistig überlegen?" lachte er abschätzig.

„Ganz offensichtlich. Im Gegensatz zu dir weiß ich, was Toleranz ist. Du kannst es vermutlich nicht mal schreiben."

„Toleranz? Du könntest mir leidtun, dass du mit so was aufwachsen musst wie deine Tante, aber mein Mitleid hast du nicht verdient."

„So was? Sie ist ein Mensch, du versuchst nur einer zu sein. Und dein Mitleid brauche ich nicht."

„Sie ist abartig. Sie ist es nicht wert, ein Mensch genannt zu werden."

„Wieso nicht? Nenn mir einen guten Grund, der sie so abartig macht."

„Sie ist eine Lesbe." lachte er gehässig und seine Kumpels stiegen mit ein. Thomas stand daneben und hörte zu. Er wäre schon lange ausgeflippt, aber Lucy blieb ruhig.

„Sie ist eine Lesbe, aber im Gegensatz zu deiner Mutter kann sie auch noch kurze Kleider tragen."

Das war zu viel für Thomas. Er musste einfach lachen. „Der war gut."

„Ist doch so. Sieh sie dir an. Sein Vater sieht ihnen garantiert auch nach, genau wie die anderen alten Väter. Wir haben die bestaussehendsten Mütter hier."

„Stimmt allerdings. Und denen sollen wir noch was mitbringen."

„Und ich weiß auch genau, was das ist." grinste sie, nahm seine Hand und ließ die anderen einfach bedeppert stehen.

Sie gingen zu einem Mann, der jede Menge große Luftballons verkaufte, die mit Helium gefüllt waren.

„Hallo junge Dame." lächelte er. „Möchtest du einen?"

„Ja. Ich hätte gern das große Herz."

„Aber sicher." sagte er und zottelte den Ballon hervor.

„Können sie das Ende so knoten, dass es zwei Schlaufen sind und der Ballon in der Mitte ist?"

„Kriegen wir hin." lachte er und bastelte den Wunsch seiner jungen Kundin. Er wollte ihn ihr und ihrem Freund anlegen, doch das war nicht der Sinn.

„Nicht für uns, für unsere Mütter." sagte sie gelassen und stieß Thomas an, damit er bezahlte. Das tat er auch wie mechanisiert und ging mit ihr, aber er lief langsamer und Lucy passte sich an.

„Nimmst du das wirklich alles so locker?" Wie konnte ihr das alles egal sein? Wie konnte sie so locker bleiben bei den Blicken? Wie konnte sie das nur alles an sich abprallen lassen?

Dabei wusste Lucy nicht mal, worauf genau er gerade anspielte. „Was?"

„Hast du gesehen, wie der uns angesehen hat?"

„Und? Was interessiert mich das denn? Ich will den nicht heiraten."

„Stimmt. Aber die sehen immer alle aus, als wäre es eine ansteckende Krankheit und würde sich ausbreiten wie eine Seuche."

„Und? Das ist doch völlig egal, solange du weißt, du liebst sie und sie liebt dich. Mehr ist zumindest mir nicht wichtig."

„Mh..." murrte er tief in seinen Gedanken versunken. Es fiel ihm in Bezug auf Jessica und Samantha schwer, Lucy zu verstehen.

Lucy blieb stehen. Thomas stoppte ebenso und starrte weiterhin nur auf den Boden. „Sieh rechts an mir vorbei." forderte Lucy. Er hob mühsam seinen schweren Kopf und folgte der Aufforderung. „Siehst du den Mann mit der ansteckenden Krankheit, die seine Haut so dunkel gefärbt hat?"

„Äh … Was?" Er konnte ihr kein bisschen folgen. Hatte er irgendwas verpasst, das sie gesagt hatte, während er nachgedacht hatte?

„Schwarze werden von vielen genauso angesehen, nur haben sie keine Möglichkeit, sich zu verstecken. Sei stolz auf Jessi, dass sie es auch nicht tut. Sonst müsstest du die Frau da, mit den schmalen Augen, den Jungen dort mit dem Gehfehler und alle anderen auch ausschließen. Wir sind nicht alle gleich, aber das ist auch gut so. Ich hab noch nicht einen hier getroffen, der so verrückt wäre wie ich, aber ich bin stolz darauf."

Thomas war ihren Beispielen gefolgt und musste zugeben, er fand kein Gegenargument. „Eigentlich hast du Recht."

„Und was vermiest dir dann die Laune?"

„Dass du nicht hier bleibst." lachte er und ging nun doch noch weiter. Ja, mit diesem Mädchen fiel es ihm leicht, das Gerede locker zu nehmen. Ihm wurde bewusst, dass sie nichts an sich abprallen ließ, sondern dass es ihr schlichtweg egal war. Das machte offenbar einen Unterschied, erkannte er. Während er seit Jahren versuchte, sich einen Panzer zu bauen, der die Angriffe abfangen würde, hatte Lucy den besseren Weg gewählt und sich dazu entschlossen, einfach nichts auf die Menschen zu geben, die ihr nicht mit Respekt begegneten. Die hatten in ihrem Leben einfach keine Bedeutung und machten den Hohn somit völlig wirkungslos für sie. Ein bisschen hatte Thomas das auch zuvor schon gemacht, denn mit seinem Klassenlehrer, Mister Walden, kam er gut zurecht. Auch mit seinem Sportlehrer, weil keiner der beiden auch nur ansatzweise Negatives über Jessica geäußert hatte. Ganz im Gegenteil zur Schulsekretärin, die sogar von der Polizei verlangt hatte, Jessica die Vormundschaft für Thomas zu entziehen.

Lucy sprang von hinten zwischen Samantha und Jessica. Sie saßen noch an der gleichen Stelle und unterhielten sich. Und binnen Sekunden waren ihre Hände an einen Ballon gefesselt. Ihre beiden Blicke gingen nach oben, um zu sehen, was da an ihnen hing. Leuchtreklame. Sofort gingen die beiden Blicke synchron zu den beiden Grinsebacken hinter ihnen.

„Ganz toll." lachte Jessica.

„Und nicht abmachen. Ich beobachte euch." legte Lucy fest und die beiden Teenies gingen schon wieder.

Kichernd blieben Samantha und Jessica zurück. Jetzt würde es wohl jeder kapieren, der es bisher noch nicht gesehen hatte. Und dass Thomas genauso gegrinst hatte, war für Jessica Grund genug, das weitere Fest mit Samantha Hand in Hand zu erleben und immer wieder zarte Küsse auszutauschen.

Aber auch sie blieben nicht unangesprochen.

Samantha bekam den Verdacht, dass Jessi hier in einem ziemlich großen Radius die einzige Lesbe war. Zumindest die einzige, die dazu stand und es auslebte. Hinter den Fassaden sah es vielleicht auch anders aus - wer wusste schon, wie viele den Schwanz eingekniffen hatten und ein heterosexuelles Leben führten?

Eine Frau setzte sich ihnen gegenüber. Sie trug ein langes Kleid, das sie mit dieser Figur vielleicht eine Nummer größer hätte nehmen sollen. Oder zwei. Dem Muster nach zu urteilen stammte es vielleicht auch noch aus einer Zeit, zu der es ihr gepasst hatte. Eigentlich fehlte nur noch die Schürze, dachte Samantha. Ein Blech selbst gebackener Kuchen dazu und Lockenwickler in die Haare, dann wäre das Bild einer spießigen Kleinstadtmutter perfekt.

„Misses Evans." sagte Jessica. „Wie geht es ihnen?"

„Es geht." Ihr Blick huschte schnell über Samanthas Gesicht. „Ich möchte sie im Namen der Elternschaft bitten, das zu unterlassen."

„Was?"

„Na das." sagte sie angewidert und deutete auf die verschlungenen Hände von Jessica und Samantha, die ja sogar gefesselt worden waren.

„Und wieso sollten wir das tun?"

„Weil sie hier auf einem Schulfest sind. Sie müssen den Kindern so etwas nicht vorleben."

„Doch, genau das sollte man." meinte Samantha. „Dann wären die Schüler nicht so ignorant."

„Wie die Eltern." fügte Jessica spitz hinzu.

„Das ist unmoralisch." stellte Misses Evans leise fest. Es musste ja nicht jeder hören. Nur ihre Gesprächspartnerinnen störte das nicht.

„Unmoralisch?" schmunzelte Jessica. „Dann gibt es aber hier noch viel für sie zu tun."

„Wieso?"

Jessica hob den Arm und deutete auf zwei Schüler, die sich küssten. Dann schwenkte ihr Finger zu einem Elternpaar, das Hand in Hand lief. „So viel Unmoral für sie zu bekämpfen."

„Sie wissen, worauf ich hinaus will."

„Nein. Wir tun nichts anderes."

„Aber sie sind zwei Frauen und das gehört sich nicht. Das müssen die Kinder nicht so direkt mitkriegen."

„Und wieso nicht?"

Misses Evans rutschte sich auf der Bank zurecht und befeuchtete nervös ihre Lippen. „Hören sie. Was sie in ihrem Schlafzimmer machen, ist mir egal. Aber ich als Elternsprecherin kann es nicht zulassen, dass sie die Schüler verderben."

„Verderben?" lachte Samantha. „Leute, wie sie es sind, verderben die Kinder mit Ignoranz. Wie sollen sie lernen, dass man einen anderen Menschen mit Respekt behandelt, wenn selbst die Erwachsenen nicht wissen, was Respekt ist."

„Ich weiß sehr wohl, was Respekt ist."

„Ich hab sie nicht auf ihr Sexleben angesprochen, denn *das* gehört sich wirklich nicht."

Sprachlos! Misses Evans schnappte nach Luft und rutschte fast unter den Tisch. Jessica hatte schwer zu kämpfen, sie nicht auszulachen. Das Wort *Sex* hier laut auszusprechen, war schon ein Kapitalverbrechen.

Misses Evans fand ihre Fassung nur äußerlich wieder und stand auf. „Gehen sie nach Hause dafür, aber verhalten sie sich hier bitte angemessen."

„Werden wir." versprach Jessica. „Wir verhalten uns wie die Eltern von den Schülern, also vollkommen angemessen für ein Schulfest."

Zur Provokation legte sie einen Arm um Samantha, zog sie an sich und gab ihr einen kurzen Kuss. Misses Evans sah sie noch einen Moment voll Ekel an und ging dann einfach.

Sofort fiel Jessicas Arm schlapp herunter. Langsam begann sie zu verstehen, was ihr kleiner Bruder durchzustehen hatte. Ihr war nie in den Sinn gekommen, was sie ihm zugemutet hatte, nur weil sie eben sie selbst war und sich dafür nicht versteckte. Ihr Büro war in der Innenstadt von Oklahoma. Auf dem Weg nach Hause brachte sie alle Einkäufe aus der Stadt mit. Die Gesellschaft der dörflichen Gemeinschaft kannte sie kaum. Wie auch, wenn sie nie Zeit für die Menschen hier hatte? Hätte sie eher gewusst, was es für Folgen für Thomas hatte, hätte sie sich wohl doch noch einen Pseudofreund zugelegt.

„Keine Falten auf der Stirn." bat Samantha lächelnd. „Sieh es doch positiv. Nicht nur die Schüler müssen sich heute mit dem Thema beschäftigen, sondern auch die Eltern."

Da war was dran. Jessica glättete die bösen Sorgenfalten und bezeichnete es als Lehrstunde für die anderen. Allerdings nur im Hinterkopf, um das Getratsche noch besser überhören zu können. Sie redeten über sie, also beschäftigten sie sich mit ihr. Vielleicht würde es in ihrem Geist irgendwann mal ankommen, dass es doch ganz normal war, was sie taten. Wenn sie auf den Tischen getanzt oder auf der Bank miteinander geschlafen oder gestrippt hätten, hätte sie das ja noch verstanden, aber sie verhielten sich doch völlig angemessen für so ein Fest.

Am Abend gab es noch eine Band auf einer Bühne und ein großes Feuerwerk, das das Fest in die Party überleitete. Es wurde getanzt, getrunken, gequatscht und gelacht.

Die Eltern hatten sich den ganzen Tag gemischt und sich über ihre Sprösslinge unterhalten. Nur Jessica blieb davon verschont, wie immer. Diesmal war sie wenigstens nicht allein. Sonst war sie nach der Zeugnisübergabe immer wieder gegangen, weil Thomas sich nicht mit ihr hatte sehen lassen wollen und selbst auch wieder gegangen war. Nicht in diesem Jahr. Er hätte sich den Tag mit Lucy nicht nehmen lassen und auch Jessica sah keinen Grund, sich zurückzuziehen und sich zu verstecken. Sie blieb mit Samantha an ihrer Seite den ganzen Tag und auch die Nacht. Sie tanzten, sie redeten und amüsierten sich prächtig, auch mit den beiden Teenies. Sehr zum Leidwesen anderer Anwesenden, die den Vieren aber nicht wichtig genug waren, um auch nur ein Wort über sie zu verlieren. Dafür waren sie in aller Munde...

***

Das Schönste für Jessica an diesem speziellen Sonntag war, dass sie nicht allein war, als sie langsam aufwachte. Sie hörte ein leises und gleichmäßiges Atmen neben sich und hatte gleich den Geruch von Samanthas Parfum in der Nase. Ein sehr weicher und lieblicher Duft, den sie schon an dem Morgen im Café aufgetragen hatte.

Vorsichtig drehte sich Jessica zu Samantha herum. Auf keinen Fall wollte sie sie wecken und gab sich besonders Mühe, keine Bewegung und kein Geräusch zu viel zu verursachen.

Irgendwann in der Nacht hatte sich Samantha aus Jessicas Armen gedreht. Sie lag auf dem Bauch, das Gesicht leider von Jessica weggedreht. Ihre schmalen Finger klammerten sich an einen Zipfel der Bettdecke, die mehr unter als über Samantha lag. Der Rücken lag vollkommen nackt vor Jessica. Nur eine Ecke der dünnen Decke lag auf ihrem Po und verdeckte ihn größtenteils. Aber nicht ausreichend. Den Ansatz der süßen Backen konnte Jessica sehen und war zu schwach zum Sonntagmorgen. Seit ihrer ersten Begegnung sandte Samantha Einladungen aus, die Jessica anflehten, sie zu berühren. Von Anfang an war es Jessica nicht leichtgefallen, aber jetzt … Samantha lag in ihrem Bett und Jessica schob den störenden Stoff beiseite. Sie schmiegte sich genüsslich an die warme, sanfte Haut, strich mit der Wange über die Backen und konnte sich gerade noch ein Schnurren verkneifen.

Samantha konnte es nicht. Ihr kroch ein genüssliches Knurren aus der Kehle und sie genoss es in vollen Zügen, so liebkost zu werden. Als Jessica merkte, Samantha wurde wach, überzog sie ihren ganzen Körper mit sanften Küssen. Am Po angefangen, den ganzen Rücken hinauf, bis sie an Samanthas Hals ankam. Da löste sie eine Reaktion aus, die Samantha nicht aufhalten konnte. Sie drehte sich unter Jessica und zog sie für einen sanften Kuss an sich.

Nein, das gehörte sich eigentlich schon wieder nicht!

Egal...

Sie genoss es zu sehr und sah auch Jessica zu viel Genuss an, um es abzubrechen. Viel lieber ließ sie auch ihre Vorderseite noch mit hauchzarten Küssen versehen und gab sich Jessica vollkommen hin. Genau wie umgekehrt. Es gab keine Schranken mehr zwischen ihnen, keine störenden Barrieren aus Zweifeln, Vernunft oder Verstand. Nicht an diesem Morgen.

Es war schon Mittag, ehe alle aus den Betten krochen. Wach war dann aber noch keiner, nicht mal Lucy. Es wurde ein ruhiger Tag. Und am Montag ging der Alltag wieder los. Ein bisschen zumindest. Jessica hatte diese Woche kurzerhand Heimarbeit eingelegt. Sie musste sich noch einiges aus dem Büro holen, und dann trotzdem arbeiten, aber sie tat es zu Hause. Samantha hatte ihren Laptop dabei und ließ sich über die Netzwerkverbindung Zugriff einrichten, um auch arbeiten zu können. Mister Bright hatte sich damit einverstanden erklärt, dass sie bis zur Verhandlung des Kunden Knox bleiben könne. Vor allem, da ja noch mehr daran hing, als diese eine Firma.

Lucy und Thomas freundeten sich richtig an. Sie saßen im Garten und quatschten. Auch das Leben ihrer Ziehmütter war immer wieder Thema. Sie gingen aber auch durch die Kleinstadt. Lucy wollte sie kennenlernen und Thomas hatte nichts dagegen. Er stellte sich den Bewohnern der Stadt. Jessica und Samantha kamen manchmal sogar mit. Geredet wurde immer noch, aber im Laufe der nächsten Tage lernte Thomas, es ebenso an sich abprallen zu lassen wie Lucy. Recht hatte sie ja. Welche Mutter seiner Klassenkameraden sah schon so gut aus wie Jessi oder auch Sam? Welche von den Hausfrauen hatte so eine Karriere hingelegt und nebenher trotzdem ein Kind aufgezogen? Ein Kind, das nicht mal ihr eigenes war? Die beiden Frauen bewiesen jeden Tag aufs Neue mehr Stärke und Liebenswürdigkeit als alle anderen zusammen!

Bei einem der gemeinsamen Mittagessen klingelte Samanthas Handy.

„Oh. Tut mir leid."

Sie ging es gleich holen, nahm aber ab, immerhin war sie theoretisch auf Arbeit. „Paine."

Und dann kam Thomas in den Genuss der Buchhalterin und Mathematikerin. Samantha beendete das Telefonat freundlich, er hatte verstanden, es ging um eine Auszahlung, die wohl nicht korrekt gelaufen war. Dann rief sie im Büro an.

„Tim." sagte sie. „Du hast die Dreihunderter bei Murray falsch gebucht. Die Fünfzehn hat dreizehn Prozent zu viel Sechshundertsieben bezahlt. Da fehlen ihr unterm Strich nach den anderen fehlerhaften Abgaben 213,58 Dollar auf dem Konto. Klär das mit dem Finanzamt, korrigier die ganzen Buchungen und zahl ihr ein Prozent netto mehr aus, also 57,83 Dollar mehr. Buch das extra über die Zehn und splitte die Zwölf."

„Hä?" kicherte Thomas. Er hatte nicht mal die Hälfte verstanden.

„Keine Ahnung." sagte Lucy leise. „Die redet immer so, wenn sie auf Arbeit ist. Das ist eine eigene Sprache, damit es kein anderer versteht. Das machen die mit Absicht. Eine Verschwörung."

„Kannst du nicht dagegen vorgehen?" lachte Thomas zu Jessica, da Samantha bereits aufgelegt hatte.

„Ich glaube nicht, dafür müsste ich verstehen, um was es ging."

„Lohnabrechnung." sagte Samantha gelassen und aß weiter.

„Das hab ich erkannt. Und was waren das für Zahlen?" fragte Thomas.

„Dreihunderter Buchungsschlüssel sind alle Buchungen, die zur Lohnabrechnung gehören. Also das Bruttogehalt, die Krankenversicherung und so weiter. Die Fünfzehn ist in dem Fall die Nummer der Angestellten. Sechshundertsieben ist der

Buchungsschlüssel für die Lohnsteuer. Die Zehn ist ein extra Konto unserer Firma, wenn wir Fehler machen und zusätzlich was bezahlen, als Entschuldigung sozusagen. Kommt vor, wir sind auch nur Menschen. Und die Zwölf ist der Buchungsschlüssel für Überweisungen. Also keine Geheimsprache und Jessi kann ruhig bleiben."

„Und woher wusstest du die genauen Werte so schnell?" Sie hatte keinen Taschenrechner, nicht mal einen Zettel vor sich.

Lucy gab unwillkürlich undefinierbare Geräusche des Neids von sich. „Wenn ich Kopfrechnen so könnte wie sie, wäre ich zufrieden und würde die Schule mit Auszeichnung schaffen."

„Echt?"

Samantha zuckte nur mit den Schultern. Das ging in ihrem Kopf eben schnell, was sollte sie tun? Sie hatte sich das ja nicht ausgesucht. Sie hatte auch nicht besonders dafür geübt, um das zu können, das ging eben einfach.

Thomas wollte es genauer wissen. „Wie gut kannst du das?"

„Probier es aus."

„357 mal 354?"

„126.378." schoss Samantha sofort zurück. Jessica kicherte auch schon unterdrückt. Sie erinnerte sich an das Sudoku...

„Okay, die Wurzel aus 5.580?"

„74,69939. Oder willst du mehr Stellen?"

„Ich glaub´s nicht." lachte Thomas erschüttert.

Wie war denn so was möglich?

„Keine Sorge, das ist keine Normalität. Ich weiß nicht, wieso ich das kann, aber dafür kann ich mit Kreativität nichts anfangen. Gib mir einen Pinsel und geh in Deckung."

Damit hatte sie ihm zwar ein bisschen das Gefühl genommen, ihm würden Gehirnwindungen fehlen, dafür machte sich Lucy lustig über sie. Aber es war okay. Es war eine angenehme Atmosphäre. Eine familiäre Atmosphäre, in der sich alle Vier verloren. Keiner von ihnen, auch die Teenies nicht, wollte an den bevorstehenden Abschied denken. Dafür genossen sie es viel zu sehr. Lucy lernte es zu schätzen, einen Bruder zu haben. Sie verhielten sich wie Geschwister und begannen, sich auch als solche zu lieben. Dass sich Jessica und Samantha wünschten, als Paar in die Zukunft zu gehen, stand beiden ins Gesicht geschrieben, nur aussprechen wollte es keiner, weil sie beide der Überzeugung waren, nicht für Beziehungen gemacht worden zu sein. Mal von der Entfernung ganz zu schweigen. Die Träume in Familie konnte den Vieren aber niemand nehmen und solange sie es nicht aussprachen, konnte ihnen auch keiner die Unmöglichkeit vor Augen führen. Böse Gedanken an den Abschied wurden einfach ignoriert. Von allen!

Leider rückte die Trennung immer näher. Am nächsten Tag stand nämlich schon die Verhandlung an. Den ganzen Vortag waren die beiden Berufstätigen dabei, alles noch mal durchzugehen. Samantha hatte ja vollen Zugriff auf die

Buchhaltung. Auch von der Firma der Frau. Sie konnte zwar keine Belege einsehen, aber sie konnte mittels Buchungen erkennen, was dahintersteckte.

Jessica ging auch ihr Plädoyer noch mal durch. Sie trug es gleich allen Dreien vor. Thomas hatte da noch nie zugehört, doch Lucy hatte es gewollt, also blieb er auch. Und sie waren alle Drei begeistert. Das wiederum freute Jessica nicht nur als Anwältin, sondern auch als Mensch. Sie hatte das Gefühl, eine Familie zu gründen, dabei wäre das bald vorbei.

Am nächsten Morgen war Samantha sogar noch nervöser als beim letzten Mal. Sie hatte die ganze Nacht kaum ein Auge zugemacht. Irgendwann war sie schon aufgestanden, um Jessica nicht auch noch wachzuhalten, aber die hatte sie zurück ins Bett gerufen und sie im Arm gehalten. Jedes Mal wieder, wenn sie wach wurde.

„Können wir mit?" fragte Lucy beim Frühstück.

Leider musste Jessica ablehnen. „Es ist nicht öffentlich, tut mir leid."

„Bleibt bitte im Haus." bat Samantha. „Bitte geht nicht raus, okay?"

Lucy nickte sofort, nur Thomas nicht. „Wieso?"

„Wegen meinem biologischen Vater." maulte Lucy. An den mochte sie ja gleich gar nicht denken!

„Macht die Tür nicht auf." sagte Jessica auch gleich. „Bleibt im Haus und ignoriert die Türklingel. Schließt zu, okay? Auch hinten."

„Versprochen." lächelte Lucy. Sie wusste, ihre geliebte Tante und auch Jessi machten sich Sorgen, also gab sie ihnen das Versprechen, um ihnen den Rücken frei zu halten.

Samantha passte das überhaupt nicht, aber sie musste Lucy allein lassen und fuhr mit Jessica zum Gericht in Oklahoma City. Schon allein das Gebäude machte ihr Angst. Der Saal machte es nicht besser und die Anwälte auch nicht. Von der ganzen Atmosphäre mal ganz abgesehen würde sie wohl noch eine Portion Valium brauchen, um nicht auszuticken.

Mister Knox war natürlich auch da. Er saß neben Jessica. Samantha saß hinter ihr. Sie plauderten gemütlich und versuchten wohl zu vergessen, wo sie waren. Zumindest machte es auf Jessica den Eindruck.

Der Richter kam, die Verhandlung wurde eröffnet und es ging richtig los. Zeugen, Behauptungen und so weiter. Samantha sah Jessica in dem Moment in einem ganz anderen Licht. Hier war sie das, was Samantha ihr anfangs vorgeworfen hatte. Ein Aasgeier. Aber sie war es auch nur, um sich für Mister Knox gegen die anderen Aasgeier durchzusetzen. Eigentlich wollte sie gar kein Aasgeier sein. Vielleicht verstand Samantha erst in dem Moment so richtig, wofür es Anwälte überhaupt geben musste. Wie hätte sich Karl jemals richtig gegen seine Frau wehren sollen, wenn Jessica nicht gelernt hätte, ein Aasgeier zu sein? Ja, Samantha baute ihre eigenen Vorurteile immer weiter ab. Das würde sich im Büro sicherlich irgendwann rächen, wenn sie zu unvorsichtig wäre und unvorbereitet getroffen werden würde.

Irgendwann war es dann soweit. Samantha musste sich da vorn hinsetzen. Als Zeugin. Und so viele Leute sahen sie an. Ihr wurde wirklich schwindlig, als sie nach vorn ging, weil sie nicht wusste, was Mister Peters ihr nicht wieder für gemeine Fragen stellen würde und wie man ihre Antworten verdrehen würde.

Jessica fing aber ganz einfach an. „Miss Paine, sie sind die Buchhalterin von Mister Knox, ist das richtig?"

„Ja."

„Wie lange schon?"

„Seit acht Jahren."

„Das heißt, sie haben die Firma quasi wachsen sehen."

„Richtig."

Langsam entspannte sich Samantha, das Ziel von Jessica. Und sie sah in Jessicas Augen, was sonst keiner sah. Es war eine gewisse Art der Beruhigung, die ihr niemand sonst hätte geben können. Da sich Jessica auch langsam vortastete, konnte Samantha in aller Ruhe antworten und erklären, wie sie die Buchhaltung geteilt hatten. Sie konnte die Vorwürfe des Betrugs durch Mister Peters auch gelassen abwehren und mit Fachwissen dagegenhalten.

Doch auch dieser gute Lauf hatte mal ein Ende. „Miss Paine," sagte Mister Peters. „können sie uns was zu der Buchung vom dreizehnten Juni vor drei Jahren sagen?"

„Jetzt?" fragte sie entsetzt.

„Ja natürlich jetzt, wann denn sonst?" fragte er schnippisch.

„Und woher soll ich das jetzt wissen? Sagen sie mir was zu der Buchung und ich sage ihnen, was ich weiß."

„Sie sind doch ein Mathegenie."

„Kommt drauf an, was sie unter Genie verstehen. Ich hab einfach ein Talent für den Umgang mit Zahlen."

„Und wissen nicht, worauf ich hinaus will?"

„Nein. Sie scheinen da was zu verwechseln. Ich bin vielleicht Mathematikerin, aber ich habe keine dutzende Terabyte Speicher eingebaut."

„Aber sie sagten, sie kennen die Buchhaltung der Firma Knox."

„Hören sie." Samantha befeuchtete schnell ihre Lippen, um sich noch mal zu erinnern, dass sie ihn nicht anschreien wollte. „Sie scheinen den Beruf der Buchhalter noch nicht verstanden zu haben. Wir reden hier über eine Firma mit Millionenerträgen. Da gibt es hunderte Buchungen pro Tag. Allein für eine Lohnberechnung für einen einzigen Mitarbeiter fallen mehr als eine Buchung der Überweisung an. Sie können nicht von mir verlangen, dass ich von all meinen Kunden sämtliche Buchungen kenne, die ich seit meiner Ausbildung gemacht habe. Das ist unmöglich." Was dachte der denn eigentlich? Dass sie ein Roboter wäre? Gott, sie musste sich im Inneren beruhigen!

„Na gut." sagte er und nahm sich einen Zettel, den er ihr brachte. „Was sagen sie dazu?"

Es war ein einfacher Buchungssatz mit ihren geliebten Buchungsschlüsseln. „Steuerbuchung. Umsatzsteuervorauszalung. Es ist eine Überweisung. Das betrifft aber nicht diese Firma hier."

„Woher wollen sie das wissen?"

„Weil hier hinten im Verwendungszweck immer die ersten drei Ziffern angeben, welchen Kunden es betrifft. Und das hier ist nicht die Firma von Mister Knox."

„Von wem dann?"

„Keine Ahnung. Ich bin immer noch kein Massenspeicher."

„Aber sie wissen, dass es nicht die Firma von Mister Knox ist?"

„Ja." Da musste sie sich rechtfertigen, wusste sie. Die Mimik dieses Aasgeiers sagte ihr ganz klar, er glaubte, sie erwischt zu haben. „Zum einen, weil er mein größter Kunde ist, für den ich mindestens einmal täglich irgendwas auf dem Tisch habe, und zum anderen, weil ich mich ja seit Tagen nur noch mit seiner Buchhaltung beschäftige. Ich kenne seinen Kundenschlüssel."

„Also wollen sie uns nicht sagen, was hinter der Buchung steckt."

„Ich weiß es nicht." beharrte Samantha, sah im Augenwinkel aber eine Geste von Jessica, dass sie ruhig bleiben sollte, also atmete sie tief durch. „Geben sie mir ein Handy, ein Faxgerät und fünf Minuten. Dann hab ich den Beleg hier und kann ihnen was dazu sagen."

„Ich hab den Beleg hier." sagte er gut gelaunt und kam mit einem weiteren Zettel zu ihr.

Warum nicht gleich so, dachte Samantha grimmig. Musste der sie da erst noch so angehen? Hätte er ihr den Zettel gleich mit dazu gegeben, hätten sie sich das vorherige Gespräch sparen können.

Als Samantha den Beleg sah, ahnte sie, auf was er hinaus wollte. „Einen Moment." sagte sie zu Mister Peters und wandte sich an den Richter. „Tut mir leid, ich weiß nicht, ob ich darauf hier antworten darf."

„Wieso nicht?"

„Weil ich an die Schweigepflicht gebunden bin und das eben nicht die Firma von Mister Knox betrifft. Ich will ja gerne helfen, aber nicht, wenn ich damit gegen irgendwelche anderen Gesetze verstoße."

„Okay, wir unterbrechen kurz. Kommen sie mit, Miss Paine."

Samantha war gar nicht glücklich. Und so wie Jessica aussah, war sie es auch nicht, denn das hier war genau eine der Überraschungen, die sie nicht hatte erleben wollen.

Der Richter führte Samantha in sein Zimmer und schloss die Tür. „Worum geht es in der Buchung?"

Den Inhalt würde sie nicht preisgeben, nur ihr Problem ansprechen. „Es ist die alte Firma von Misses Knox, eine Werbeagentur. Sie hat inzwischen Konkurs angemeldet. Ich habe Misses Knox und Mister Peters schon kennengelernt und möchte nicht, dass mir Misses Knox hinterher einen Strick daraus dreht, dass ich hier etwas über ihre Firma erzähle. Ich möchte nicht der Sündenbock in diesem Rosenkrieg werden."

„Das kann ich verstehen, aber die Firma von Misses Knox ist hier ebenfalls Bestandteil der Verhandlung und sie können antworten."

„Dann greife ich schon mal vor. Was ist mit der Firma ihres Bruders?"

„Ihr Bruder?" Verwirrt runzelte der Richter die Stirn. „Was hat der denn damit zu tun?"

Samantha zog verzweifelt die Brauen zusammen. Sie war doch keine Anwältin! „Ich weiß nicht, ob ich das jetzt schon sagen darf. Ich bin Buchhalterin und keine Anwältin."

Der Richter lachte auf. „Ganz ruhig. Sollten weitere Firmen ins Spiel kommen, sagen sie mir einfach, welche es ist, und ich sage ihnen, ob sie antworten dürfen. Abgemacht?"

„Danke." lächelte sie erleichtert. Sie hätte es diesem wahrhaftigen Aasgeier Peters nämlich wirklich zugetraut, sie hier mit so etwas in eine Falle zu locken. Aber dem war nicht so, also konnte es weitergehen.

Jessicas Blick forderte geradezu eine Erklärung, aber die würde sie nicht kriegen. Nicht gleich jedenfalls.

„So." sagte der Richter. „Die Frage wird beantwortet."

Wie war denn die genaue Frage, fragte sich Samantha erst mal selbst. „Also es geht um die

Werbeagentur von Misses Knox. Wir haben anhand der Zahlen des Vormonats die Umsatzsteuervorauszahlung ans Finanzamt überwiesen."

Mister Peters kam mit einem weiteren Zettel. „Was ist das?"

„Die gleiche Firma, die gleiche Buchung, nur einen Monat später. Kann ich ihnen eigentlich vorausgreifen?"

Jessica bedeckte sich kichernd die Augen. Typisch Samantha!

„Nein." legte der Richter fest und wartete auf die weiteren Fragen.

„Was genau zeigt der Beleg?"

„Alle Einnahmen, Ausgaben und steuerlich abzusetzende Beträge."

„Und was ist das?" fragte er und deutete genau auf die Zahl, die sie erwartet hatte.

„Eine Korrektur des Vormonats."

„Also haben sie Fehler in der Buchhaltung gemacht. Danke."

Damit wollte er sie sitzenlassen?! Samantha schnappte nach Luft, kam aber nicht dazu, etwas zu sagen. Jessica stand schnell auf, um ihr zu zeigen, sie würde dazu kommen, sich zu rechtfertigen.

„Miss Paine, kommen Fehler vor bei ihnen?"

„Sicher. Wir sind vielleicht Buchhalter, aber immer noch Menschen."

Und Samantha wusste, Jessica würde den Faden

aufgreifen. Sie vertraute Jessica blind und setzte nicht gleich nach, um dieses Beispiel zu erklären. Sie baute auf das gute Verhältnis, dass Jessica wüsste, Samantha hatte hier noch etwas zu sagen.

„Wie kam es zu dem Fehler?"

Sie hatte es ja gewusst. Das hätte Jessica nicht getan, wenn sie sich nicht persönlich kennengelernt hätten. Damit hatte Peters sicher nicht gerechnet.

„Es war kein Fehler von uns." antwortete Samantha.

„Einspruch!" rief Mister Peters. „Ganz offensichtlich gab es den Fehler und Miss Paine sagt hier falsch aus. Deshalb beantrage ich den Ausschluss ihrer Aussagen."

„Moment." bat Jessica. „Sollten wir uns nicht wenigstens anhören, wie es zu dem Fehler kam?"

Ihre Hand lag an dem Geländer vor Samantha und war angespannt. Samantha wusste, dass auch Jessica ihr gerade Vertrauen entgegenbrachte, das nichts mit dem Verhältnis zwischen Anwalt und Zeugen zu tun hatte. Sie vertraute darauf, dass Samantha hier etwas Wichtiges zu sagen hatte, und setzte sich dafür ein, dass sie es auch sagen durfte, ohne zu wissen, ob es ihrem Klienten schaden würde oder nicht.

„Die Zeugin soll antworten." entschied der Richter und Jessicas Blick sagte Samantha mehr als tausend Worte.

Sie konnte sie beruhigen. „Wir hatten im Vormonat eine Einnahme in Höhe von hundertfünfzigtausend Dollar gebucht."

„Das wissen sie noch so genau?" fragte Jessica lächelnd.

„Ja. Ich brauche nur kurze Anhaltspunkte, um genaue Zahlen wieder zu wissen."

„Wieso wurde das korrigiert?"

„Die Buchung war am letzten des Monats gekommen. Die Zahlung ging auf dem Konto ein und Misses Knox wollte es noch in den Monat gebucht haben, also haben wir das mittels Kontoauszug gebucht. Sie hat mir gesagt, es war eine Einnahme aus ihrer Werbeagentur und so hab ich es gebucht. Es ist richtig, normalerweise sollte das nicht so einfach gehen, aber ich hatte zu dem Zeitpunkt ein gutes Verhältnis zu ihr. Sie hat mir die Rechnung erst später nachgereicht und ich musste es umbuchen, weil es eben keine Einnahme der Werbeagentur war."

„Sondern?"

„Es war eine private Einzahlung."

Mister Peters stand auch noch mal auf. „Sie haben also die Buchhaltung für ihre Kundin frisiert." stellte er fest.

„Nein. Misses Knox hat mich deshalb auch nicht noch mal angesprochen, aber ich lasse so was offen liegen und arbeite es nach. Ich hab sie dazu angerufen und sie meinte, ich solle es so lassen. Das geht aber nicht, weil ich nicht eine private Einzahlung als Gewinn verbuchen kann. Das verfälscht sämtliche Statistiken und Abgaben. Deshalb hab ich es ja auch umgebucht und die Berechnung fürs Finanzamt korrigiert."

„Kommt das öfter vor?" fragte Jessica.

„Ja. Für viele Unternehmen geht es um Gewinnzahlen der einzelnen Monate, um irgendwelche Ziele zu erreichen oder Förderungen zu bekommen. Die Buchung gehört ja regulär auch in den vergangenen Monat, weil die Zahlung auf dem Konto am letzten Tag ankam. Wäre das aber nach dem Abschluss des Monats gebucht worden, würden die Förderungen auch erst einen Monat später kommen. Deshalb kommt es in Einzelfällen vor, dass wir die Buchung anhand der Kontoauszüge vornehmen und die Belege nachgereicht werden."

„Machen das nur sie?"

„Nein. Das ist branchenüblich. Ich mache es für meine Kunden allerdings nur selten und lasse es meine Mitarbeiter nicht machen. Das geht alles über meinen Tisch, damit ich überwachen kann, dass die Belege wirklich noch kommen."

„Danke." lächelte Jessica zufrieden. Ihr Vertrauen war belohnt worden und sie konnte sich ein Grinsen für Peters nicht verkneifen, als sie dem Richter den Rücken zuwandte.

Samantha atmete innerlich erleichtert auf. Sie wusste um Jessicas Abneigung gegen Überraschungen, aber diese hier hatten sie bewältigt. Hoffentlich wirklich ohne Nachwirkungen.

Mister Peters war aber immer noch nicht fertig. Samantha fühlte sich langsam wie auf dem Folterstuhl. Und auch Jessica merkte schnell, dass es sein Hauptziel war, ihre Glaubwürdigkeit in Frage zu stellen. Offensichtlich hatte er mit dem Richter schon gesprochen, was es theoretisch nicht geben sollte, aber es war möglich. Und wenn Peters dann hier nur darauf aus war, Samantha in den Schmutz zu ziehen, dann schienen ihre Chancen gut zu stehen, mit der Kürzung der Berechnungsgrundlage durchzukommen. Wenn Samanthas Aussagen im Protokoll und ihre korrigierte Berechnung Beweisstück bleiben würden...

„Miss Paine." sagte Peters schließlich. „Ist es richtig, dass sie ein Verhältnis mit Mister Knox haben?"

„Jetzt geht das schon wieder los." fluchte sie leise. „Nein."

„Sie stehen unter Eid und müssen hier die Wahrheit sagen." erinnerte er und versuchte sich an einem Lächeln. Bei diesem Kerl sah es nach einer verschobenen Fratze aus!

„Tue ich."

„Tun sie nicht. Wir haben einen Zeugen geladen, der das bestätigen kann."

„Einen Zeugen, der mich mittels Betrug davon abhalten wollte, Miss Bennet und Mister Knox bei der Berechnung zu helfen?"

„Was?" fragte der Richter verwirrt.

„Einspruch." schoss Peters gleich hinterher und Jessica stand auch wieder auf. Jetzt war es an ihr, hier Ordnung reinzubringen.

„Euer Ehren, gegen diesen benannten Zeugen läuft bereits ein Verfahren wegen Betrugs in New York. Ich habe mit dem zuständigen Staatsanwalt gesprochen."

„Das hat hier nichts zu suchen." legte Peters fest.

„Ich finde schon. Und eben jener Zeuge hat auch mittels Vortäuschung falscher Tatsachen unsere Arbeit behindert."

„Das ist eine Lüge." stellte Peters völlig erhaben über jeden Zweifel fest.

„Miss Bennet, haben sie irgendwelche Beweise?" fragte der Richter.

„Habe ich."

Peters riss blitzartig den Kopf zu ihr herum, als sie mit einigen Zetteln zum Richter ging.

„Das ist ein Aktenauszug der Staatsanwaltschaft. Und die schriftliche Aussage des Staatsanwalts Richardson, die die Aussage von Miss Paine bestätigt."

„Dann soll die Zeugin aussagen."

Samantha hätte Peters gern ausgelacht. Der machte gerade keine anwaltliche Figur.

„Miss Paine, wie kamen sie zu der Bekanntschaft mit Mister Cartwright?" fragte Jessica, denn auch sie wusste, sie musste den Vorwurf endgültig aus der Welt schaffen. Sie hatte gehofft, ganz und gar um das Thema herumzukommen, aber da mussten sie jetzt irgendwie durch.

„Eigentlich noch gar nicht. Seine Firma war Kunde bei mir."

„War?"

„Ja. Ich habe ihm die Zusammenarbeit gekündigt,

nachdem er mich so hintergangen hat."

„Was hat er getan?"

Wieder ging Samanthas Blick zu dem Richter. „Das ist der Bruder von Misses Knox."

„Antworten sie nur." lächelte er und sie tat es.

„Er bat über meinen Vorgesetzten, direkt von mir betreut zu werden, und schickte mir stapelweise Kartons unsortierter Belege aus mehreren Jahren. Wir haben sechs Vollzeitarbeitskräfte für einen ganzen Tag abgestellt, um erst mal Ordnung zu schaffen, weil angeblich auch noch eine Buchprüfung anstand. Dem war aber nicht so. Die Buchprüfung war die Staatsanwaltschaft, die einen Einblick haben wollte, um wegen Betrugs gegen ihn vorgehen zu können. Und von Mister Richardson habe ich dann auch erfahren, dass Mister Cartwright bereits einen Buchhalter hatte, der alles sortiert hatte. Er hat das ganze Chaos also nur gestiftet, um mir die Zeit zu stehlen. Das wurde ihm auch in Rechnung gestellt und einen Tag später hat er Insolvenz angemeldet."

Jessicas Mundwinkel zuckten. Sie erinnerte sich an Samanthas Reaktion darauf. Sie war noch in New York gewesen und hatte angerufen. Sie hatte geschimpft wie Rumpelstilzchen und von Jessica die Bestätigung haben wollen, dass der damit nicht durchkommen würde. Auch jetzt war ihr die Empörung anzuhören.

„Das ist eine Behauptung." stellte Peters gelassen fest. „Haben sie auch Beweise für die Theorie, dass das Absicht war?"

„Das Schreiben von Mister Richardson." schoss Jessica eisig zurück. „Er bestätigt die Aussage, denn er hatte mit dem vorherigen Buchhalter schon gesprochen gehabt. Und als er dann bei Miss Paine war, rief sie mich an, weil sie erkannte, dass die beiden Fälle zusammengehören. Ihr Plan ging also leider nicht auf."

Das hatte er auch bemerkt. „Also hat Miss Paine doch gegen ihre Schweigepflicht verstoßen?"

„Nein. Sie rief mich an, sagte mir gleich, dass Mister Richardson mithört, und sagte nur, dass die beiden Fälle zusammenhängen, wie es auch die schriftliche Aussage von Mister Richardson bestätigt. Um eben nicht dagegen zu verstoßen, bekam sie von beiden Seiten das Einverständnis, frei zu reden."

„Nur von Mister Cartwright nicht."

„Aber dafür von dem zuständigen Staatsanwalt."

Damit musste sich Peters wohl oder übel geschlagen geben. Er musste zuhören, wie Jessica auch noch die anderen Zusammenhänge mit Samantha ausweitete. Von den Buchungen, die Misses Knox widerrechtlich an ihre eigene, neu gegründete Firma gezahlt hatte, von den ganzen dreckigen Geschäften … Hier kam alles ans Licht, was er hatte verbergen wollen. Pech gehabt. Wären Samantha und Jessica nicht diese freundschaftliche und sexuelle Beziehung eingegangen, wäre das alles vermutlich nicht ans Licht gekommen. Aber so waren sie vorbereitet gewesen und hatten alles weiter verfolgen können, was ohne persönliche

Unterhaltungen wohl nie ans Tageslicht gekommen wäre. So spielt manchmal der Zufall.

Sie legten Beweise für den Betrug vor, für den Nachweis, dass es die Firma von Misses Knox war, die das Geld der Firma ihres Mannes bekommen hatte und so weiter. Mister Peters sah sich auf einem sinkenden Schiff. Er hatte nur noch einen einzigen Strohhalm.

„Das ändert alles nichts an der Affäre."

„Was für eine Affäre?" stöhnte Samantha genervt. „Ich habe keine Affäre mit Mister Knox. Noch nie gehabt."

„Sie haben Geld von ihm bekommen."

„Kommt vor."

„Privat." ergänzte Peters und Jessica rutschte das Herz in die Hose. Wieso wusste der das? Samantha hatte es ihr erzählt, aber sie hatte ihr eingeschärft, das nicht zu erwähnen.

„Auch, ja. Er ist zufrieden mit meiner Arbeit, deshalb steige ich aber noch lange nicht mit ihm ins Bett."

„Was waren das für Zahlungen?" fragte Jessica, um zu retten, was zu retten ging.

Samantha hielt Jessicas Blick nicht stand, deshalb lächelte sie Karl dankbar an. „Weihnachtszahlungen. Er hat mir jedes Jahr einen Scheck geschickt und eine Karte dazu. Genau wie ich ihm jedes Jahr eine zurückgeschickt hab und Blumen zum Geburtstag."

„Sie kennen sich also doch persönlich." triumphierte Peters.

„Das habe ich nie abgestritten. Ja, wir kennen uns persönlich. Als ich seine Firma übernommen habe, sah ich mich einem einzigen Chaos gegenüber. Wir haben viel Zeit miteinander verbracht, um das zu lichten. Und als seine Firma wuchs, hat er sich immer meinen Rat geholt, wenn es um Investitionen ging. Ich hab ihm die Statistiken und Prognosen erstellt, die er brauchte, um eine wirtschaftliche Entscheidung treffen zu können. Wir haben uns darüber auch persönlich kennengelernt, aber das ist noch lange keine Affäre, die sie mir unterstellen."

„Ich glaube ihnen nicht. Er hat sich ihre Dienste erkauft."

„Er hat sich lediglich meine Dienste als Buchhalterin erkauft. Und zwar auf dem offiziellen Weg über eine Rechnung, die meine Firma jeden Monat an seine Firma stellt. Mehr nicht."

„Sie haben auch die Buchhaltung für Misses Knox gemacht, nicht wahr?"

„Ja." Immer noch, das hatten sie doch nun schon ausdiskutiert. Samantha wollte nichts weiter als verschwinden, aber so schnell wurde das nichts.

„Haben sie nicht die Buchhaltung von Misses Knox frisiert, um ihr zu schaden und sie in den Ruin zu treiben?"

„Das hat sie alleine ganz gut hinbekommen. Wenn eine Firma keine Einnahmen, aber horrende Ausgaben hat, funktioniert das einfach nicht." War ja wohl logisch!

„Sie haben das so gedreht."

Samantha atmete tief durch. „Das ist nicht wahr.

Ich habe gebucht, was kam. Rechnungen und Einnahmen. Das ist das Gute an Zahlen. Sie lügen nicht. Jeder Betrug kann anhand von Zahlen nachgewiesen werden."

„Aber eben weil sie die Zahlen so gut verstehen, haben sie Möglichkeiten, die kein anderer hat."

„Einspruch!" rief Jessica. „Worüber reden wir hier eigentlich? Es geht die ganze Zeit um Zahlen, aber als Grundlage für die Scheidung. Ich glaube nicht, dass die Ausbildung von Miss Paine hier von Belangen ist."

„Doch." widersprach Peters wieder mit einem so belehrenden Ton, dass Jessica selbst die Galle zu platzen drohte. Andauernd gab ihr dieser Kerl das Gefühl, noch in der Ausbildung zu stecken. Das war natürlich Taktik, wie sie wusste. Er versuchte, sie zu verunsichern. Das klappte bei ihr nur nicht, weil sie trotz ihrer jungen Jahre schon vor vielen Richtern gestanden hatte. Langsam wurde ihr nur bewusst, was genau Samantha an Anwälten nicht mochte. Peters war ein Musterbeispiel des Aasgeiers.

„Sie steckt hier bis zum Hals mit drin." erklärte er. „Sowohl bei Mister Knox, als auch Misses Knox. Sie hat ihre Kompetenzen überschritten, als sie ihnen von der Firma des Bruders erzählt hat..."

„Hat sie nicht." unterbrach Jessica, um das noch mal zu betonen.

Peters redete einfach weiter. „... sie bekommt jährliche Zahlungen von Mister Knox und hat zugegeben, ihn persönlich zu kennen. Natürlich kommt da der Verdacht auf, dass sie eine Affäre mit ihm hat und die Abhängigkeit von Misses Knox ausgenutzt hat, um ihr zu schaden."

„So ein Unsinn!" rief Samantha. „Misses Knox hätte die Firma keine drei Monate halten können, wenn Mister Knox nicht immer wieder Geld hineingeschoben hätte. Geld, das ich überwiesen habe! Ich habe die Überweisungen von einem Konto auf das andere vorgenommen und verbucht."

„Und noch was in ihre eigene Tasche?"

„Nein!"

„Wieso werden sie dann wütend?" grinste er so überheblich, dass Samantha doch noch platzen wollte.

„Weil sie mich die ganze Zeit persönlich angreifen. Das ist völliger Unsinn. Ich war bereits die Buchhalterin für Mister Knox und er war zufrieden mit meiner *Arbeit*!" betonte sie extra deutlich. „Deshalb hat sich Misses Knox auch entschieden, mir ebenfalls ihre Buchhaltung zu übergeben. Mehr nicht."

„Nein, er hat ihnen einen weiteren Kunden zugeschoben, um sie bei Laune zu halten."

„Einspruch!" rief Jessica, doch bei Samantha war eine Grenze überschritten worden. Sie fürchtete hier nicht nur um Karls Geld und Firma, an der sein Herzblut hing, sondern auch um Jessicas Sieg.

„Ich habe keine Affäre mit ihm! Hatte ich nie!"

„Haben sie sehr wohl. Geben sie es zu!" forderte Peters, weil er glaubte, sie soweit zu haben.

„Nein! Niemals!" Samantha schlug wütend auf

das Geländer vor sich. „Ich hatte noch nie irgendwas mit irgendeinem Mann, also auch nicht mit Mister Knox!"

Das hatte gesessen. Sie hatte einen ganzen Saal zum Schweigen gebracht. Jessica starrte sie mit großen Augen an. Hatte sie doch die ganze Zeit versucht, ihr das zu ersparen, hatte sie es nun doch getan. Sie hatte sich geoutet. In der öffentlichen Welt. Das würde sich über Misses Knox und diesen Aasgeier Peters definitiv herumsprechen.

Samantha sackte in sich zusammen, senkte den Blick auf ihre Knie und fuhr leise fort. „Ich hatte nie eine Affäre mit Mister Knox und werde auch nie eine haben."

Jetzt war es raus. Und sie fühlte sich hundeelend. Allein gelassen. Das sah auch Jessica und ging zu ihr. Nur mit Mühe behielt sie die Fassade der Anwältin.

„Das war sehr mutig."

Samantha hob den Blick und begegnete diesen betörenden blauen Augen, die ihr den Halt gaben, den ihr Jessica gern richtig gegeben hätte.

„Damit dürfte die Affäre vom Tisch sein." sagte Jessica zu dem Richter.

„Ist sie. Miss Paine bleibt als Zeugin im Verfahren und ihre Aussagen im Protokoll."

Und erst dann durfte sie endlich gehen. So lange hatte sie aussagen müssen, hatte alles mögliche erzählen und erklären müssen, dass sie schon heißer war, und dann war es so schnell vorbei.

Sie konnte nicht in dem Saal bleiben, der sich für sie anfühlte wie die Folterkammer ihres Lebens. Allein der Geruch des alten Baus brachte ihr Übelkeit. Sie wollte nichts als weg! Nur noch weg! Egal wohin, Hauptsache soweit wie möglich weg von diesem grausigen Ort, den sie wohl noch eine Weile in ihren Albträumen sehen würde.

Sie flüchtete. Am liebsten wäre sie gelaufen und gelaufen, bis die Welt zu Ende wäre. Nur nicht stehenbleiben! Nur nicht zurückschauen! Nur nicht daran denken, was vor ihr lag! Mit Scheuklappen mochte sie am liebsten sofort in eine neue Heimat laufen und sich alles andere nachschicken lassen!

Was würde sie wohl erwarten, wenn sie ins Büro käme? Bright wartete auf ihren Anruf, um Bericht abzuliefern. Er würde aber auch das offizielle Protokoll der Verhandlung bekommen. Für die Akten hatte er es beantragt, um immer nachweisen zu können, was Samantha stellvertretend für seine Firma ausgesagt hatte. Er würde es erfahren und als Klatschtante definitiv weitergeben. Das Recht dazu hatte er Samanthas Meinung nach nicht, aber sie kannte ihn inzwischen so gut, dass sie wüsste, der könnte so eine Neuigkeit niemals für sich behalten.

Und dann? Ihre Mitarbeiter, ihre Kollegen, ihre Kunden ... Wie würden sie sich ihr gegenüber verhalten? Würden sie sie meiden wie man Jessica hier in der Kleinstadt mied? Würde man sie mobben oder gar feuern? Würde sich überhaupt noch ein Kunde von ihr betreuen lassen wollen? Sie wollte nicht angestarrt werden, wenn sie morgens ins Büro kam. Sie wollte keine Aussätzige sein wie Jessica.

Im Beruf war sie es nicht, aber in ihrem Wohnort dafür umso mehr. Das wollte Samantha nicht. Immer aufpassen, dass sie keiner Frau gegenüber einen Scherz zu viel machte oder eine Berührung, die ihr vielleicht falsch ausgelegt werden würde … Jetzt kam es hin und wieder eben vor, dass sie hinter Michaela stand und ihr lobend auf die Schulter klopfte, wenn sie ein Problem gut gemeistert hatte. Sie hatte sich da noch nie etwas dabei gedacht und würde sich das wohl auch zukünftig nur schwer verkneifen können. Würden Michaela und die anderen sie überhaupt noch ernst nehmen?

Jessica zog die Verhandlung durch, aber sie war nur noch mit halbem Herzen anwesend. Sie wusste, Samantha brauchte sie jetzt, aber sie konnte nicht bei ihr sein. Selbst ihr Sieg half ihrer Stimmung nicht. Es wurde als Berechnungsgrundlage die korrigierte Buchhaltung akzeptiert und wurde sogar laut ihrem Antrag noch um die Zahlungen gemindert, die Mister Knox aus seiner Firma in die Firma seiner Frau gezahlt hatte. Sogar die anfänglichen Verluste wurden abgezogen. Sie hatte all ihre Punkte durchgedrückt, aber es war ihr beinahe egal.

„Gehen sie." lächelte Mister Knox zu seiner Anwältin. „Sie braucht sie jetzt, nicht wahr?"

„Ja, vermutlich. Die Frage ist nur, wo sie ist."

Mister Knox war eben wirklich ein herzlicher Mensch. „Fragen sie ihr Herz, dann wissen sie es." lächelte er liebevoll und ging aus dem Saal. Eigentlich konnte man sagen, er tanzte fröhlich und vergnügt hinaus. Bevor er die Scheidung seiner neuen Anwältin übergeben hatte, war er noch bereit gewesen, seiner jetzt Ex-Frau mehr zu zahlen. Das war ihr nicht genug gewesen und das ewige Hin und Her hatte ihn mürbe gemacht. Er hatte aufgegeben gehabt und alles an Miss Bennet übergeben. Und was die nicht alles aufgedeckt hatte … Ja, es freute ihn, dass seine Ex nun beinahe leer ausging. Er war nicht der Typ, der ihr das auf die gehässige Art gezeigt hätte, aber man sah es ihm auch so an.

Jetzt konnte er nur noch hoffen, dass Sami sich fangen würde und ihm nicht böse wäre. Er hätte von ihr nie verlangt, so ein persönliches Geheimnis preiszugeben. Selbst hatte er es auch nicht gewusst, aber es war auch völlig belanglos für ihn. Sie arbeiteten gut zusammen und mehr war da nie gewesen. Nur eine Freundschaft.

Jessica folgte ihm hektisch, rannte aber an ihm vorbei nach draußen. Wo könnte Samantha sein? Eigentlich fiel ihr auf Anhieb nur ein Ort ein. Die Schule. Dort war sie geoutet *und* glücklich gewesen. Sie hatten dort einen wunderschönen Tag als Lesben erlebt.

Sie fuhr blind zur Schule ihres Bruders und hatte Glück. Samantha saß auf der Schaukel am Spielplatz und starrte vor sich hin. Die Schule war in den Ferien ja vollkommen leergefegt, da war es der perfekte Platz, um sich zurückzuziehen.

„Hey." sagte Jessica vorsichtig, um sich anzukündigen. Sie wollte Samantha nicht erschrecken.

„Und?"

„Sieg, aber egal. Wie geht's dir?"

„Keine Ahnung." Sie konnte sich nicht mal richtig für Karl freuen, obwohl es zumindest ihr Unterbewusstsein tat. Sie schämte sich, weil ihr dieser Mann nicht egal war. Außerdem hatten sie wochenlang für diesen Sieg gearbeitet und gekämpft. Freude konnte sie aber nicht empfinden. Noch nicht.

Jessica hockte sich vor Samantha und nahm ihre Hände. „Tut mir leid, dass ich erst jetzt komme."

„Ich hätte nicht gedacht, dass du mich überhaupt findest."

„Wolltest du allein sein? Soll ich gehen?" fragte Jessica sanft, obwohl es sie irgendwie verletzt hätte. Nicht, dass sie das ausgesprochen hätte … Sie hätte jetzt auch den Raum und die Zeit freigegeben, damit Samantha mit sich und ihren Gedanken ins Reine kommen konnte. Andererseits war eine freundschaftliche Schulter wohl gerade auch nicht das Schlechteste.

„Nein." entschied Samantha auch sofort. Wen, wenn nicht Jessica, hätte sie jetzt bei sich haben wollen? „Eigentlich bin ich froh, dass du da bist."

„Es tut mir leid, Samantha. Ich hab das nicht gewollt, ehrlich. Ich hätte das auch nicht gesagt, das schwöre ich dir."

„Ich weiß." Sie wusste es tatsächlich mit absoluter Sicherheit. Inzwischen zweifelte sie keinen winzigen Augenblick mehr an Jessicas Verschwiegenheit. „Aber ich musste es aussprechen, richtig? Anders wäre das Thema nie vom Tisch gewesen." Zumindest war sie zu der Überzeugung gekommen, seit sie hier saß.

„Nein, vermutlich nicht. Aber ich weiß, wie du dich gerade fühlst."

„Ach Jessi." seufzte Samantha, nahm ihre Hände auf und küsste sie zärtlich. „Hilft es, sich in eine Kleinstadt zu verdrücken?"

„Du solltest wissen, dass es das nur schwerer macht." schmunzelte Jessica.

„Mh … Wahrscheinlich. Da muss ich wohl meinem Vorbild folgen und einfach durch, richtig?"

„Wenn du nicht gerade kneifen willst, kündigen und in eine andere Stadt ziehen, dann ja. Aber Sam, du bist stark. Du hast einen Namen in der Branche. Du wirst dich in der ersten Zeit den Blicken aussetzen müssen, aber ich hab dein Team kennengelernt. Sie stehen zu dir."

„Vermutlich." Samantha raufte sich kurz die Haare. „Können wir noch bis morgen bleiben? Die Reise wird lang und ich würde mich gern noch etwas beruhigen."

„Klar. Ihr könnt bleiben, solange ihr wollt."

„Nein, ich glaube, ich will so schnell wie möglich da durch. Außerdem werde ich erwartet."

„Na komm. Wir suchen uns einen Schokoladenkeks und Kaffee."

„Ich will keine Schokolade." flüsterte Samantha und küsste Jessica. Das war so viel süßer als Schokolade es jemals sein könnte. Das konnte nicht mal Jessica abstreiten.

***

Der Abschied am nächsten Morgen fiel noch schwerer als beim letzten Mal. Nicht nur Jessica und Samantha. Lucy und Thomas drückten sich aneinander und versprachen sich, auf jeden Fall per Chat und Telefon in Kontakt zu bleiben. Sie hatten den Weg einer echten Freundschaft betreten. In den gemeinsamen Tagen hatten sie so viel Zeit miteinander verbracht und so viele Dinge entdeckt, die sie gemein hatten, dass es schwerfiel, auseinanderzugehen, ohne zu wissen, ob und wann man sich mal wieder sehen würde. Lucy hätte nicht in die Kleinstadt ziehen wollen, aber sie würde Tom vermissen.

Das eigentliche Drama fand aber neben den beiden Teenagern statt. Lucy hatte sich schon von Jessica verabschiedet, wie auch Samantha von Thomas. Nur die beiden voneinander war schwer. Im Moment verloren sie sich in einem langen, innigen Kuss.

„Du wirst mir fehlen." flüsterte Jessica.

„Du mir auch. Lass es dir gutgehen. Und denk an mich, wenn du mal eine Buchhalterin brauchst."

„Werde ich. Und ruf an, wenn du Probleme mit Ralf kriegst."

„Mach ich."

Es gab noch einen Kuss, aber dann musste es leider sein. Lucy und Samantha stiegen in den

Wagen und fuhren davon. Und diesmal war es irgendwie noch schlimmer. Für beide. Eigentlich für alle Vier. Diesmal war es keine Trennung für eine bestimmte Zeit, bis zur Verhandlung. Die war nun vorbei und es gab keinen Grund mehr, sich noch einmal zu sehen. Zumindest noch nicht. Vermutlich würde Jessica sich auf Krampf Mandanten suchen, die Beziehungen nach New York hatten. Die Chancen standen schlecht...

„Jessi." seufzte Thomas und schlang die Arme um sie.

„Hey." sagte sie aufgeschreckt. An ihren kleinen Bruder hatte sie in diesem Augenblick überhaupt nicht gedacht. „Was ist los?"

„Ich seh es dir an. Sie wird dir fehlen."

„Wird sie." bestätigte sie auch sofort, als sie die Tür schloss.

„Seht ihr euch wieder?"

„Vielleicht irgendwann mal. New York und Oklahoma sind ja ein Stück auseinander."

„Aber nicht mit dem Flugzeug."

„Du weißt, was mir die beiden erzählen, wenn ich zu ihnen fliege." Jessica wusste, dass Lucy ihm davon erzählt hatte. Das würden sie ihr wohl sehr übelnehmen. Sowohl Samantha, als auch Lucy. Und wenn man jedes Mal zwei Tage unterwegs war...

„Außerdem..." fuhr sie fort. „sind wir beide mit unseren Jobs verheiratet. Da macht sie keine Ausnahme. Wir haben gar keine Zeit für was Festes, also..." Jessica hob die Schultern und schnaufte durch. „Das würde niemals funktionieren."

Wem redete sie das eigentlich ein? Thomas sah nicht so aus, als hätte er es ihr abgekauft. Und sie sich selbst auch nicht so richtig, obwohl es wahr war. Sie würden sich vermutlich nie sehen. Jetzt war es ja auch nur möglich gewesen, weil Jessica zu Hause gearbeitet hatte und Samantha mehr oder weniger Urlaub gehabt hatte. In beiden Büros würde jede Menge Arbeit warten.

Ausreden, dachte Jessica, als sie ganz allein in ihrem Garten saß. Es war plötzlich so still. Thomas war in seinem Zimmer. Jessica konnte sich nicht erinnern, dass es schon jemals so gespenstisch still hier gewesen war.

Ihre Gedanken glitten zu Samantha. Die würde in New York vermutlich keiner gespenstischen Stille begegnen. Ob sie da überhaupt die Zeit finden würde, an Oklahoma und die Anwältin zu denken?

Jessica seufzte leise. Sie brauchte mehr Argumente in ihrem Kopf. Wie bei einer Verhandlung suchte sie die Argumente, die dafür sprachen, dass sie allein war und sich einsam fühlte. Sie würde ihren Job nicht vernachlässigen können, ohne Sam irgendwann einen Vorwurf daraus zu machen. Das war eine Tatsache, derer sie sich bewusst war. Und das galt für beide Seiten.

Mit ihren Karrieren auf dem derzeitigen Level war es allerdings unmöglich, etwas anzufangen, das es wert war, eine Beziehung genannt zu werden. Auch das war leider eine unumstößliche Tatsache. Samantha hatte etwas Besseres verdient.

Dann war da noch die Geographie. Jessica wollte Thomas nicht aus seiner gewohnten Umgebung nehmen. Er war doch in Oklahoma zu Hause. Genau wie sie selbst, nur dass sie für Samantha darauf verzichtet hätte. Ohne zu zögern, da gab es keine Diskussion. Ihrem kleinen Bruder wollte sie diesen Kulturschock allerdings ersparen. Und mit der Entfernung … Ohne Flugzeug … Da würden sie sich noch weniger sehen, als es aufgrund ihrer Jobs sowieso schon möglich gewesen wäre. Nicht mal eine Wochenend-, sondern eine Urlaubsbeziehung. Das kam für Jessica auch nicht in Frage. Das wäre nicht gut für sie selbst und vor allem nicht gut für Samantha.

Und sonst? Mehr Argumente fielen Jessica nicht ein, so sehr sie auch suchte. Quasi das ganze Wochenende suchte sie fieberhaft nach mehr Gründen, die sie davon abhielten, jetzt in ihr Auto zu steigen und nach New York zu fahren.

Das wusste Samantha natürlich auch alles. Lucy sah das allerdings noch lange nicht ein. Sie brauchte noch ein bisschen, um den Abschied in ihrem Herzen zu verarbeiten, aber dann plapperte sie auf Samantha ein. Lucy suchte eine Möglichkeit, die beiden zusammenzuführen, doch die gab es nicht. Nicht mit so vielen Meilen zwischen ihnen. Und nicht mit ihren beiden arbeitswütigen Geistern. Das erklärte Samantha auch und Lucy gab irgendwann auf. Am Rückspiegel von Samanthas Wagen hing die Kette mit dem halben Herz, die sie bei dem Liebestest bekommen hatten. Jessicas Hälfte, das wusste Lucy, hing an der gleichen Stelle, nur in einem anderen Wagen. Und in Samanthas Bett wartete ein großer rosa Teddybär...

Am Tag nach ihrer Ankunft zu Hause ging Samantha aus. Sie konnte keinen Grund finden, der sie zurück nach Oklahoma gezwungen hätte und wollte Jessica vergessen, doch das gelang ihr nicht, also stürzte sie sich ins Getümmel ihrer eigenen Stadt auf der Suche nach der Jessica aus New York. Nein, nicht mal das. Sie suchte nur eine Möglichkeit, die Jessica aus Oklahoma zu vergessen, denn eine richtige Beziehung schien ihr mit ihrem Job noch immer unmöglich.

Sie fand Kitty in ihrem Club und zog sich mit ihr zurück. Das Problem: Sie reagierte nicht mehr so, wie es mal gewesen war. Das merkte auch Kitty und fragte sie, was los sei. Dann verbrachten sie die Zeit tatsächlich mit reden. Keine Berührungen, nichts. Samantha erzählte, Kitty hörte zu.

„Lass dir Zeit." lächelte Kitty schließlich. „Du hast dich verliebt und kannst nach so was nicht so tun, als wäre alles wie immer. Also lass uns einen trinken gehen."

Tja, damit musste sich Samantha wohl zufrieden geben. Und das ganz und gar ohne Befriedigung...

Jessica ging es ähnlich. Auch sie hatte ihre Anlaufstellen, wenn sie eine heiße Nacht suchte, doch auch bei ihr verweigerte ihr der Körper den Dienst. Es passierte einfach gar nichts. Es machte den Eindruck, als verweigere ihr Körper ihr die Befriedigung ihrer Gelüste, solange Samantha nicht dabei wäre. Es war wie verhext. Vergessen konnte sie sie sowieso schon nicht, jetzt konnte sie sich nicht mal mehr gehen lassen!

Im Gegensatz zu Samantha fand sie allerdings nicht so viel Verständnis.

„Okay, was ist los?" fragte Francine genervt.

„Keine Ahnung." murmelte Jessica und setzte sich auf. Was war los mit ihr?

Francine fing an zu kichern. „Du hast dich verliebt." stellte sie unmissverständlich fest.

Und ja, so langsam musste Jessica einsehen, dass genau das passiert war. Sie wollte es sich nicht eingestehen, in der Hoffnung, das Gefühl, verlassen worden zu sein, würde sich geben. Zwecklos. „Ja, hab ich." gestand sie leise.

Nun lachte Francine richtig los. „Ich wusste gar nicht, dass du das kannst. Ich dachte immer, deine einzige Liebe ist dein Job."

„Danke, das hilft mir gerade weiter." zickte Jessica, stand auf und verließ das fremde Schlafzimmer. Das Letzte, das sie brauchte, war Hohn. Eine Freundin zum reden - das wäre schön gewesen. Aber die einzige, mit der Jessica in dieser Situation über ihre Gefühle und Gedanken hätte reden wollen, war die Ursache für die Notwendigkeit eines Gesprächs. Jessica blieb also weiterhin allein mit sich.

„Jessi!" rief Francine ihr lachend nach. „Du bist doch unfähig, eine Beziehung zu führen!"

Das wusste sie selbst, das machte es aber nicht besser. Ganz im Gegenteil. Das so zu hören, war wie das Durchschneiden des Seils an der Guillotine. Egal wie langsam oder schnell man es macht, der Kopf wäre binnen Sekunden ab. Francine hatte schnell geschnitten, aber dennoch ein Herz gespalten.

Nach diesem Vorfall brach Jessica den Kontakt zu Francine komplett ab. Nett oder wenigstens einfühlsam war sie noch nie gewesen, aber immerhin in körperlichen Dingen doch zu Gefühlen fähig. Aber selbst wenn es Jessica irgendwann gelingen würde, Samantha aus ihrem Herzen zu verbannen, würde sie sich lieber einen neuen Betthasen suchen, statt zurück zu Francine zu gehen, die sie in dem Moment genauso im Stich gelassen hatte wie Samantha.

Noch einsamer wollte sich Jessica auch nicht fühlen und traf sich wenigstens hin und wieder mit Freunden oder auch mal mit Pierre, ihrem Assistenten. Nur nicht das Gefühl aufkommen lassen, ganz allein auf der Welt zu sein.

***

Zwei Wochen vergingen. Samantha und Jessica fanden wieder richtig in ihren Job und Alltag hinein. Samantha hatte mit Barry Bright eine Unterredung an ihrem ersten Arbeitstag gehabt. Er hatte das Protokoll natürlich gelesen. Aber gesagt hatte er es noch niemandem, versicherte er. Das überraschte Samantha zwar, aber es gab ihr auch die Chance, das selbst zu übernehmen. Aber nicht als offizielle Erklärung in einer Teamsitzung, sondern persönlich, wenn es sich ergab. Jeder fragte, wie es gelaufen sei, und sie ließ mehr oder weniger nebenbei fallen, dass Jessica ihr fehlen würde.

Da ihre Leute sie kannten, war ihnen spätestens nach zwei Tagen auch klar, was hier abging. Samantha war nicht richtig zurückgekommen. Ein Teil war noch immer in Oklahoma. Sie machte ihre Arbeit professionell wie immer, genau wie Jessica, aber sie selbst waren anders. Ruhiger und in sich gekehrter. Außerdem arbeiteten sie noch mehr als sonst. Unter Hochkonzentration verbrachten sie mehr Zeit in ihren Büros als irgendwo sonst. Gut, das war sonst auch nicht anders gewesen, aber da hatten sie wenigstens die Nächte in ihren eigenen Betten und nicht auf den Sofas im Büro verbracht. Samantha hatte sich einige ihrer Anzüge mitgenommen und nutzte die Waschräume vom Fitnessstudio ganz unten in den Wolkenkratzer. Sie hatte gefragt, ob es möglich sei, auch ohne Mitgliedschaft, und man hatte ihr die Möglichkeit gegeben, wenigstens einmal täglich zu duschen. Im Gegenzug half Samantha dem Betreiber bei der Steuererklärung. Sie machte sie nicht für ihn, das durfte sie nicht, aber sie konnte ihm Tipps geben. Damit sparte er mehr, als die tägliche Dusche kostete. Für Samantha war es eine weitere willkommene Ablenkung von der Sehnsucht.

Ein Ploppen schreckte Thomas auf, als er gerade in seine Kritzeleien vertieft war. Es war das Signal einer Chatnachricht.

„Bist du da?" schrieb Lucy.

„Ja."

„Kann ich anrufen?"

„Klar."

Sie hatten inzwischen auch die Verbindung zum Videoanruf hergestellt und nutzten die hin und wieder. Sie achteten nur immer darauf, dass Samantha und Jessica nicht da waren. Sie fragten immer vorher, ob es gerade ginge. Und wenn nicht, dann waren die beiden zu Hause. Aber selten um die Uhrzeit, deshalb hatte Lucy auch schon so zeitig angefragt.

„Hey." lächelte Thomas, als die Verbindung stand und er seiner kleinen Freundin mal wieder von Angesicht zu Angesicht gegenüber saß. Ihre Energie und Lebensfreude fehlten ihm. Er hatte immer noch Ferien, aber hier gab es niemanden, mit dem er sie hätte verbringen wollen. Außer seine Schwester, aber die arbeitete ja wie ein Gaul. Ohne Lucy war Thomas nur die Einsamkeit in seinem Zimmer geblieben, daher lächelte er glücklich, sie mal wieder zu sehen und wenigstens ein bisschen Freude zu sehen.

Sehr zu seinem Unmut lächelte Lucy diesmal nicht. „Wie geht es Jessi?"

„Geht so. Nein, eigentlich geht es ihr scheiße, auch wenn sie es nicht sagt."

„Sie stürzt sich in Arbeit?" erkannte Lucy und Thomas nickte.

„Sam auch?"

„Ich hab sie seit zwei Tagen nicht gesehen."

„Ich sehe Jessi auch kaum noch."

„Das ist tragisch!" schimpfte Lucy verzweifelt. „Irgendwas müssen wir doch tun können."

„Und was? Jessi will gar nicht, weil sie meint, sie hat keine Zeit."

„Sam auch. Sie hat mir gestern gesagt, es wäre unfair einer Frau gegenüber, die sie liebt, wenn sie dann keine Zeit für sie hätte, weil sie unfähig ist, eine Beziehung zu führen."

„So viel redet Jessi gar nicht mit mir. Und sobald wir auf das Thema kommen, blockt sie ab."

„Und du lässt das zu?" kicherte Lucy. Samantha hatte schließlich auch abblocken wollen, aber bei Lucy war das nicht so leicht.

„Na ja, sie wird ganz schön zickig." verteidigte sich Thomas. Neben Lucy fühlte er sich manchmal wirklich wie der Waschlappen, den sie ihm unterstellt hatte.

„Was ist mit dir? Irgendwelche neuen Katastrophen?"

„Nein. Ist ziemlich öde ohne dich hier."

Sie lachte auf. „Du kannst mich ja mit einem Laptop durch die Gegend tragen."

„Kommt bestimmt gut. Dabei würde ich viel lieber mal nach New York kommen."

„Dann tu das doch. Die Ferien dauern doch noch an. Und Jessi bringst du mit. Und dann lassen wir uns hier was einfallen."

„Und was? Dann bleiben die vielen Meilen immer noch zwischen uns."

„Na dann zieht ihr her."

„Genau." schnaubte Thomas. „Meinst du wirklich, Jessi würde ihren Job aufgeben? Niemals. Genauso wenig wie Sam." Leider war er sich in diesem Punkt ganz sicher, das war ja das Schlimme, sonst hätte er sie schon längst darum gebeten. Aber er wollte nicht, dass sie für ihn auf ihre Arbeit verzichten müsste.

„Stimmt." Lucy biss sich auf der Lippe herum. „Aber ihr könnt doch erst mal kommen. Dann quetschen wir die beiden so lange aus, bis einer nachgibt. Sie müssen ja erst mal wissen, dass es dem anderen auch so geht, oder hast du mitbekommen, ob die Kontakt haben?"

„Soweit ich weiß, haben sie keinen. Keine Ahnung. Aber ich rede mit Jessi. Wenn ich sie mal wieder sehe." fügte Thomas hinzu, denn das war nicht so leicht.

An diesem Abend allerdings hielt er sich wach. Er wollte nicht einschlafen. Und das ist nicht leicht, wenn man allein in einem stillen Haus sitzt und bis drei Uhr morgens aushalten muss.

„Jessi!" rief er schließlich und war froh, von der Couch aufstehen zu können. Bewegung hielt ihn wach.

„Hey." lächelte sie leicht. „Was machst du denn noch hier?"

„Auf dich warten."

„Auf mich?" staunte sie. „Hast du was angestellt?" Bloß nicht, dachte sie nervös. Sie hatte doch geglaubt, Lucy hätte ihn um die Kurve auf den richtigen Weg gestoßen.

„Nein, ich will nur mit dir reden."

„Warum hast du nicht angerufen? Ich hätte eher kommen können."

„Hättest du das getan?" fragte er unsicher. Das wäre mal was Neues für ihn gewesen. Aber auch nur für ihn.

„Aber natürlich, Tommy." betonte sie frech. „Wenn mein Kleiner mich braucht, hätte ich das gemacht." Hätte sie eher mal mitbekommen, dass er sie vermisste, hätte sie von sich aus mal einen freien Nachmittag oder so eingelegt. Sie arbeitete viel, das wusste er ja und hatte ihr daraus noch nie einen Vorwurf gemacht. Sie selbst bekam aber ein schlechtes Gewissen, als ihr bewusst wurde, dass sie ihn mehr als sonst vernachlässigte.

„Na beim nächsten Mal." lachte er und nutzte die Chance, für die er extra gegen die Müdigkeit gekämpft hatte. „Du hast doch nächste Woche Urlaub."

„Ja. Vielleicht verschiebe ich auch, ich weiß noch nicht. Hast du was vor? Wollen wir wegfahren?"

„Ja. Nach New York."

Sofort sanken Jessicas Mundwinkel wieder, genau wie ihre Laune. Beinahe hörbar tat ihr Herz einen schweren Schlag bei dem Schock. Sie hatte mit allem gerechnet, nur damit nicht. „Ich glaube, das ist keine gute Idee." antwortete sie mit brüchiger Stimme. Da arbeitete sie nun bis zum umfallen und kam doch nicht um Samantha herum.

„Ach bitte." bettelte Thomas. „Ich würde Lucy gern wiedersehen und mir ansehen, wie sie lebt. Ihr fiel es hier so leicht, sich durchzusetzen. Bitte Jessi."

So was kannte sie von ihm nicht. Aber sie wusste genau, von wem er das hatte. Sie sah quasi Lucys Rehaugen vor sich. Und sie war bei Thomas genauso machtlos wie bei Lucy. Es war ihr einfach nicht möglich, ihm etwas abzuschlagen, wenn es doch theoretisch so leicht umzusetzen wäre. Sie würde ihm nicht alles ermöglichen, selbst wenn sie könnte, weil sie der Meinung war, ein bisschen sollte auch er etwas für die Erfüllung seiner Wünsche tun. Ein Auto zum Beispiel. Würde er sich einen Job suchen, würde sie seinen angesparten Betrag verdoppeln. Für den Kauf und die laufenden Kosten. Sie hätte ihm ohne weiteres ein Auto kaufen können, aber sie fand es nicht richtig, wenn man Kindern einfach alles gibt, nur weil sie es wollen.

Wenn es allerdings um ihren gemeinsamen Urlaub ging oder auch mal der Wunsch nach einem bestimmten Abendessen, dann sah Jessica keinen Grund, ihm das zu verwehren. Und wenn er ihr dann auch noch mit bettelndem Blick klarmachte, dass es ihm wirklich wichtig damit war, dann konnte sie nicht ablehnen. Alles, was sie wollte, war sein Glück.

„Na schön." sagte sie und sah eben jenen Glücksstrahl in seinen Augen, den sie liebte. Sie ging aber auch gleich nach oben, um nicht weiter ins Detail gehen zu müssen. „Du kümmerst dich um die Fahrt!" rief sie noch nach unten und hoffte, dass das auch die Ankündigung bei Sam beinhaltete.

Tat es natürlich nicht. Er sagte Lucy Bescheid, die gab es aber nicht an Samantha weiter. Nur an Anna, um für den Abend richtig schön zu kochen. Lucy bat ihre Tante einfach, an diesem Tag schon eher zu kommen, um mit ihr gemeinsam zu essen, und Samantha tat ihr den Gefallen mehr als gern, denn in dieser Hinsicht glich sie sich mit Jessica ohne Ausnahme. Ihren Kindern einen Gefallen tun? Ohne Kompromisse!

Als Samantha nach Hause kam, hatte sich Lucy richtig ins Zeug gelegt. Die Tafel stand auf der Dachterrasse, war gedeckt und wunderschön verziert, mit dem guten Geschirr, Blumen, Kerzen und anderen Dekorationen. Da der Tisch relativ weit von der Eingangstür entfernt stand, fiel Samantha auch gar nicht auf, dass zwei Gedecke zu viel aufgetan worden waren. Lucy musste ihre Tante nur lange genug vom Balkon fernhalten, bis der Besuch ankäme. Thomas hielt sie per SMS auf dem Laufenden. Es dürfte nicht mehr lange dauern und Lucy hatte sich schon einiges zurechtgelegt, mit sie Sam lange genug aufhalten könnte. Eine Broschüre mit diversen Freizeitaktivitäten lag auf dem Couchtisch und wartete auf ihren Einsatz. Damit würde Lucy es auf jeden Fall schaffen, genügend Zeit zu schinden.

Es roch schon köstlich, als Samantha die Tür aufschloss. „Wow." lächelte sie Lucy entgegen, als sie schon angesprungen kam. „Du hast dir Mühe gegeben."

„Für dich." freute sich Lucy und drückte sich an Samantha. Die bekam einen leichten Anflug eines schlechten Gewissens. Sie hatte sich rar bei ihrer Lucy gemacht. Da Freitag war, nahm sie sich vor, das ganze Wochenende nur ihr zu schenken. Keine Arbeit am Wochenende! Basta! Mal schauen, worauf Lucy Lust hätte. An Ideen mangelte es ihr eigentlich nie und ihnen könnte ein interessantes Wochenende bevorstehen.

Oder auch nicht!

Es klingelte und Samantha zuckte instinktiv zusammen.

Ralf!

Wer sonst würde um die Zeit bei ihr klingeln, wenn nicht ihr Bruder, der seine Tochter holen wollte? Vermutlich kam er diesmal nicht allein! Samantha wollte die Tür am liebsten gar nicht öffnen. Sie kannte diesen Kerl aber auch gut genug, um nicht an seiner Entschlossenheit zu zweifeln. Er würde sogar die Wand einreißen, um da hinzukommen, wo er hin wollte.

„Geh in dein Zimmer." forderte sie schnell von Lucy.

„Nein." quiekte die aber und hüpfte quietschvergnügt zur Tür, um sie ohne Scheu zu öffnen. Samantha war viel zu verwirrt, um sie aufzuhalten. Ihre Kleine schien kein bisschen an ihren Vater zu denken. Als gäbe es keine Gefahr mit diesem Namen.

Samantha folgte ihr etwas stockend und sah zu, wie Lucy die Tür öffnete. Und da standen sie. Thomas und Jessica. Lucy überfiel die beiden in ihrer typischen Art, nur dass sie Jessica gleich wieder losließ und sich zu Thomas stellte, um das Kommende zu beobachten wie im Theater. Die Darsteller hatten die Bühne betreten und befanden sich schon im ersten Akt, ohne es zu wissen.

Samantha stand wie angewurzelt in ihrem Wohnzimmer. Sie konnte kaum glauben, dass sie wahrhaftig in diese blauen Augen sah. Doch dann fing sie umso mehr an zu strahlen.

„Jessi." hauchte sie.

„Sam."

Jessica hatte auch einige Augenblicke gebraucht, um den Anblick zu verarbeiten, obwohl sie ja vorbereitet gewesen war. Samantha offensichtlich nicht, aber das war ihr im Moment egal. Sie ging zu ihr und stellte sich ganz nah vor sie. Ihre Hände fanden einander.

Samantha hob eine verschlungene Hand an Jessicas Wange. „Oh Jessi." flüsterte sie glückselig und küsste sie. Sie konnte nicht widerstehen. Es ging einfach nicht. Sie hatte sie kein bisschen vergessen können, selbst die Konzentration auf ihre geliebten Zahlen war ihr schwergefallen, und jetzt war sie da. Zum Greifen nah. Sie stand bei ihr, ihre Lippen berührten sich, sie hielten sich fest, sie spürten einander. Dieser Kuss war eigentlich auch nur Liebenden vorbehalten, aber auch das war Samantha vollkommen egal. In dem Moment war ihr alles egal! Und wäre die Welt untergegangen, sie wäre lächelnd in dem Kuss verschmolzen mit ihr untergegangen. Erst jetzt war sie wirklich aus Oklahoma zurückgekehrt. Erst jetzt war sie wirklich wieder vollkommen!

Lucy und Thomas sahen sich an und grinsten zufrieden. Dieser Teil hatte ja schon mal funktioniert.

„Was macht ihr hier?" fragte Samantha aufgeregt. Ob sie ein bisschen bleiben würden? Obwohl … Ihr Blick ging zu Lucy. „Du hast das geplant." wusste sie.

„Hab ich." grinste sie. „Überraschung gelungen?"

„Ist sie." schmunzelte Samantha verlegen und begrüßte erst mal Thomas noch. „Schön, dich zu sehen."

„Ja ja, mit Jessi kann ich nicht mithalten."

Sie antwortete nicht, kicherte nur verlegen, und sie setzten sich zum Essen. Anna hatte richtig aufgefahren, denn auch ihr war natürlich nicht entgangen, dass Samantha nur halb zurückgekehrt war. Nun hatte sie wieder Glanz in den Augen und ein Lächeln auf den Lippen, das man da seit zwei Wochen nicht mehr gesehen hatte. Nicht so jedenfalls. Anna wusste aber auch um die Stolpersteine, die noch zwischen den beiden Verliebten lagen. Die würden nicht leicht zu überwinden sein, aber Anna hoffte auf großmütterliche Weise, dass sie einen Weg zu ihrem Glück finden würden.

„Wie lange bleibt ihr?" fragte Samantha, als sie den Wein eingoss.

„Ich hab zwei Wochen Urlaub." schmunzelte Jessica unsicher. Ob sie sich so lange hier niederlassen dürften?

„Und bleibt natürlich." legte Lucy fest.

„Das hast du nicht zu entscheiden."

„Aber Sam hat nichts dagegen."

„Sicher?"

„Ganz sicher." bestätigte Samantha auch gleich. Was sollte sie auch dagegen haben? Unterm Strich war das doch alles, was sie wollte. Jessica in ihrer Nähe! Eine eigene Familie in ihren vier Wänden! Na gut, so war es dann doch nicht, aber es fühlte sich so an.

Damit waren die beiden Jungen zufrieden und sie konnten gemütlich essen. Natürlich nicht ohne Neckereien von Lucy zu Thomas, was die Großstadt anging. Nach dem Essen räumten die beiden auch den Tisch ab und halfen Anna beim Aufräumen, um Samantha und Jessica allein zu lassen. Die blieben kichernd mit ihrem Wein auf der Bank sitzen.

„Das war alles geplant." erkannte Jessica schließlich.

„Offensichtlich." feixte Samantha. „Und ich bin ihnen dankbar dafür." fügte sie hinzu und lehnte sich an Jessica.

„Ich auch." gestand sie und entschied sich spontan, ganz ehrlich zu sein. „Du hast mir unglaublich gefehlt."

Ihre Ehrlichkeit wurde mit gleichem belohnt. „Du mir auch, Jessi."

Gott sei Dank, dachte Jessica erleichtert. Sie hatte nicht gewusst, ob sie das aussprechen dürfte. Unter keinen Umständen wollte sie einen Knacks in ihren

Umgang bringen. Beziehung konnte man es ja nicht nennen, aber es war mehr als eine Bettgeschichte und deutlich mehr als Arbeit.

Um sich nicht so blöd vorzukommen und trotzdem ihre Neugier zu befriedigen, versuchte sie es mit Witzigkeit. „Lass mich raten:" Jessica räusperte sich verlegen, aber überaus amüsiert. „Arbeit?"

„Mehr als jemals zuvor." bestätigte Samantha sofort. Sie schämte sich nicht für ihre Gefühle. Sie hatte sich verliebt und nach zwei Wochen endlich auch akzeptiert, dass sie Jessica wohl nie so einfach hätte vergessen können. Dann hatte sie unverhofft plötzlich vor ihr gestanden und Samantha war von ihren Gefühlen in Sturzbächen überflutet worden.

„Ich hab auch Überstunden gesammelt." erzählte Jessica. „Hat nur nicht geholfen."

„Nein, nicht so richtig."

„Wie ist es denn auf Arbeit? Schlimm?"

Samanthas Mundwinkel sanken. „Geht so. Mein Chef hat es mir überlassen und ich hab mein Team mehr oder weniger nebenbei eingeweiht. Die Blicke sind nicht schön. Es sagt keiner was, aber sie reden. Ich trau mich schon gar nicht mehr, die Tür zu schließen, wenn Michaela zu mir kommt. Sie nimmt das alles immer noch am lockersten und tut es selbst."

„Das gibt sich." versprach Jessica. „Mit der Zeit ist es Normalität."

„Ich hoffe. Viel unangenehmer finde ich, dass ich zwei Stammkunden verloren hab und mir ein

Kollege verboten hat, seine Tochter zu sehen. Ich darf ihr keine Nachhilfe in Mathe mehr geben."

„Das tut mir leid, Sam." flüsterte Jessica mitleidig. Sie kannte das auch, wenn auch nicht ganz so extrem. Aber auch ihr hatten Mandanten gekündigt oder sich Kollegen zurückgezogen. Das würde vergehen und sich alles einspielen, wie sie wusste. Bis dahin würde ihre kleine Samantha aber noch so manches auszustehen haben. Leider. Und Jessica war machtlos dagegen. Sie konnte nichts weiter tun, als für sie da zu sein. Und das war sie bedingungslos.

„Aber weißt du was?" fragte Samantha und schob all die bösen Gedanken einfach beiseite. Sie mochte gerade in diesem Augenblick überhaupt nicht daran denken. „Die Arbeit ist mir gerade nicht wichtig genug."

„Aber du bist mir wichtig, deshalb hab ich gefragt."

„Und das ist ein schönes Gefühl. Und weil du mir wichtig bist, frage ich auch, wie es läuft."

Jessica schmunzelte. „Ich hab einen neuen Spitznamen."

„Oh je. Und der wäre?"

„Ich hab es zum Eisklotz geschafft."

Samantha lachte auf. „Hab ich von Anfang an gesagt. So ganz falsch ist das ja auch nicht."

„Nein, vor allem nach den letzten zwei Wochen nicht. Weißt du von Mister Knox, wie alles weitergegangen ist?"

„Ja, er hat mich angerufen. Du hast seine Frau verknackt und ihr genug Schadenersatz aus den Rippen geleiert, um die Firma wieder aufzubauen. Und Richardson hat ihren Bruder auch dran gekriegt."

„Und ich habe eine Schadenersatzzahlung von der Bank an Mister Knox durchgedrückt. Seine Firma schafft das."

„Ich weiß, ich hab die Zahlen." grinste Samantha.

„Und die lügen nicht." lachte Jessica die Erkenntnis des Jahres. „Geht es wirklich? Ich meine, ich kenne die Umsätze nicht, aber ich weiß von ihm, dass es eingebrochen ist durch den ganzen Mist."

„Stimmt. Aber er erholt sich. Er hat sich entschlossen, in die Offensive zu gehen, und seine Leute ziehen mit. Wir haben viel Zeit mit Hochrechnungen und Prognosen verbracht, um das zu finanzieren." Samantha setzte sich auf und schielte über die Brüstung. „Siehst du?"

Jessica folgte ihrem Finger und fand eine gigantische, beleuchtete Reklametafel von Mister Knox an einem der Häuser. Die war ihr bei der Ankunft noch gar nicht aufgefallen.

„Wow. Das nenne ich mal Offensive."

„Die hängen landesweit. Das hier hat er extra für mich aufgehängt. Das Danke steht nicht überall in der Ecke."

„Du hast es auf jeden Fall verdient. Auch ohne Affäre."

„Verschone mich." stöhnte Samantha zutiefst

genervt! „Ich darf gar nicht dran denken. Ich glaube, wenn ich diesem Peters mal außerhalb der Arbeit über den Weg laufe, kratze ich ihm die Augen aus."

„Dann sollte ich ihm raten, schön in Oklahoma zu bleiben."

„Ja bitte." ningelte Samantha spielerisch. „Mir reicht ein Aasgeier in der Stadt, mit dem ich mich verstehe."

„Ach … Und wer ist das?"

„Richardson. Der kommt andauernd zu mir, um alles mögliche fachmännisch erklärt zu haben. Ich musste ja zu der Verhandlung gegen Cartwright schon aussagen und muss in drei Wochen schon wieder als Sachverständige vor Gericht, weil er hauptsächlich Betrug und Steuerhinterziehung bearbeitet."

„Na herzlichen Glückwunsch." lachte Jessica lauthals. Sie konnte es sich einfach nicht verkneifen, wenn sie daran dachte, wie viel Samantha im Allgemeinen von Anwälten hielt. „Tut mir leid, machst du mir jetzt Konkurrenz?"

„Nein, ich will nichts mit euren Paragraphen zu tun haben. Die könnt ihr behalten."

Sie saßen noch lange zusammen draußen. Die Flasche Wein war irgendwann leer, aber es fiel ihnen nicht mal auf. Sie unterhielten sich wie ein Paar am Ende des Tages über alles, was passiert war, nur dass sie mehrere Wochen abzudecken hatten.

Das Ende war allerdings das gleiche. Sie gingen gemeinsam zu Bett und ließen sich gehen. Endlich reagierten ihre Körper auch wieder auf Berührungen.

Es genügte schon der innige Kuss, nachdem sie die Tür geschlossen hatten. Ihre Haut prickelte und zog sie zueinander. Vielleicht lag es auch an zwei Wochen Enthaltsamkeit, weil ihnen keine Frau geben konnte, was sie sich gegenseitig gaben. Es pulsierte zwischen ihren Schenkeln, bis sich diese Leidenschaft gleichzeitig entlud und sie in eine Wolke purer Zufriedenheit hüllte. Sie waren im Himmel und wollten niemals wieder weg!

Am Samstagmorgen ging es allerdings erst mal Laufen für die beiden Paines, während die Gäste Bennet noch schliefen. Die Strecke in den Park war ihr Lieblingsweg zum Laufen. Nicht zuletzt wegen dem Eisverkäufer.

„Danke, Kleines." lächelte Samantha.

„Wofür?" fragte Lucy unschuldig.

„Für die Überraschung. Die ist dir gelungen."

„Freut mich." strahlte Lucy, bevor sie wieder ernst wurde. Sie hoffte, das Wiedersehen wäre Anlass genug, endlich zuzugeben, was Lucy schon wusste. „Sam, du hast dich verliebt, richtig?"

„Hab ich." gestand Samantha auch sofort mit einem wehmütigen Seufzer. Seit dem vergangenen Abend war es unmöglich geworden, ihrer Nichte etwas anderes vorzumachen. Bisher hatte sie es versucht, um ihren Schmerz nicht auf die jungen Schultern zu laden. Liebe allein reichte in ihrem Falle eben nicht. „Das ändert nur leider nicht viel."

„Ach nein?"

„Nein. Mal abgesehen von der Entfernung kann ich gar keine Beziehung führen, also hat sich das erledigt."

„Ach komm schon!" schimpfte Lucy empört. Es würde doch wohl einen Weg geben. Irgendwie! Jetzt hatte Sam es wenigstens schon mal zugegeben.

„Was denn? Ist so, tut mir ja leid für dich. Und jetzt lass uns nicht darüber reden."

Lucy merkte, dass sich Samantha zurückzog, also bohrte sie nicht weiter, aber sie würde die zwei Wochen nutzen. Von Thomas wusste sie, dass Jessica es genauso sah wie Samantha, also würde es wohl viel Arbeit kosten, die beiden zueinander zu bringen, wenn sie es aus Rücksicht auf den jeweils anderen gar nicht erst ansprechen wollten.

Obwohl … Eigentlich dürfte es gar nicht schwierig werden. Vielleicht würde es nur einen einzigen Anruf kosten?

Zurück in der Wohnung wurden sie erwartet, was für Samantha ein ebenso schönes Gefühl war wie für Jessica damals. Es ist einfach ein tolles Gefühl, wenn man zu Hause von jemandem erwartet wird, den man wirklich liebt. Das ging Samantha mit Lucy auch immer so, aber mit Jessica war es noch mal was anderes.

Die beiden Geschwister saßen beim Frühstück auf der Terrasse.

„Guten Morgen!" rief Lucy fröhlich, als sie zu ihnen hüpfte.

„Diese Laune zum Samstagmorgen ist nicht zum Aushalten." stellte Thomas amüsiert fest.

„Ihr seid ja nur neidisch." lachte Samantha und

setzte sich mit Lucy.

„Bin ich." schmunzelte Jessica, aber es hatte nichts mit der Laune zu tun. Ihre hellte sich auf, als Samantha ihr einen Kuss schenkte. „Schon besser."

„Na dann. Was machen wir heute?"

„Möglichkeiten gibt es ja einige, oder?" vermutete Thomas.

„Gibt es." nickte Lucy. „Was hältst du von Shopping mit drei Weibern?"

„Um Gottes Willen." stöhnte er und ließ sich zurück an die Lehne fallen. Das würde eine Katastrophe werden. Er war sowieso nicht der Typ, der ständig neue Klamotten brauchte, aber dann auch noch mit drei Frauen?! Die würden ihm restlos den letzten Nerv rauben! Und vermutlich bräuchte er am Ende neue Schuhe, weil seine durchgelaufen wären.

„Komm schon, wir kleiden dich ein." bettelte Lucy.

„Mich?" Dass die drei weiblichen Mitglieder des Frühstücks mit neuen Klamotten heimkommen würden, stellte sich für ihn nicht zur Frage! Aber er? Er brauchte doch nichts! In seinem Schrank, beziehungsweise seiner Reisetasche, hatte er alles, was er brauchte.

„Klar." nickte Lucy gelassen. „Ganz nach New Yorker Art, damit du in deinem Kaff genauso auffällst wie Jessi. Die werden neidisch sein, das sag ich dir."

„Da hast du vermutlich Recht, aber ich bin im

Urlaub und würde mich freuen, wenn wir diese Leute einfach nicht ansprechen müssten."

„Aber nur, wenn du mit uns einkaufen gehst."

Er verdrehte die Augen und stöhnte genervt. Genau so hatte er sich kleine Schwestern immer vorgestellt.

Samantha und Jessica mussten jetzt schon lachen. Der arme Kerl. Die beiden zogen sich auf wie Geschwister, nur dass Lucy viel dominanter war. Sehr viel jünger war sie ja auch nicht, nur einige Monate. Im Gegensatz zu ihm, der sich bei Problemen eher in sich selbst zurückzog, war Lucy viel extrovertierter. Sie ließ jede Emotion raus, stellte sich jedem noch so unangenehmen Problem und metzelte ihre Widersacher mit Worten nieder. Das würde Thomas wohl nie schaffen - das passte zumindest in dem Ausmaß einfach nicht zu ihm.

Aber er stimmte zu, um den Dreien den Gefallen zu tun, und nachdem die beiden Läufer duschen gewesen waren, ging es in die New Yorker Shoppingszene. Jessica sah ihren Bruder auf eine Weise aufblühen, die sie selten sah. Eigentlich nur im Urlaub. Er ließ sich von Lucy mitziehen und hatte jede Menge Spaß dabei. Mehr als er selbst je geglaubt hätte. Deshalb glühte Jessicas Kreditkarte auch. Sie lehnte ihm eigentlich nichts ab und würde wohl seinen ganzen Kleiderschrank ausmisten. Er trug immer nur unauffällige Jeans und Shirt. Jetzt nicht mehr. Bedruckte Shirts, Muskelshirts, auffällige Jeans mit Nieten und sonst noch was. Hier würde er damit nicht auffallen, zu Hause schon.

Aber nach einer Portion Lucy war ihm völlig schnuppe, wie die Leute in Oklahoma das finden würden, solange es ihm nur gefiel!

Zum Essen gingen sie ins Ritz. Samantha hatte den Vorschlag gebracht, um ihrer zweiten Begegnung zu huldigen. Sie erzählten ihren Kindern, wie das abgelaufen war und auch wie unangenehm es Samantha gewesen war, dass Jessica sie gleich als Lesbe enttarnt hatte. Sie sprach mit Lucy immer so offen und hatte keinen Grund, Thomas gegenüber nicht offen zu sein. Wer einem anderen Offenheit entgegenbringt, kann mit gleichem rechnen. Es baut Vertrauen auf, das lernte auch Thomas und gab viele seiner abgelegten Gedanken preis, die Jessica bis dato nicht gekannt hatte. Auch die beiden Geschwister wuchsen mehr und mehr zusammen. Alle vier Herzen rückten von Stunde zu Stunde näher aneinander heran. Das würde es nicht unbedingt leichter machen.

Leider blieben sie nicht lange ungestört.

„Miss Bennet." Ein Mann im Anzug stand neben ihnen. Samanthas Urteil war klar: Aasgeier.

Jessica musste erst mal hinterkauen und reichte ihm dann die Hand. „Mister Sinclair. Das sind Miss Paine, ihre Nichte Lucy und mein Bruder Thomas." Das ging inzwischen gut. Tommy rutschte ihr nur noch selten raus. Oder absichtlich, um ihn zu necken.

„Freut mich." lächelte der Mann und reichte allen die Hand, wandte sich aber gleich wieder an Jessica. „Hätte ich gewusst, dass sie in New York sind, hätte ich mit ihrem Assistenten einen Termin gemacht."

„Ich bin im Urlaub." schmunzelte sie. „Was ist denn passiert?"

„Ich würde sie nächste Woche gern sprechen. Keine Sorge, es dauert auch nicht lange."

„Na dann. Ich komme Montag vorbei."

„Geht klar, vielen Dank. Lassen sie sich nicht stören."

Schon ging er wieder und Jessica sah ihm verstört nach. Was war denn das bitte schön? Keine Angaben von Gründen? Nicht mal die Nennung eines Falls, damit sie wenigstens vorbereitet wäre? Gar nichts?!

„Wer war das?" wollte Lucy als erste wissen. Sie sprach aus, was den Rest nicht weniger interessierte.

„Mein großer Chef. Ihm gehört die Kanzlei, für die ich arbeite. Mit all ihren Außenstellen. Ein Multimillionär, aber ein bombastischer Anwalt. Ich hab bei ihm viel gelernt, als er in Oklahoma war."

„Und was will er?" fragte Samantha skeptisch.

„Keine Ahnung, aber deswegen bringe ich das Montag schon hinter mich."

Vorher stand aber weiteres Shopping auf dem Plan. Die drei Damen kamen auch nicht zu kurz. Nur die Kleider für sie waren kurz. Und die Tüten wurden immer mehr. Sie mussten aus Mangel an Transportkapazitäten abbrechen. In den beiden großen Händen des einzigen jungen Mannes hingen so viele Henkel von Tüten, dass er glaubte, sie hätten den ganzen Stadtbestand aufgekauft, aber die fanden immer noch mehr!

„Oh Gott." stöhnte Lucy, als sie endlich daheim waren, ließ die Tüten fallen und dann sich selbst auf die Couch.

„Du sagst es." gab Samantha ihr sofort Recht und legte sich zu ihr.

Jessica und Thomas taten das gleiche und sie schwiegen einen Moment. Anna brachte ihnen kichernd Eistee. Und Schokokekse. Dafür richtete sich Jessica sogar noch mal auf. Samantha fand diesen Zug an ihr unglaublich niedlich und kicherte vor sich hin.

„Lach nicht." kaute Jessica. „Die sind lecker."

„Ist ja auch Schokolade dran." lachte Thomas.

„Ihr seid blöd."

„Danke."

„Was machen wir heute noch?" fragte Lucy, während die anderen erst mal die gerade beendete Aktivität verdauen mussten. „Wir könnten ausgehen."

„Zu Kitty?" schmunzelte Jessica leise zu Samantha.

„Nein, die ist gerade nicht in der Stadt. Tut mir leid für dich." Eigentlich ganz und gar nicht, dachte Samantha, obwohl sie es sich verdrücken wollte.

Für Jessica war das kein Weltuntergang. Solange Samantha da war, war für sie alles in Ordnung. Und die war da. Sie entschieden sich allerdings auch fürs Ausgehen. Sie machten sich alle zurecht und trafen sich im Wohnzimmer wieder. Da wurde es zum Glück, dass sie zwei Badezimmer zur Verfügung hatten.

Lucy ging zu Samantha, reichte ihr die Hand und verbeugte sich. „Darf ich bitten?"

„Es wäre mir ein Vergnügen." meinte Samantha und tanzte kurz mit ihrer Nichte, wie sie es eigentlich immer machten, bevor einer von ihnen das Haus für die Nacht verließ.

„Wieso können wir so was nicht?" fragte Jessica an Thomas gewandt, der aber nur lachen musste.

„Wir könnten vielleicht schon."

„Aber?" fragte sie herausfordernd und reichte ihm die Hand. Sie war ganz erstaunt, doch er nahm an. Das wäre noch vor ein paar Wochen undenkbar gewesen.

Nur Lucy musste abbrechen. „Wir müssen los. Wir werden erwartet."

Thomas stutzte. „Äh ... Wir?"

„Wir alle."

„Wir gehen alle zusammen?" Sie beide, das verstand er ja noch, aber die beiden alten Weiber? Mit denen wollte sie ausgehen und Spaß haben? Spaß im Sinne von Diskotheken, hatte er gedacht, aber da würde man die doch gar nicht mehr reinlassen!

Jessica und Samantha lachten schon, nur Lucy übernahm mal wieder die Erklärung und stellte sich neben Samantha, die auch gleich mitspielte.

„Sieh sie dir an. Lange Beine, die immer noch einen Minirock tragen können." Sie drehte Samantha und zeigte auf den Bauch. „Kein Gramm zu viel."

Samantha musste sich wieder drehen. „Ein Dekolletee, dass den Kerlen der Sabber läuft. Und dazu wunderschöne Gesichter und volles Haar. Sieh es ein, unser Mutterersatz sieht umwerfend aus. Und mit denen kann man Spaß haben. Stell dir mal die kleinkarierten Kleinstadtmuttis in so einem Kleid oder einer Diskothek vor."

„Besser nicht." schmunzelte Thomas schnell, aber zu spät. Das Bild von einer der beleibteren Dorfmuttis hatte sich gerade mit Jessicas Kleid verbunden und brachte ihm nichts als Übelkeit.

Eigentlich hatte Lucy ja auch Recht. Jessi und Sam sahen bezaubernd aus. Sie mochten für ihn zu den Alten gehören, aber man sah es ihnen nicht an. Und Spaß konnte man mit ihnen wirklich haben. Deshalb gingen sie auch zu viert los.

Ihr Ziel waren natürlich nicht Samanthas Szeneclubs. Laut war es dennoch, die Musik war gut, Cocktails gab es auch. Lucys Freunde warteten auch schon. Sie gingen mit Sam genauso gern feiern, weil sie eine Erwachsene war, der man es nicht ansah und auch nicht anmerkte.

„Sam!" freute sich ein Mädchen. „Auch mal wieder dabei?"

„Aber sicher. Ist ja lange genug her. Das sind Jessi und Thomas."

Und schon waren die beiden vorgestellt und ein Teil der großen Gruppe. Lucy wurde von ihren Freunden natürlich anders begrüßt als Samantha, aber Thomas staunte nicht schlecht. Das wäre bei ihm unvorstellbar gewesen. Es waren Jungen und

Mädchen aus Lucys Schule, die alle zusammen die Diskotheken stürmten und mit Jessi genauso Spaß hatten. Sie tanzten sogar mit ihr. Das hätten seine Klassenkameraden nie getan! Nicht nur, weil sie wussten, dass sie eine Lesbe war, sie war auch viel zu alt.

Und es kam noch besser! Es interessierte nämlich niemanden auch nur ein kleines bisschen, wenn Jessica und Samantha sich küssten. Man sah nicht mal hin. Es war Alltag. Kein Getratsche, keine blöden Sprüche, kein Spott auf seinen Schultern. Er hatte sich selten so frei gefühlt wie in dieser anonymen Großstadt, obwohl sie gerade gar nicht anonym unterwegs waren. Man kannte sie und trotzdem wurden sie akzeptiert und respektiert. Er schlief mit einem glücklichen Lächeln ein und träumte vom Leben in einer Großstadt.

***

Am Montag musste Jessica wieder Anwältin sein. Nur kurz. Und Samantha musste auch zur Arbeit. So gern sie die Zeit mit Jessica genossen hätte, blieb ihr kaum eine andere Wahl. Sie hatte einen Termin an diesem Tag, den sie unmöglich verschieben konnte. Da bewies sich auch, was genau ihr Problem war. Sie liebte ihre Arbeit und freute sich darauf. Das aufzugeben, würde ihr schwerfallen. Ob sie es für Jessica wagen würde, fragte sie sich mal wieder und brach den Gedanken im gleichen Atemzug ab. Es gab nämlich genau einen Grund, der sie bisher schon davon abgehalten hatte, einfach ihre Zelte abzubrechen und nach Oklahoma zu ziehen. Lucy! Die würde sich in so einer kleinen Stadt niemals wohlfühlen! Im Urlaub, das hatte sie mal gesagt, genoss sie die idyllische Ruhe auch mal, aber nicht dauerhaft! Da brauchte sie den Lärm und den Trubel der Großstadt. Es war also völlig unbedeutend, ob sich Samantha dafür entscheiden könnte, für Jessica ihren Job sausen zu lassen. So oder so würde sie nicht nach Oklahoma ziehen. Da konnte sie auch zur Arbeit fahren und ihrer Liebe frönen. Sie würde nur nicht so lange bleiben wie sonst.

Jessica kam in das Hauptgebäude ihrer Kanzlei und fuhr nach oben zu ihrem Chef. Sie fragte sich schon, was er wollte, ließ sich äußerlich aber nichts anmerken und nahm den Kaffee dankend an.

„Miss Bennet..." sagte er und setzte sich. „Der Fall Knox hat ganz schön für Aufsehen gesorgt."

„Allerdings." schmunzelte sie. Sie hatte sich der Presse stellen müssen. Die waren immer wieder gekommen und konnten oder wollten partout nicht verstehen, wieso sie nicht darüber reden durfte. Stattdessen hatten sie ihre Informationen aus anderen Quellen gesucht und waren über die ganze Familie hergezogen! Kein Thema war ihnen zu persönlich gewesen, um es nicht in den Zeitungen breitzutreten. Jessica unterstellte den Reportern seither, die wahren Aasgeier der Welt zu sein!

„Nicht nur in der Öffentlichkeit." korrigierte Mister Sinclair. „Auch in Anwaltskreisen."

„Ach wirklich? Bei mir ist noch nichts

angekommen."

„Früher oder später kommt es an. Hören sie, sie sind eine grandiose Anwältin und ich schätze sie sehr als Mitglied meiner Kanzlei."

Jetzt machte der sie auch noch verlegen. „Danke."

„Das ist kein Geheimnis. Scheidungen sind ja eigentlich nicht unbedingt ihr Spezialgebiet, oder?"

„Nein, eigentlich nicht. Ich bin eher im gewerblichen Bereich tätig. Aber da sich Mister Knox wegen seiner Firma an uns gewandt hatte, bekam ich den Fall."

„Ist ja auch gut für ihn ausgegangen. Ich wollte sie fragen, ob sie es sich vorstellen könnten, hier anzufangen. Hier gibt es jede Menge Firmenrechtsfälle und ich hätte sie gern als Spezialistin in New York."

Jessica fiel beinahe vom Stuhl. „Was?" hauchte sie erschrocken.

„Es ist kein Muss." lächelte er liebevoll. „Überlegen sie es sich. Ich würde mich freuen und wir könnten sie hier gut gebrauchen."

„Äh..." Selten war Jessica so vor den Kopf gestoßen. „Ich denke darüber nach. Ich hab meinen kleinen Bruder zur Pflegschaft bei mir. Er ist Fünfzehn und ich werde nichts tun, das er nicht will." Unter keinen Umständen, da konnte ihr Herz gerade noch so viele Purzelbäume schlagen!

„Das verstehe ich. Reden sie mit ihm. Vielleicht findet er ja Gefallen an New York." Ganz sicher sogar...

„Ich glaube, das hat er schon." lächelte Jessica verträumt.

Sie lief auf ziemlich weichen Knien aus dem Büro und dem Haus. In ihrem Kopf herrschte das reinste Durcheinander.

War das vielleicht des Rätsels Lösung, die sie gesucht hatte?

Das änderte doch aber nichts an ihrer Unfähigkeit, was Beziehungen anging. Francine hatte Recht, sie konnte das gar nicht. Es wäre unfair Samantha gegenüber, wenn sie sich abends nur zusammen ins Bett legten und morgens gemeinsam frühstücken würden. Mehr gäbe es doch nicht, weil beide den ganzen Tag auf Arbeit waren. Meist gab es nicht mal Abendessen zu Hause, sondern für Jessica irgendwo unterwegs oder wie bei Samantha den Bringdienst im Büro.

Andererseits … Allein die Vorstellung, Samantha jeden Tag zu sehen, neben ihr einzuschlafen und aufzuwachen, gefiel ihr. Das gefiel ihr sogar richtig gut. So gut, dass ihr die Augen feucht wurden, als sie sich ihrer eigenen Feigheit bewusst wurde.

Denn was würde Samantha davon halten? Sie war genauso ein Workaholic. Sie hatten sich ganz am Anfang mal unterhalten. Beziehungen waren unmöglich für sie beide, weil sie ihre Jobs viel zu sehr liebten. Dieses Wissen war auch der einzige Grund, warum sich Jessica bisher auf die Zunge gebissen hatte, ihr die drei berühmten Worte zu sagen. Sie war sich sicher, dass sie so fühlte, aber die machten es so endgültig und das konnte sie nicht, weil es die Hindernisse nicht aus dem Weg räumte.

Ob sie mit Samantha darüber reden könnte? Besser nicht. Es würde ihren Urlaubsfrieden stören, wenn sie ablehnen würde. Jessica hatte zum ersten Mal wirklich Angst vor der Reaktion eines Menschen. Vielleicht würde sie ja bis zum Ende ihres Urlaubs den Mut und die richtigen Worte finden, ihr dennoch davon zu erzählen. Vielleicht aber auch nicht, dann hätte sie immerhin einen Traum, den sie aus New York mit nach Hause nehmen könnte.

Sie ließ sich zu Hause nichts anmerken und verbrachte den Tag mit den Teenies. Natürlich nicht ohne gelegentliche Telefonate zwischendurch. Die gehörten für sie genauso in den Urlaub wie für Samantha.

Als die dann viel früher als sonst und trotzdem zu spät für Jessicas Empfinden nach Hause kam, fiel es Jessica besonders schwer, den Mund zu halten. Sie überbrückte diesen ersten Impuls mit einem Kuss und hatte sich danach genug unter Kontrolle, das Angebot für sich zu behalten. Sie wollte die Last der Entscheidung des Wohnortes und der endgültigen Entscheidung zu ihrem Verhältnis miteinander nicht auf Samanthas Schulter laden. Das musste Jessica wohl oder übel mit sich selbst ausmachen müssen.

Als sich Lucy ins Bett verabschiedete, wagte sie einen neuen Vorstoß, nachdem Jessica den Termin gehabt hatte. „Gute Nacht, Mamas." grinste sie und gab beiden einen Kuss auf die Wange.

„Mamas?" lachte Samantha erschrocken.

„Seid ihr doch. Jessi und Thomas ziehen ein und ihr seid unsere Mamas. Gute Nacht."

Sie hatte das so leicht ausgesprochen ... Und dann ging sie einfach und ließ es offen auf der Terrasse stehen. Thomas hatte es mitgehört und grinste sie an, bevor sie in ihre Zimmer huschten und ein Gebet zum Einschlafen hinauf in den Himmel schickten. Es musste doch wenigstens eine der beiden die Chance ergreifen und aussprechen, was sie beide wollten.

„Mamas?" schmunzelte Jessica angespannt.

Samantha stellte ihr Glas ab, ließ die Schultern hängen und seufzte. „Eigentlich klingt es sogar schön."

Jessicas Herz setzte einen Moment aus. „Ja, das stimmt." gab sie unsicher zu. Sie hatte das doch noch nicht gewollt. Nicht jetzt. Nicht vorm Ende ihres Urlaubs.

Samantha lehnte sich an Jessica, schloss die Augen und seufzte noch einmal voll ungestillter Sehnsucht der Zukunft. „Nur leider unerreichbar."

„Muss es nicht sein." flüsterte Jessica. Auch wenn sie das jetzt noch nicht wollte, würde es wohl nicht noch einmal mal eine so passende Gelegenheit geben. Sie breitete sich quasi vor ihr aus und Jessica glaubte, in genau diesem Moment, sei die richtige Zeit, das Thema anzuschneiden. Ganz am Anfang hatten sie sich mal kurz darüber unterhalten, dass für sie aufgrund der Liebe zur Arbeit keine feste Beziehung in Frage kam, seither hatte keine der beiden sich mehr getraut, das Thema noch einmal aufzunehmen. Immer mal wieder hätte es die Möglichkeit gegeben, aber ohne Lösung im Hinterkopf hatte jede den Schwanz eingekniffen und lieber geschwiegen.

Samantha setzte sich ruckartig auf. „Wie bitte?"

Jessica sah sie nicht an, konnte dem Blick nicht standhalten, solange sie nicht alles ausgesprochen hätte. Sie stand auf und stellte sich an die Brüstung, um nach unten zu sehen. „Sam, als ich heute im Büro war, hat man mir einen Job in New York angeboten."

„Echt?" Samantha bekam Gänsehaut, hielt sich aber mit dem euphorischen Freundenschrei zurück, weil Jessica nicht so aussah, als würde sie es annehmen wollen.

„Ja. Ich könnte das Firmenrecht hier übernehmen. Mein Spezialgebiet sozusagen."

Samantha ging zu ihr, stellte sich dicht an ihren Rücken und verschränkte die Hände auf ihrem Bauch. „Woran denkst du? Lass mich an deinen Gedanken teilhaben." bat sie sanft und Jessica entschloss sich dazu, ihr wirklich vollkommen ehrlich zu offenbaren, wie es in ihr aussah. Wie chaotisch sich alles anfühlte und wie konfus ihre Gedanken waren.

„Ich würde gern bleiben." flüsterte sie. „Ich würde gern da sein, wo du bist."

„Aber?" fragte Samantha mit dickem Kloß im Hals. Es gab einen Haken, das hörte sie deutlich, und fürchtete schon, die vor ihr liegende Nacht würde nicht so sinnlich werden und das endgültige Ende einleiten. Vielleicht war es auch gut so, dann würde es nicht mehr so wehtun, wenn sie einsam wäre.

„Kein Aber." entgegnete Jessica in Gedanken versunken. „Ich weiß nur nicht, was du denkst und fühlst. Und ob ich in der Lage bin, eine Beziehung zu führen, wie du sie verdient hättest."

Samantha drehte Jessica sanft zu sich, um sie ansehen zu können. Ihre blauen Augen waren ernst und nachdenklich, aber auch voller Angst. „Ich würde mich freuen, wenn du es versuchen würdest. Ich gebe zu, ich weiß auch nicht, ob ich das kann, aber ich hab dich unglaublich vermisst."

„Ich dich auch." lächelte Jessica mit Tränen in den Augen. „Samantha, ich habe noch nie so für eine Frau empfunden."

„Ich auch nicht. Ich dachte, ich kann das gar nicht."

„Dachte ich auch immer, aber dann kam da die Buchhalterin."

„Ja, dann kam der Aasgeier." kicherte Samantha. „Jessi, ich würde mich freuen. Ehrlich. Ich würde mich freuen, dich jeden Tag sehen zu können, die Wochenenden mit dir und den beiden Bengeln verbringen zu können und einfach in deinen Armen schlafen zu können."

„Und was ist mit Thomas?" Jessica schob unsicher die Brauen zusammen. „Tut mir leid, aber er ist mir wichtig und das ist ein großer Schritt."

„Ich weiß. Das verstehe ich sehr gut, das solltest

du wissen. Aber ich glaube, er wäre glücklich hier. Frag ihn einfach." Samantha löste sich und setzte ein verführerisches Lächeln auf. „Es sei denn, du willst nicht?"

Jessica lachte auf, zog sie an sich und küsste sie stürmisch gegen die Brüstung. So eine blöde Frage! Natürlich wollte sie! Sie konnte es gar nicht fassen! Solche Angst hatte sie gehabt und jetzt…

Das bedeutete nur zum Frühstück ein offenes Gespräch unter allen Vieren. Lucy stand in den Ferien trotzdem immer zu recht humanen Zeiten auf und schmiss Thomas auch raus. Und Samantha hatte extra noch eine Stunde länger gewartet, um das zu besprechen.

„Was machst du denn noch hier?" fragte Lucy verwirrt. Mit ihrer Tante hatte sie hier nicht mehr gerechnet. Nicht um die Uhrzeit.

„Wir wollen mit euch reden."

„Oh oh." piepste Thomas. Diesen Satz kannte er. „Was haben wir angestellt?"

„Nichts." schmunzelte Jessica. „Ausnahmsweise." Sie hoffte es wenigstens.

„Um was geht es dann?" drängelte Lucy. „Spuckt es schon aus."

„Um uns." lächelte Jessica zu Samantha.

„Au ja!" rief Lucy. „Ich bin dafür!"

„Lucy, langsam." sagte Samantha ernst.

„Was denn? Ihr liebt euch, wie es der Automat gesagt hat, das sieht ein Blinder."

„Tun wir." gestand Jessica sofort, sah aber erst

mal zu ihrem Brüderchen, der aussah, als würde er beten. „Tom, ich hab gestern ein Angebot bekommen, nach New York zu kommen und..."

„Ja!" schrie er gleich, riss die Augen weit auf und strahlte ihr entgegen, dass es sie fast blendete. „Ja ja ja!!! Ich will hierher! Oh bitte Jessi, lass uns dieses Kaff endlich verlassen! Bitte bitte bitte!"

Jessica machte ein so erschrockenes Gesicht, dass Samantha einfach lachen musste. Damit hatte sie wohl nicht gerechnet, obwohl es Samantha klar gewesen war. Spätestens in dem Moment, als Thomas damals betont hatte, dass die Jungen, mit denen er sich geprügelt hatte, nicht seine Kumpels waren, war sie von der Erkenntnis getroffen worden, dass er kaum Freunde in der Kleinstadt hatte.

„So leicht?" fragte Jessica verstört.

„So leicht." lächelte Samantha. „Nur du musst noch Ja sagen."

„Ja." hauchte sie mit Tränen in den Augen. „Oh ja."

Damit war dann alles aus. Lucy sprang auf und fiel jedem kreischend um den Hals. Der Jubel griff um sich. Samantha und Jessica küssten sich mit der Erleichterung und dem Glück ihrer Herzen, das sie nun nicht mehr unterdrücken mussten.

„Ich liebe dich." sagte Jessica endlich, während ihr eine Glücksträne entwich. Wie oft hatte ihr das schon auf der Zunge gelegen...

„Ich liebe dich auch." konnte Samantha guten Gewissens zurückgeben, auch wenn sie keine Ahnung hatte, ob und wie das funktionieren sollte.

Mit Samantha an ihrer Seite glaubte sie daran, dass sich alles zur Richtigkeit finden würde. Vielleicht nicht gleich auf Anhieb, es würde Probleme geben und Kompromisse. Aber nun, da sie offen ihre Gefühle ausgesprochen und sich für ein gemeinsames Leben entschieden hatten, glaubten sie ganz fest daran, dass sich die Kleinigkeiten des alltäglichen Lebens finden würden.

Samantha glaubte, sie habe noch nie einen so schönen Morgen in New York gesehen. Es war später als sonst, die Sonne flutete schon die Straßen und tauchte einfach alles in goldenes Licht. Als würde die Welt ihre Seele offenbaren. Nicht ein Wölkchen war am Himmel zu sehen und Samantha lief mit einem glückseligen Lächeln zur Arbeit, wie es strahlender nicht hätte sein können.

„Was ist denn mit dir passiert?" fragte Steve skeptisch, als er seine Chefin sah. Drogen wären vielleicht eine Erklärung.

„Ist die Welt nicht ein Regenbogen?" lachte sie. „Ich muss mit dir über die Lohnabrechnung bei Winter reden. Kommst du nachher rein?"

„Klar. Cindy, gib ihr keinen Kaffee, sonst überlebe ich das nicht."

Samantha widmete sich beflügelt ihrer Arbeit. Auf einmal ging irgendwie alles viel schneller. Als säße Jessica neben ihr und würde mitmachen. Da störte sie auch der Spott ihrer Mitarbeiter nicht. In keinem einzigen Witz ging es um Samantha als Lesbe, sondern um Samantha im Glück. Diese Tatsache an sich hob sie schon in noch höhere

Sphären des Glücks. Es würde sich einspielen, hatte ihre Geliebte gesagt. Samantha hatte kaum noch daran geglaubt, doch seit diesem Morgen konnte sie daran glauben.

Und zum frühen Abend bekam sie eine Überraschung. Sie wurde von ihrer neuen Familie abgeholt. Die Drei kamen gerade aus dem Fahrstuhl, als Samantha aus Michaelas Büro kam.

„Hey." lächelte sie. „Was macht ihr denn hier?"

„Dich abholen." verkündete Lucy singend. Sie kannte jeder hier und jeder war ihrem Charme verfallen. Man konnte einfach nichts anderes als lächeln, wenn Lucy einem mit dieser fröhlichen Art begegnete.

Jessica hielt sich zurück, aber Samantha nicht. Sie begrüßte ihre Liebe mit einem Kuss, wie es in einer Beziehung sein sollte. Sollten die anderen reden, sich die Mäuler zerreißen, es war ihr egal. Nur diese Frau in ihrem Arm war ihr nicht egal. Gestört wurden sie nur von kicherndem Applaus.

„Miss Bennet." schmunzelte Mister Bright und reichte ihr die Hand. Samantha sah in seinen Augen allerdings etwas mehr. Die reinste Neugier auf die neuesten Neuigkeiten aus dem Privatleben seiner besten Buchhalterin. „Schön, sie zu sehen."

„Ganz meinerseits." grinste sie. „Aber ich bin nicht als Anwältin hier."

„Na Gott sei dank." lachte er. „Miss Paine, ich brauch die Statistiken."

„Liegen auf meinem Schreibtisch und warten, dass sie mit dem Telefonat fertig sind." lachte

Samantha ausgelassen. Kaum zu glauben, dass sie so leicht so fröhlich sein konnte, obwohl ihr Chef wusste, was sie war.

„Bin ich."

„Bestens." lachte sie und holte die Zettel, die er haben wollte. Damit stand ihrem Feierabend nichts mehr im Wege. Außer eins.

„Sam!" rief Tim und sie drehte sich noch mal um. „Nur ganz kurz." bat er verlegen, kam aber schon zu ihr und reichte ihr ein Blatt Papier weiter. „Wie soll ich denn das nun wieder buchen?"

„Das ist doch nicht wahr!" wetterte sie gleich und sah Jessica an. „Cooper KG hat Geld von Knox gekriegt."

„Hä? Wie das denn?"

„Überweisung, aber nicht von hier aus. Kannst du mir das erklären?"

Jessica stöhnte auch nur leicht genervt und zückte ihr Handy. Diese Akte würde sie wohl nie endgültig schließen können.

„Setzt euch." schmunzelte Samantha zu Lucy und Thomas. Das dürfte jetzt noch einen Moment dauern. Aber da die beiden ja mitbekommen hatten, wie viel an dem Fall Knox dranhing und dass ihre beiden Ziehmütter alles getan hatten, um Mister Knox zu helfen, weil er ein netter Mann war, der es verdient hatte, störte es sie nicht, noch etwas zu warten. Außerdem konnte man den beiden eh nicht böse sein, wenn sie in ihrer Arbeit aufgingen. Dann waren sie fast so glücklich wie miteinander.

Jessica telefonierte sich über Pierre durch, um herauszufinden, was die Frau gerade tat, außer im Knast zu sitzen. Samantha rief Karl an und fragte ihn, was es damit auf sich hatte, aber er machte das ja auch alles nicht selbst und musste erst noch seine Mitarbeiter fragen. Dann legten beide auf, holten Luft und schwiegen, um dem anderen den Vortritt zu lassen.

„Du zuerst." lachte Samantha.

„Das ist eine neue Firma. Nicht die von Misses Knox."

„Aber mit der gleichen Anschrift."

„Ach ja?"

„Ja. Zumindest laut Steuernummer auf der Überweisung."

„Hier läuft doch schon wieder irgendwas." meckerte Jessica, als Samanthas Handy wieder klingelte.

„Karl, du bist auf Lautsprecher."

„Okay. Äh … Also die Überweisung hat hier niemand gemacht. Normalerweise geht das ja auch alles über deinen Tisch. Können wir das nicht einrichten, dass niemand mehr Zugriff hat außer ihr. Bei mir läuft doch eh alles über Kreditkarte. Außer dir überweist doch niemand was."

„Kriegen wir hin." sagte Jessica. „Ich rede mit ihrer Bank."

„Äh…" Er war verwirrt. Und unsicher, ob er die Stimme richtig zuordnen konnte. „Miss Bennet?"

„Ja." lachte sie. „Ich bin zufällig hier und hab das

mitgekriegt. Wenn sie nichts dagegen haben, kläre ich das mit der Bank, damit nur noch von hier aus Überweisungen getätigt werden können."

„Das wäre super. Mit ihnen beiden hab ich vermutlich das beste Team, das sich meine Firma wünschen kann."

„Vielen Dank." freute sich Samantha. „Wir holen jetzt die Buchung zurück und solange mir keiner einen Beleg vorlegt, wird nichts mehr von dem Konto gebucht."

„Das klingt gut. Ich lege das wie immer vertrauensvoll in deine Hände. Und mit Miss Bennet wird das schon."

„Ich gebe mein Bestes." schmunzelte Jessica.

„Dann haben wir doch schon gewonnen." lachte Karl zufrieden. Sein Vertrauen in die beiden Frauen war groß. Die würden das schon machen.

Jessica setzte den Typen von der Bank noch unter Druck, die Buchung rückgängig zu machen oder ihr eine gültige Unterschrift vorzulegen. Da er inzwischen wusste, dass mit dieser Anwältin nicht zu spaßen war, machte er die Zahlung gleich rückgängig. Auf dem Konto war es schon zu sehen, so konnte Tim die ursprüngliche Buchung und die Korrektur machen, und alles hatte wieder seine Richtigkeit. Der Rest würde im Nachgang geklärt werden. Von der Anwältin und der Buchhalterin.

Doch vorher standen große Pläne im Raum, die diskutiert werden mussten. Sie gingen Pizza essen, um über alles zu reden. Samantha und Jessica entschieden sich, es gleich voll durchzuziehen. Sie kauften noch die Wohnung neben Samantha, ließen sie aber umbauen und in die erste Wohnung integrieren.

Jessica und Thomas nutzten ihren Urlaub zum Packen. Mit Jessica ging der Kauf der Wohnung auch schnell und die Bauarbeiten liefen schon, als sie ankamen.

Es wurde ein großer Durchgang gebrochen, um es nicht wie zwei Wohnungen mit Durchgangstür wirken zu lassen. Es wurde eine große. Die Zimmer für Lucy und Thomas wurden auch ein Stück größer, aber ein Gästezimmer fand immer noch Platz. Und ein Ankleidezimmer neben dem Mütter-Schlafzimmer. Das musste sein. Die beiden hatten so viele Klamotten, dass es sonst vieler Schränke bedurft hätte.

Thomas fing das neue Schuljahr mit Lucy in ihrer gigantischen Schule an. Sie neckte ihn noch immer mit seiner Kleinstadtherkunft, aber sie blieb auch bei ihm. Inzwischen kannte er ja schon ein paar Leute und freundete sich schnell mit vielen richtig an. Er knüpfte richtige Freundschaften, blühte auf und liebte seine kleine Schwester nicht weniger als seine zweite Mutter. Sie gründeten eine richtige Familie, die auf Liebe aufgebaut wurde. Sie unternahmen viel zusammen, lachten und stritten. Und schnell wurde auch Thomas in Mathe zum guten Schüler.

Seiner Kleinstadt trauerte er keine Sekunde nach. Er hatte sich nicht ein einziges Mal umgesehen, als sie losgefahren waren. Er fieberte der Großstadt entgegen, wo man ihn und seine Schwester respektierte. Nur Jessica hatte die blöden Gesichter im Rückspiegel gesehen, da sich herumgesprochen hatte, dass sie nach New York ziehen würden. Man sah jede Menge Neid. Es wäre wohl noch mehr gewesen, wenn sie gewusst hätten, was Liebe ist und auf Jessica wartete...

Ende

ISBN: 9783739241814

Tess: Lisa ist die heißeste Versuchung, der ich je widerstehen wollte.

Trotzdem widersteht sie ihr. Die Draufgängerin braucht dringend einen Dämpfer, fällt es Tess auch schwer. Das heiße Spiel um Kontrolle, Verlangen und Enthaltsamkeit zieht auch die anderen Urlauber und Mitarbeiter auf der paradiesischen Insel in ihren Bann. Aber was ist, wenn aus einem heißen Spiel plötzlich Liebe wird? Eine Liebe, für die Lisa nicht bereit ist, die sie nicht mal sieht. Eine Liebe zwischen zwei Menschen, deren Leben sich abseits der Urlaubsinsel nicht vereinen lassen. Eine Liebe, auf der der Schatten von Tess' Vergangenheit liegt: Vivien - die Ex, die Tess nicht loslassen will und mit sich in den Abgrund zieht...